Golondrinas

Bernardo Atxaga

Golondrinas

Traducción del autor

ALFAGUARA

Papel certificado por el Forest Stewardship Council®

Penguin
Random House
Grupo Editorial

Título original: *Enarak*
Primera edición: abril de 2026

© 2025, Bernardo Atxaga
A través de la agencia Ute Körner Literary Agent
© 2026, Penguin Random House Grupo Editorial, S. A. U.
Travessera de Gràcia, 47-49. 08021 Barcelona
© 2026, Bernardo Atxaga, por la traducción

© Diseño: Penguin Random House Grupo Editorial, inspirado en un diseño original de Enric Satué

Printed in Spain – Impreso en España

ISBN: 979-13-87846-67-1
Depósito legal: B-2428-2026

Compuesto en Arca Edinet, S. L.
Impreso en Gómez Aparicio, S. L., Casarrubuelos (Madrid)

AL 46671

I

Llegamos al cementerio de Arroa Goia con el objetivo de vigilar el enterramiento de un ser material llamado José Manuel Ibar Azpiazu. Formábamos la escuadra cuatro ángeles militares y, en aquel hermoso momento, estábamos todos muy contentos. Nuestra misión estaba a punto de concluir, y no de cualquier manera. Como dijo el suboficial al mando, Semiyazza:

—Al principio no parecía fácil, porque este ser material vino al mundo con un espíritu fuerte, justo aquí mismo, en Arroa Goia, el barrio mineral y vegetalmente amable que se encuentra a trescientos metros de este cementerio, en el caserío denominado Urtain; pero, al cabo, logramos dañar su sentido de la orientación y encaminarlo hacia un destino equivocado, colocándolo en una posición similar a la de aquellas tortugas que, en las islas Galápagos, recibieron una radiación atómica. Ahí lo tenéis ahora, en plan estatua yacente y a punto de comenzar su postrera transformación. Que se joda.

Añadió a continuación, en su estilo de gama alta:

—Confundidas como estaban, cientos de tortugas de las islas Galápagos se apartaron del mar y corrieron hacia el desierto. Deshidratadas, se quedaron para siempre en la arena, con la zona ventral hacia arriba y el cuello retorcido.

A pesar de ser verano, sentimos un intenso soplo de aire frío. Ocurre siempre con los ángeles militares que están al mando. Al hablar exhalan un aliento helado. Así, Semiyazza.

—Siento no haber estado en aquel desierto —dijo Azazel, el segundo de la escuadra—. Me habría encantado contemplar la agonía de las tortugas.

—Aquí tampoco estamos mal —dijo Batraele, el tercero de la escuadra.

—No, nada mal —admití yo, el cuarto.

Nos pusimos a mirar a los seres materiales que se habían reunido en el cementerio de Arroa Goia, y nuestro compañero Azazel, que, como todos los de su linaje, posee una clarividencia hipertrofiada, nos hizo saber que algunos de los que rodeaban la tumba (trece, concretamente) eran deportistas rurales, forzudos que habían coincidido con José Manuel Ibar Azpiazu, alias Urtain, en exhibiciones de levantamiento de piedra o en pruebas de bueyes, y que estaban todos llorando. Era chocante: aquellos seres materiales de tremendos bíceps y tríceps tenían las mejillas empapadas de lágrimas al modo de los viejecitos afectados de incontinencia sentimental. Nos reímos de aquella muestra de flaqueza, porque no deja de ser agradable comprobar la enorme distancia que hay entre los seres materiales y nosotros, los ángeles militares.

—¡Up! ¡Kra! ¡También están ahí los boxeadores! ¡Cuatro! —dijo Azazel.

Forma parte de su manera de expresarse utilizar exclamaciones como «¡up!» o «¡kra!», así como calificativos radicales del estilo de «cabrón» o «hijoputa». Junto con la clarividencia hipertrofiada, el lenguaje sucio es una de las bases de su prestigio.

—Esos son los boxeadores, los que forman un grupito justo a quince metros de la tumba —dijo—. No hay que ser un grigori para detectarlos. Se distinguen por su nariz, como Pinocho, pero no precisamente por tenerla como aquel, sino aplastada. Así la tenía el tal Urtain después de haber disputado sesenta y ocho combates en nueve años, entre 1968 y 1977.

En los libros en que se hace referencia a las angélicas legiones militares de vigilancia, acostumbran a llamarnos «grigoris». No es un nombre feo.

—Me gustaba mucho la forma de hablar del tal Urtain después de que le quitaran el cartílago —siguió Azazel—.

Respiraba como un bulldog braquicéfalo. Ya os acordaréis: «Fluf, fluf, el boxeo, fluf, es el deporte, fluf, fluf, más noble, fluf, fluf, que hay, fluf». No estoy inventando nada. Me limito a reproducir lo que él declaró en una entrevista de la mierdosa televisión. ¡Up!

A Semiyazza y a Batraele les hizo gracia la imitación del bulldog braquicéfalo. A mí no. Hice lo posible por reírme, pero no pude, y me entró una vez más la angustia: ¿por qué no me satisface la crueldad? Me pregunto si esa imperfección no estará relacionada con el hecho de haber sido nosotros, los de la legión de Uzariel, los más tibios a la hora de rebelarnos contra el Tirano y seguir a Luzbel. ¡Qué angustia! Si Semiyazza me echara de la escuadra por mi culpa, por mi poca afición a la crueldad, ¿adónde iría? Es cosa sabida, los ángeles militares que nos quedamos *mi-cuits* apenas si tenemos futuro. La crónica de John Milton tiene razón en ese punto, aunque no hace falta ser muy listo para darse cuenta de que los rebeldes nunca tienen futuro. A no ser que, por decirlo al modo de Azazel, se conviertan en lameculos o en seres especialmente crueles, tal como ha sucedido con algunos *mi-cuits* conversos.

—«Fluf, fluf, el boxeo, fluf, es el deporte, fluf, fluf, más noble, fluf, fluf, que hay, fluf» —repitió Azazel.

Semiyazza y Batraele volvieron a reírse. También me reí yo, haciendo un esfuerzo. ¿Adónde iría si me echaran de la escuadra?

Varios destellos seguidos me sacaron de mis pensamientos. Dos seres materiales que se movían en torno a la tumba donde iban a enterrar a Urtain disparaban un flash tras otro con sus cámaras de hacer fotos. A pesar de ser verano y de estar cerca del mar, en el cementerio de Arroa Goia el atardecer era sombrío.

Me vinieron a la mente una serie de preguntas: ¿tenía alguna salida Urtain tras dejar atrás su lugar natal y marchar a Madrid como boxeador?, ¿dónde podría haberse refugiado cuando, a falta de su primera charca, la segunda, al principio tan dorada, comenzó a ensuciarse?, ¿existen refugios en alguna parte? Las preguntas eran una variante de las que me hacía sobre mi propio futuro.

Pedí a Luzbel que me concediera una clarividencia que se situara en torno al 40 % de la que poseía Azazel, más o menos el doble de la que disfrutaba normalmente, pues me correspondía a mí, Uzariel, redactar el informe de nuestra misión, y necesitaba detalles y datos del enterramiento que en aquel momento se llevaba a cabo en el cementerio. Al instante, de forma casi automática, Luzbel accedió a mi petición y pude ver la lápida que estaban terminando en el taller del marmolista. Primero, las letras y los números: «Aquí yace José Manuel Ibar Azpiazu, Urtain, 1943-1992». Luego, la parte decorativa: un medallón con su fotografía y, en relieve, una escena de deporte rural, dos bueyes tirando de una piedra rectangular, con varias golondrinas volando por encima. Curiosamente, ninguna mención a sus logros como boxeador. Por ejemplo: «Dos veces campeón de Europa en la categoría de los pesos pesados». Demasiadas palabras para una lápida quizás.

El marmolista que estaba grabando la lápida dejó el cincel y cogió el teléfono:

—¿Para hoy? ¿Que lo queríais para el entierro? Imposible. Si lo terminamos para mañana, contentos. Es lo que pasa con la gente que se suicida. Pilla a todo el mundo por sorpresa.

«No es nuestro caso», pensé.

Me llegó otra imagen relacionada con Urtain. También esta vez se trataba de una lápida, aunque no sólida, sino hecha de aire, con un emblema, un dibujo: una línea que cualquier aficionado al ciclismo confundiría con el perfil de una etapa pirenaica del Tour de France, un itinerario lleno de subidas y bajadas entre un punto A y un punto M. Completando el emblema, una frase que en ese momento, incluso con la clarividencia extra que se me había concedido, se me hizo incomprensible: «La máscara resultó ser demasiado grande».

Me concentré en el punto A de la línea, y vi el caserío llamado Urtain, el lugar donde José Manuel Ibar Azpiazu sufrió la primera transformación y, tras abandonar el refugio que le ofrecía el líquido amniótico, pasó a ser un ser material oxigenado con cinco dedos en cada mano. Estaba situado cerca del cementerio, en el barrio de Ibañarrieta, en una colina llena de enormes encinas, y tenía delante un porche con tejadillo de color rojo mate (Pantone 174). En el terreno de enfrente había un carro de bueyes y, encima del carro, un gato agachado, como vigilando la casa; pero no era la casa lo que vigilaba, sino la posible presencia de una presa, un pájaro o un ratón.

Dejé de pensar en el caserío Urtain y tomé en consideración el punto M. Se me apareció enseguida la sala del décimo piso de un edificio en la periferia de Madrid. Vi la escena con claridad: el ser material José Manuel Ibar Azpiazu se acercó al balcón-terraza y analizó durante unos segundos lo que le quedaba debajo, las farolas de la calle encendidas, los coches aparcados y, sobre todo, el charco que se había formado en medio de la calzada, de color rojizo (Pantone Red 032) a causa de las irisaciones producidas por la grasa de algún motor. Urtain miró el charco como quien mira una diana. Luego, haciendo un esfuerzo, se subió a la baranda del balcón-terraza y se lanzó al vacío. Cayó como una piedra, no como un pájaro, y quedó allí tendido, junto al charco, con el cuerpo roto y todas las vísceras reventadas.

Conté lo que acababa de ver a mis compañeros de escuadra. Me sentía orgulloso de la mejora de mi clarividencia.

Azazel respondió a mis explicaciones con risa de hiena:

—Por lo que parece, Luzbel no te ofrece un gran nivel de clarividencia. La que tú tienes ahora mismo es un 17 % superior a la que es común entre los de tu legión, pero queda muy lejos de la que puede considerarse óptima.

Volvió a reírse, y una vez más me sentí acomplejado. Ojalá tuviera yo los recursos expresivos de una hiena. O la facilidad que él tiene para los números. Yo no soy capaz de afinar tanto. Calcular que algo es el 17 % de otro algo queda lejos de mi alcance.

—¡Escucha ahora la verdad, Milton! —me interpeló Azazel.

Debido a mi función en la escuadra, que es la de redactar informes, mis compañeros se burlan de mí llamándome Milton. En el fondo me tienen un poco de envidia, porque ellos, cuando se ponen a escribir, lo hacen fatal.

—El ser material que ahora mismo están enterrando —siguió Azazel—, el llamado José Manuel Ibar Azpiazu, alias Urtain, alias el Tigre, alias el Morrosko de Cestona, vivía de alquiler en el número 57 de la calle Fermín Caballero, en el décimo piso, y efectivamente voló desde el balcónterraza abajo a una velocidad de sesenta y cinco metros por segundo, a toda hostia. Pero, al contrario de lo que tú nos has dicho, Milton, no murió en la calle a la luz de las farolas etcétera, etcétera, etcétera, porque realizó el salto a las diez menos diez de la mañana, cuando no había necesidad de luz eléctrica. Además no cayó justo en la calle, sino en el jardincito del edificio, ¡up! Lo único que has visto bien ha sido el charco, porque sí, es verdad, había un charco de 1,60 × 1,80 m en un parterre con irisaciones de color rojizo. Pero que lo explique Batraele. Fue él quien estuvo en el número 57 de la calle Fermín Caballero y preparó el último salto del Tigre. Le salió de puta madre, es evidente.

Batraele se quedó en silencio. Da explicaciones cuando se lo pide Semiyazza o algún otro mando. De lo contrario, no.

—Vi también el emblema de Urtain —dije a Azazel—. Una lápida de aire, y en ella una línea del punto A al punto M, acompañada de las palabras «La máscara resultó ser demasiado grande». En ese asunto sí que fui clarividente. ¿No es así?

Le hice la pregunta por si podía aclararme lo de la máscara demasiado grande.

—Me parece poca cosa, Miltonchu —respondió.

Azazel recurre a los diminutivos cuando quiere expresar desprecio, pero tuve la impresión de que aquella vez no pretendía otra cosa que disimular su ignorancia. No, tampoco él conocía el significado del emblema de Urtain. Pero no era capaz de reconocerlo. Es soberbio, como todos los azazelianos. Tienen a gala el haber sido los encargados de llevar la enseña de Luzbel, y se sienten estrellas, legionarios de alta alcurnia.

—Solo pedía una explicación somera de lo de la máscara —dije.

—El punto A de la línea corresponde efectivamente a la casa natal de Urtain. Eso lo has visto bien —dijo él sin hacerme caso—. Pero, al parecer, no has reparado en la acción que nuestros compañeros, hace tiempo, hace concretamente treinta y dos años, llevaron a cabo en la taberna que entonces había allí. Le calentaron la cabeza al forzudo que era dueño del caserío y lo empujaron a una apuesta mortal. Aquel forzudo era el padre del que ahora están enterrando en este cementerio de mierda.

No podía seguirle. No me venía ninguna imagen del forzudo muerto en una apuesta en el punto A. Azazel se percató enseguida de mi inseguridad, y no perdió la ocasión de interpelarme:

—¿Y los bueyes? ¿Los has visto?

—¿Qué bueyes?

—Los que estaban quietos como estatuas a treinta metros de la casa.

—Solo he visto un gato.

—De modo que ningún buey...

Azazel trataba de burlarse de mí.

—Los bueyes suelen ser de tamaño grande. Si hubiese habido alguno en el punto A lo habría visto. Los de mi legión no estamos, en cuanto a clarividencia, al nivel de los azazelianos, pero tampoco somos tontos.

Oímos el susurro de nuestro suboficial, Semiyazza.

—Los seres materiales muertos me gustan mucho —dijo—. Siempre están en silencio, y no hay cosa mejor. Si no hubiese silencio, los montes y los valles no tendrían la magnificencia que suelen tener cuando están nevados. El aliento de Semiyazza bajó la temperatura hasta –5 ºC. Entendimos el mensaje y nos quedamos callados.

—Vigilemos el cementerio. Concentrémonos en nuestra misión —dijo Batraele.

Batraele es prudente. Aparatero, en el léxico de Azazel. Normalmente dice cosas que convienen a la situación y gustan al mando.

—Eres el más sensato de la escuadra, Batraele —dijo Semiyazza—. ¡Azazel, Uzariel, hacedle caso y mirad!

Cuando acaté la orden y extendí la vista, todo lo que nos rodeaba se me hizo hiperreal. Allí estaba el barrio rural de Arroa Goia aquel 22 de julio de 1992 a las 20.10 de la tarde. En una parte, el cielo era azul; en la otra, también azul, pero de un tono más apagado. En cuanto a los montes, eran poliverdes. Dos o tres verdes diferentes por cada uno de ellos.

No había pocos montes en la zona. Entre grandes, medianos y pequeños eran en total quince, y algunos ofrecían un regazo, o un nido, al cementerio. Los seres materiales que se habían acercado al enterramiento de José Manuel Ibar Azpiazu, Urtain, parecían ardillas reunidas allí para un *concilium*. Se abrazaban entre ellas, se besaban, se movían de una tumba a otra con la viveza de los animalitos roedores del campo.

Me asaltó un pensamiento desagradable. Se supone que nosotros, los ángeles militares, carecemos de sensibilidad hacia el paisaje y que, al contrario que los seres materiales, educados en la idea de paraíso, paraíso con manzanas, flores, pavos reales y demás ítems supuestamente atractivos, no la necesitamos para nada. ¿De dónde entonces que yo me fijara en el azul del cielo o en el verde de los montes? La sospecha de que estaba dejando de ser un gri-

16

gori *mi-cuit* y convirtiéndome en un híbrido de ángel militar y ser material común se me agudizó. Me inquieté. ¿Cuál iba a ser mi destino si Semiyazza tenía conocimiento de mi nueva sensibilidad? Peor aún: ¿qué sería de mí si Azazel y Batraele percibían la metamorfosis que se estaba dando en mí y me delataban?

Observé un cambio en el cementerio. Los seres materiales que se movían por allí como ardillas grises y negras se pusieron de pronto a cantar «Salve, Virgen María, estrella del Cielo», y la blandengue melodía se propagó por el aire como si quisiera penetrar en las casas blancas de los montes poliverdes. Inmediatamente, me sentí enfermo. Aquellas palabras, «salve Virgen María, estrella del Cielo», eran repugnantes. «¡Que terminen pronto esos roedores!», grité. Lo hice con toda la fuerza de mi espíritu, al modo de una hiena casi, y comprendí entonces que, efectivamente, había en mí una tendencia bastarda a convertirme en ser material, pero que era algo menor. En lo fundamental, seguía siendo un verdadero ángel militar, un uzariel que, a pesar de pertenecer a la última de las legiones, estaba orgulloso de su naturaleza.

—Batraele, ¿podrías contar algo? Esto es muy aburrido —dijo Semiyazza.

La acedía es un mal generalizado entre nosotros. Nos aburrimos de todo enseguida, y el aburrimiento nos resulta insufrible. A los semiyazza especialmente.

—Estuve con Urtain en el punto M, y podría aportar datos interesantes. Ayudará a Uzariel a la hora de hacer su informe —dijo Batraele.

Mentía. No pensaba en mí, sino en un posible ascenso. Tanto sufre Semiyazza por su acedía que siempre está dispuesto a favorecer a cualquiera que le entretenga.

—Así las cosas, si no tenéis inconveniente, explicaré cómo empujé a Urtain al suicidio. Espero que os resulte entretenido. Realmente, es muy duro estar aquí de guardia, con todos esos anodinos seres materiales delante.

17

Como todos los de su legión, Batraele es de expresión suave. Carecen de la clarividencia de los azazel, pero al hablar mezclan miel con veneno y resultan seductores. «Poli bueno», le llama a veces Azazel.

—Comienza, Batraele.

—Gracias, señor. Pues, como se sabe, recibí la orden de marchar donde José Manuel Ibar Azpiazu, Urtain, y eso fue lo que hice la noche del 21 de julio de 1992. Pasé con él bastantes horas, primero en un club, tomando whisky... Tomando whisky él, porque, como también se sabe, los soldados de Luzbel no bebemos ni cuando estamos de servicio.

Batraele se echó a reír, como si su ocurrencia, «los soldados de Luzbel no bebemos ni cuando estamos de servicio», le hubiese cogido desprevenido. Se reía como hablaba, con la consabida mezcla de miel y veneno.

—Fuimos luego al piso de la calle Fermín Caballero —siguió—, y resultó que allí no había nadie. Ni su mujer ni sus hijos se encontraban en el domicilio. Sin embargo, todo estaba en orden, muy cuidado. Y él, lo mismo, muy cuidado, con el pelo perfectamente arreglado. Tenía la cara algo abotargada, pero, por lo demás, bien. En cuanto entró al piso, cogió la botella de brandy Soberano de la única caja que le quedaba de los tiempos en que hacía publicidad de la bebida, y se dejó caer en el sofá. Me dirigí a él llamándole «Manuel», como sus amigos de la infancia en el punto A. «En confianza, Manuel, ¿cuántas *vedettes* has tenido en tu vida?». «¡Tres millones! ¡Tres millones!», gritó él. «¡Bravo! ¡Kra!», lo jaleé yo. «¡No son pocas *vedettes*! Esos eran nuestros números hasta el día que el Tirano nos echó de los Altos Cuarteles».

Antes de seguir hablando, Batraele emitió un gemido:

—¡Aaaay! Me equivoqué, compañeros. Un error de apreciación por mi parte. Urtain no tenía en mente el número de sus fornicaciones, sino su deuda monetaria. Aquella misma semana debía devolver tres millones al banco. ¡Tres millones! ¡Kra!

—¡Qué gilipollas! —exclamó Azazel, pero no supe a quién se refería, si a Urtain o, en plan de broma, a Batraele.

—Yo le pregunté: «¿Puedes hacer frente a la deuda, Manuel? ¿Tienes dinero suficiente siquiera para pagar el primer plazo?». Él me alargó la botella de brandy Soberano como si me estuviera viendo: «¿Cuánto me das por esto, tío asqueroso?». Me lanzó la pregunta con autoridad, como un ser superior, y por un momento me descolocó. Lo confieso: hay veces en que me olvido de mi posición y no hago honor a la *lex legionis*. Tuve la tentación de retirarme del décimo piso de la calle Fermín Caballero y dejar para otro momento el remate de la misión que me había llevado hasta allí.

Percibí que Semiyazza se ponía tenso, como si las palabras de Batraele le afectaran íntimamente. Aquello me tranquilizó. Pensé que la debilidad de Batraele ante Urtain era muestra de una debilidad general que afecta a todos los ángeles militares, y que no hay ninguno completo, que todos estamos de una manera u otra *mi-cuits*, más cerca de lo que creemos de los seres materiales, con nuestras sensibilidades y nuestras flaquezas. Lo que me ocurría no era, pues, excepcional. No debía preocuparme por el mero hecho de que, a veces, la crueldad no me resultara satisfactoria, o un paisaje, bello.

Se me escapó un suspiro:

—¡Aaaay, compañeros!

Sentí la necesidad de explayarme y contar lo tranquilizadora que me había resultado la experiencia de Batraele en la calle Fermín Caballero. Pero nosotros, los de la legión uzarielense, encuadrados en el ejército de Luzbel sin más cometido que el de componer y redactar informes, somos extremadamente prudentes, auténticas serpientes, y me puse alerta. ¿Sería, quizás, una trampa, la prueba a la que, según es costumbre en los servicios secretos cuando el ambiente huele a traición, me querían someter mis compañeros? Me quedé callado.

—«¡Aaaay, compañeros!...» y ¿qué más? —dijo Azazel—. Si no estoy equivocado los uzariel sabéis acabar las frases tan bien como cualquiera. Al menos en eso no falláis.

Su reacción confirmó mis sospechas. En más de un aspecto, Azazel se parece mucho a un agente de los servicios secretos.

—El enterramiento se me está haciendo largo. Por eso he suspirado. Para quitarme el agobio que siento de tanto mirar al cementerio.

Afortunadamente, Semiyazza aceptó mi versión:

—Así es, la guardia de hoy es muy agobiante, y pienso ahora lo que siempre pienso en casos como este. Debido a nuestra labor de vigilancia, a los grigoris se nos debería conceder una mayor capacidad de resistir la acedía, porque, al contrario de los anacoretas que se retiraban al desierto y otros idiotas, nosotros sí sabemos lo que vale la vida y lo que se pierde al estar tanto tiempo a la espera. Pero hay que aguantar. Un buen soldado debe saber luchar contra toda clase de enemigos.

—En cierto modo, es verdad. Nos convendría tener esa resistencia —dijo Azazel—. Pero la acedía no nos viene del todo mal. Ser un poco humanos nos ayuda en las misiones.

No dije nada. Que respondiera quien quisiera. No hubo, sin embargo, más comentarios.

El cementerio empezó por fin a vaciarse y una buena parte de los seres materiales que habían acudido al enterramiento (concretamente treinta y siete) comenzaron a dispersarse por los caminos y carreteras de los montes poliverdes. En cuanto a los deportistas rurales, los trece forzudos de los bíceps y los tríceps, prefirieron demorar la salida y visitar el columbario. Algunos nichos estaban vacíos, y uno de ellos preguntó:

—Pero ¿qué hacen con los restos de los muertos? ¿Los tiran? Yo creía que los dejaban en el cementerio para siempre.

—Los guardan durante veinticinco años. Luego, limpieza —le contestaron.

Otro grupo de seres materiales caminó hacia el aparcamiento construido frente a la puerta del cementerio. No tuve necesidad de mi clarividencia extra para reconocerlos. El más elegante de ellos, con un traje blanco, era Pedro Carrasco, excampeón mundial de boxeo en la categoría de 135 libras, amigo íntimo de Urtain. En torno a él, formando un círculo, había seis seres materiales: tres ancianos, los dos fotógrafos de los flashes y un grandullón que se cubría la cabeza con un sombrero tirolés. «Quién será ese», pensé, y al instante me llegó la respuesta: «Es Guillermo. En su día fue director de uno de los departamentos comerciales del Banco Europeísta». Parecía un ser material particularmente nervioso. Gesticulaba al hablar, y daba golpecitos a Pedro Carrasco en el pecho y en los brazos imitando los de un combate. Me pareció un pobre tipo, un mitómano educado sentimentalmente por la televisión.

Cada pocos minutos, los fotógrafos se alejaban unos pasos del grupo y disparaban sus máquinas. La luz de los flashes iluminaba el aparcamiento y dejaba ver los vehículos estacionados allí, un Volkswagen Golf blanco, un Mercedes-Benz 230 negro, y una moto Lambretta de color gris con una franja amarilla tanto en el frente como en cada uno de los laterales traseros.

Vi que el sombrero tirolés caía al suelo y que una ráfaga de viento lo arrastraba hasta debajo del Mercedes-Benz. Guillermo tenía el pelo rizado, con bucles, similar al de los falsos ángeles del repugnante pintor Murillo.

Compartí la información que me había llegado con mis compañeros de escuadra.

—Trabajó en el Banco Europeísta —dije—. Pero no se enriqueció. Todavía se mueve en moto. Según parece, no le alcanza para comprarse un coche elegante.

Guillermo estaba de rodillas junto al Mercedes-Benz, y trataba de recuperar el sombrero tirolés con la cabeza agachada y estirando todo lo posible el brazo.

—Será uno de esos que se toma los consejos del Tirano al pie de la letra, el típico imbécil. Normal que no se haya enriquecido —dijo Azazel.

—¡Menudo bobo! —dije yo. Pero sin convencimiento. No me resultaba agradable ver a aquel tipo medio tumbado en el suelo.

—No lo subestiméis —nos corrigió Semiyazza, sin enfriar demasiado el ambiente, solo hasta –3 ºC—: Tampoco su Lambretta. Es una Li 150 Special, una pieza de museo. Un capricho caro.

Nos quedamos callados. No esperábamos aquello.

—Es un verdadero campeón, nuestro Tirolés. Está lleno de odio, dispuesto siempre a escuchar los consejos que le queramos dar —añadió Semiyazza.

—¡Asombroso! ¡Con el aspecto que tiene! —dijo Batraele—. ¡Parece un payaso!

—Dices eso porque has visto pocas películas.

Azazel recitó una lista de películas de suspense en las que un payaso resultaba ser el asesino. Una exhibición: nombró veintitrés.

Batraele le respondió con una voz casi enteramente venenosa:

—Por tu parte, deberías ver más teatro. *El mercader de Venecia*, por ejemplo. Te pareces mucho al protagonista fanfarrón de la obra.

—Prefiero el cine.

—Yo, el teatro.

A pesar de mi nueva clarividencia, no pude seguir la discusión que tuvieron. Batraele y Azazel se arrojaron argumentos a una velocidad enorme, imposible de seguir para mí. Lo sentí, porque el tema, las virtudes y defectos del teatro en comparación con los del cine, y viceversa, me interesaba mucho.

—¡Silencio! —ordenó Semiyazza, y allí se acabó la discusión entre mis dos compañeros de escuadra.

Miré hacia el aparcamiento. El de traje blanco, el ser material llamado Pedro Carrasco, y los tres ancianos del grupo se metieron en el Mercedes-Benz negro; los dos fotógrafos, en el Volkswagen Golf blanco. Vi que los dos coches comenzaban a bajar una cuesta y se alejaban del cementerio, primero por una carretera tortuosa, lentamente, luego por una autopista, a ciento cuarenta kilómetros por hora. Las luces traseras del Mercedes-Benz me parecieron bonitas. Eran rojas, del tono que corresponde al Pantone Rubine Red.

—Hasta el cruce, veinticuatro curvas —dijo Azazel—. Y la velocidad, ahora mismo, en la autopista, ciento cuarenta y dos kilómetros por hora.

—Ciento treinta y ocho por hora —dijo Semiyazza.

—Toda la razón, señor. Ciento treinta y ocho kilómetros por hora —confirmó Batraele.

Azazel se molestó con la doble corrección, pero no hizo ningún comentario. Mejor. Es importante que en la escuadra haya paz.

Guillermo siguió en el aparcamiento, sentado de medio cuerpo en el asiento de la Lambretta Li 150 Special. Tenía sudor en la frente, las puntas rizadas del pelo pegadas a la piel; además, respiraba con la boca abierta. No estaba en forma, y el esfuerzo por recuperar el sombrero tirolés lo había fatigado.

Cuando las luces rojas del Mercedes-Benz desaparecieron en la autopista, amplié mi campo visual y vi el mar. Era ya tarde, la noche estaba cerca, y sin embargo había cientos de seres materiales en la playa tratando de recibir el último sol del día.

—El sol es el ídolo de estos tiempos —dije.

—¿Y qué pasa con la luna? —preguntó Azazel con risita hienesca.

—Era una forma de hablar.

23

—Una forma de hablar tonta, efectivamente.

—Eres un blandengue, como todos los legionarios lascivos —dijo de pronto Semiyazza.

Pensé que se dirigía a mí, pero no era así, por fortuna. Le hablaba a Batraele. No se le olvidaba el incidente de la calle Fermín Caballero, la vez que Urtain se burló de él mostrándole la botella de brandy Soberano y llamándole «tío asqueroso».

—¿Cómo es posible que un ser inmaterial se amilane de esa manera? —preguntó, aunque no a nosotros, los miembros de la escuadra, sino *urbi et orbi.*

Lo dijo de forma histriónica, sin mayor exhalación de frío. Al cabo, sabía que Batraele había culminado bien su trabajo. Más aún: era consciente de que, según las estadísticas de que dispone nuestro ejército, lo de nuestra primera derrota había quedado muy atrás, sin que se haya cumplido lo que profetizó Milton, nuestra desaparición a manos del ejército del Tirano. Ya en el siglo xx fueron millones los hechos que se desarrollaron acorde a nuestro guion y, según todas las proyecciones, a lo largo del siglo xxi, nuestros buenos resultados crecerán exponencialmente. Basta pensar en lo que sucede en lo que los servidores del Tirano llaman Tierra Santa: matan a los bebés de hambre. «El punto M, en nuestro caso, será el de la gloria», suele decir Semiyazza, y probablemente tiene razón.

Volví a fijarme en el cementerio. Había flores en la tumba de Urtain, una corona y tres ramitos. La corona era de rosas; los ramitos, de margaritas y otras florecillas silvestres recogidas en los montes poliverdes. Nadie contemplaba aquellos adornos. No había nadie allí. Faltaban incluso los forzudos que se habían acercado al columbario. El aire era oscuro, sobre todo en los nichos vacíos, como si la oscuridad de la noche se concentrara en ellos.

Los cuatro miembros de la escuadra continuamos en el cementerio, obligados por la *lex legionis* que exige a los grigoris permanecer en su puesto hasta que el buen fin de la misión esté fuera de toda duda. En aquel caso concreto, hasta tener la seguridad de que Urtain se quedaría quieto en la tumba *per secula seculorum*, sin resucitar y volver a la vida. La verdad, parece inútil llevar la vigilancia hasta ese extremo, porque no se ha visto nada parecido en mucho tiempo: de las tumbas han volado mariposas, mosquitos, saltamontes y pájaros; de debajo de las losas han salido hormigas, lagartijas, gusanos y víboras; pero ningún ser material humano ha dejado atrás su sepultura, no al menos por sus propios medios. Ocurre sin embargo que Luzbel estableció ese protocolo el día en que, al parecer, el ser material llamado Jesús escapó de su tumba en el Gólgota, y a nosotros no nos queda otro remedio que obedecer.

«Parece inútil llevar la vigilancia hasta ese extremo». Me alarmé al escuchar mi propio pensamiento. En su poquedad, podía ser peligroso. En ningún caso debía poner en duda la tradición de los ángeles militares.

—Cuéntanos lo que sucedió en la calle Fermín Caballero, Batraele, a ver si nos entretenemos un rato. Lo del suicidio de Urtain parece interesante —dijo Semiyazza.

No hay duda, él es un grigori completo. Por eso no se fija en el paisaje, ni siquiera en un lugar como este de Arroa Goia. Le importan un bledo los montes poliverdes, sean quince o sean cien. Él disfruta con la crueldad, del mismo modo que los anacoretas del desierto disfrutaban con la contemplación de los pájaros y de los insectos. Es su forma de ahuyentar la acedía.

—También yo podría contar cosas. Los suicidios me encantan —se ofreció Azazel.

Semiyazza no le hizo caso.

—Empieza, Batraele. Estuviste cerca de ese José Manuel Ibar Azpiazu, Urtain, y conocerás todos los detalles.

Dirigí la vista hacia la tumba recién estrenada. Allí seguían los adornos vegetales, aún frescos. Pero pasaría el tiempo y las rosas perderían sus pétalos, las margaritas se volverían flácidas, las flores silvestres recogidas en los montes poliverdes se marchitarían. Siguiendo la misma lógica, ¿hasta cuándo resistirían sin borrarse las letras y los números de la lápida que en aquel instante estaba grabando el marmolista? «Aquí yace José Manuel Ibar Azpiazu, Urtain, 1943-1992». ¿Cuándo empezaría a desdibujarse la escena de los bueyes grabada en relieve? Pensé que nosotros, los ángeles militares, tenemos poco sosiego, pero que en el caso de los seres materiales el problema debía ser mayor.

Silencié mis pensamientos. Batraele ya había empezado con la crónica de lo sucedido en la calle Fermín Caballero. Lo hacía poniendo dulzor en sus palabras, con más miel que veneno:

—... Urtain dejó la botella de brandy Soberano sobre la alfombra y se quedó dormido en el sofá. Al principio no se sintió cómodo, porque la camisa le tiraba de las sisas; pero desató unos cuantos botones, se descubrió el pecho, y su respiración, que hasta entonces había sido gruesa, braquicefálica, fluf, fluf, comenzó a serenarse. Me esforcé entonces en insuflarle un sueño penoso, porque quería llevarlo cuanto antes al balcón-terraza, y recordé una de sus reacciones estándar, cómo se le oscurecían los ojos cada vez que en una entrevista de televisión le preguntaban sobre la vida que había llevado antes de dedicarse al boxeo y marchar a Madrid. «Es una de mis reglas, nunca pienso en el pasado», respondía él. Una fanfarronada, desde luego, porque aún no ha nacido un ser material que sea capaz de atar sus recuerdos como se ata un perro en una cuadra, y porque ese era inevitablemente su caso, que no podía olvidar lo que sobre él decían los vecinos y la gente de su familia: «mal marido», «mal padre», «traidor». Aquellas descalificaciones eran como cristales clavados en sus pies, no podía dar un solo paso sin sentir punzadas. «Es una de mis reglas, nunca pienso en el pasado». ¡Qué tontería! ¡Kra! ¡Qué iluso!

—Muchas grandes figuras de la historia se comportaron cruelmente con su familia y otros seres materiales. ¿Dónde está el problema? —dijo Azazel.

—Él no soportaba esa imagen. Le molestaba sentir que no era un buen chico —respondió Batraele—. En cierto modo, es normal. Lo habían educado unos cuantos mercenarios del Tirano, y por decirlo a tu manera, Azazel, estaba hasta el culo de culpa. Así pues, tal como he dicho antes, traté de insuflarle imágenes dolorosas. Una buena inyección de culpa acabaría por arrastrarlo al balcón-terraza. No lo logré a la primera. Le llegó, por azar, un sueño agradable, la imagen de Muhammad Ali le...

—Del sofá al balcón-terraza, 8,60 m. ¡Esa era la distancia exacta! —le interrumpió Azazel—. Del balcón-terraza hasta el suelo, 34,30 m en vertical.

Batraele se enfadó:

—¡Kra! ¡Deja que siga!

—Perdona, compañero, pero recuerda lo que nos decía el instructor: «¡Precisión, cabrones, precisión!». Dicho sea de paso, del sofá al aparato de televisión había 2,80 m. Al baño, 7 m exactos.

A Azazel le encanta lucir sus dotes para la aritmética y la geometría.

—Batraele, visualicemos el sueño del sofá —ordenó Semiyazza. Le había molestado la interrupción, y su aliento se había vuelto más frío, –4 ºC.

Batraele reaccionó con palabras que eran pura miel. Corría el rumor de que en un breve plazo habría ascensos en las diferentes escuadras de ángeles militares, y la recomendación de un suboficial podía resultar decisiva. El que Azazel molestara a Semiyazza le daba ventaja.

—A sus órdenes, señor. Pero fueron dos sueños. El primero, que yo no pude controlar, fue agradable para Urtain. El segundo, inspirado y controlado por mí, lo dejó KO, si me permite la expresión. Quizás prefiera que solo cuente el segundo, señor. Más crueldad y más todo.

Semiyazza suspiró:

—Cuenta los dos, Batraele. Todos los cementerios son aburridos, pero este de Arroa Goia más que otro cualquiera.

Volvió a suspirar muy fríamente (–12 °C) y se dirigió a Azazel:

—No más interrupciones, por favor. Me gusta ver las películas de seguido.

Con prudencia obligada, Azazel asintió. Incluso quienes no han leído a John Milton saben lo que puede ocurrir cuando el aliento de un miembro de la legión de los semiyazza baja de los –10 °C.

URTAIN SUEÑA CON MUHAMMAD ALI
EN EL SOFÁ DEL PISO DE FERMÍN CABALLERO
Descripción de Batraele, escrita y editada por Uzariel

Una mariposa volaba por encima del cuadrilátero. Tenía la cabeza de color negro, y manchas amarillas en cada una de las alas, y además de moverse, de volar, bailaba sobre la lona con gran ligereza. En los pies, porque, efectivamente, la mariposa estaba dotada de tales apéndices, llevaba unas zapatillas blancas.

Por un rato largo, Urtain no pudo apartar los ojos de las zapatillas blancas. Cuando, por fin, libre ya de la hipnosis, levantó la cabeza, no pudo reprimir un grito: «¡Cassius Clay!». Tenía delante al mejor boxeador de la historia.

—No me llames por mi nombre de esclavo. Llámame Muhammad Ali —le pidió el mejor boxeador de la historia al tiempo que se aflojaba los guantes de color rojo (Pantone Red 585 C). Pero no como a Ernie Terrell, con rabia, después de darle treinta golpes y machacarlo, sino como a un amigo.

—¡Es verdad! Se me había olvidado. Algo bastante normal, creo, porque tu nombre de ahora es bastante raro. ¿Por qué lo elegiste?

Muhammad Ali se sentó a su lado, en una butaca elegante.

—¿Y qué me dices de los tuyos? Urtain, el Tigre de Cestona, Morrosko... ¿son mejores?

—El más feo de todos, Morrosko. Verdaderamente feo. Pero, ya sabes, a los periodistas de Madrid les complace llamar así a los vascos, y no hay nada que hacer. Si te digo la verdad, el mejor apodo para mí sería el Buey de Arroa Goia, porque los bueyes me gustan mucho. Pero, claro, el buey no deja de ser un toro capado. No sé si en la parte de Kentucky tenéis bueyes, pero lo que te digo es verdad. Los bueyes no tienen cojones.

Muhammad Ali sonrió abiertamente, con una sonrisa de un 90 % de pureza.

—Los cojones son muy necesarios en un cuadrilátero —dijo.

—Fuera del cuadrilátero también. Quizás más —respondió Urtain.

Los dos se echaron a reír.

—De todas maneras, yo soy Urtain. Un nombre bastante bonito, creo. En nuestra zona es costumbre que las personas tomen el nombre del caserío natal. Es mi caso. En los papeles yo soy José Manuel Ibar Azpiazu, pero realmente soy Urtain.

—Eso sería imposible en Kentucky. No puedes andar por el mundo llamándote East Street 227.

Muhammad Ali se echó hacia atrás en la butaca, y Urtain se dio cuenta entonces de que estaban en un palco del Madison Square Garden con una botella de brandy Soberano en la mesita de delante. Un escalofrío de alegría le recorrió la espalda.

—¡Con qué facilidad le ganaste a Sonny Liston! ¡Lo volviste loco! —exclamó. Indudablemente, Muhammad Ali era un boxeador extraordinario.

—Es mi forma de pelear. Me muevo como una mariposa y pico como una abeja.

—Cuando me entrenaba en la azotea del Hotel Orly, el empresario me ponía películas de tus combates.

Nunca imaginé que unos años después estaríamos aquí juntos.

—Si recuerdas, nos conocimos en Barcelona, antes de la exhibición con Peralta.

—¡Menudo teatro hicimos! Tú hacías como que te escapabas de mí, y yo te agarraba por detrás y te levantaba en el aire. ¡Cómo chillabas!

Ali se puso a chillar como una damisela aterrorizada, haciendo gallos, y los dos se partieron de la risa. Las carcajadas resonaron en el Madison Square Garden.

—Fueron muchos los que se tomaron en serio nuestro paripé.

Ambos se quedaron en silencio. Urtain recorrió con la vista las tribunas del Madison Square Garden.

—¡Qué maravilla, Muhammad! Aquí hay sitio como para veinte mil seres materiales, y todo el...

—¡Bravo! ¡Bravo! —interrumpió Azazel la narración de Batraele—. De modo que así fue como se expresó el Morrosko: «Aquí hay sitio como para veinte mil seres materiales». Una muestra de tu influencia, Batra, no hay duda. Por sí mismo, él no habría utilizado nunca esa expresión, «seres materiales». Estaba claro que lo llevarías rápido a una caída de 34,30 m en vertical. ¡Qué hazaña, Batra!

Era difícil saber si se burlaba o lo decía en serio. Batraele pensó que era broma.

—La noche fue larga. El sueño, profundo. Y, si te estuvieras callado, mejor para todos.

Comenzaron a discutir, de nuevo a gran velocidad, y no fui capaz de entender lo que se gritaban. Sin embargo, se me hizo extraño el tono de superioridad de Azazel. «Estoy por encima de ti, Batra», venía a significar. Nunca había visto aquello en la escuadra. El mando pertenece única y exclusivamente a Semiyazza.

Nos rodeó una corriente de aire frío: −14 ºC.

—Continúa, Batraele —dijo Semiyazza. Efectivamente, él era quien mandaba—. ¡No! —se interrumpió—. ¡Un momento! ¿Qué pasa ahí?

Había movimiento en el cementerio de Arroa Goia. Una sombra se deslizaba entre las tumbas. ¿Sería Urtain? ¿Había vuelto a la vida después de abortar su transformación final? ¿Se escapaba de allí? De ser el caso, ocurría por segunda vez en más de dos mil años, por segunda o quizás por tercera si, además de aquel Jesús, tomamos en cuenta a Lázaro de Betania. Pensé que sería algo grande para nosotros ser testigos de un suceso de aquella trascendencia, y una oportunidad para tener una batalla frontal con alguna escuadra de ángeles enemigos, enviados allí por el Tirano a fin de proteger la posible resurrección. Giré la vista hacia el aparcamiento para ver si Guillermo seguía allí. Efectivamente, allí estaba, de pie junto a la Lambretta, fumando un cigarro. Quienquiera que fuera el que se movía por el cementerio no era él.

—Se trata de un gato —dijo Batraele.

—De dos —le corrigió Azazel.

—Son tres gatos. Uno de ellos es pardo; otro, gris; el tercero, negro —concluyó Semiyazza.

Me sentí decepcionado, a pesar de ser consciente de que la resurrección era una posibilidad muy lejana. Cada vez estoy más seguro: en el mundo se producen a cada instante millones de transformaciones, pero las que devuelven la vida a los muertos se han acabado para siempre. A lo mejor no se han producido nunca, y lo de Jesús no es sino propaganda del Tirano. Seguramente sea así.

—Batraele, sigue con la película de la calle Fermín Caballero —ordenó Semiyazza.

— Acabaré enseguida mi crónica. El primer sueño de Urtain fue breve.

—¡Adelante, Batraele! —le animamos.

Continuación del primer sueño de Urtain
Narración de Batraele, escrita y editada por Uzariel

Felizmente dormido, soñando, Urtain contempló con detenimiento el cuadrilátero de la zona central del Madison Square Garden. «Sería maravilloso pelear contra Joe Frazier por el campeonato del mundo —pensó—. Disputar la pelea, una hora dando y recibiendo golpes, y tanto si pierdo como si gano, una bolsa de cincuenta millones al bolsillo. Los primeros cinco para cubrir gastos y deudas, y los otros cuarenta y cinco para lo que me dé la gana. Eso sí, tendría que ser más prudente que hasta ahora, e invertir veinte millones en bonos en el banco donde trabaja de comercial ese vecino mío, Guillermo. Solo ofrecen el 4 % de interés, mucho menos que el MPI, pero por lo que parece el MPI va a quebrar de un momento a otro. En cualquier caso, aun poniendo los veinte millones al 4 %, ganaría unas ochocientas mil pesetas al año, y con ese dinero podría reformar la casa natal y poner una taberna como la que allí tuvo antes mi padre. Mejor que la de mi padre, claro, de mayor categoría. Pero no, eso que estás pensando son fantasías, Manuel. Lo de la taberna es imposible. Desde que se difundieron las noticias de la vida que llevabas en Madrid y, sobre todo, lo de la visita al dictador Francisco Franco, eres *persona non grata*. En Arroa Goia y en toda la costa».

Me introduje en su sueño y le obligué a revivir el momento en que estrechó la mano del dictador. Allí estaba él, vestido de traje, rodeado de fascistas, y frente a sus ojos una mano flácida, la del dictador, y en su cabeza de pronto una idea divertida: «¿Se la estrujo?». Pero no, cabía la posibilidad de que le rompiera un dedo, y entonces a saber lo que le pasaría, a lo mejor lo fusilarían como fusilaron a los dos militantes nacidos cerca de Arroa Goia por sus acciones por la libertad de Euskadi... Pero ¡cuidado! ¡cuidado! Si volvía a Arroa Goia alguien podría pegarle un tiro o ponerle una bomba, y no precisamente un sicario del dictador, sino uno de aquellos militantes por la libertad de Euskadi, *persona non grata.*

—¿Y qué, Manuel? ¿Te entró miedo? No pensaba que fueras un cobarde —le susurré, a ver si lo enderezaba hacia el balcón-terraza.

Se retorció en el sofá, y empezó a gritar braquicefálicamente:

—¡Yo no tengo miedo a nada, fluf! ¡Ni siquiera fluf a la muerte!

Abrió los ojos y amenazó al aire con los puños.

—Seguro que le tienes miedo a algo, Manuel —le dije.

—Lo único que me da miedo es morir sin dignidad. ¿Qué pensarías tú, eh?, ¿qué pensarías tú si te dijeran: «Ah, sabes que a Urtain lo han matado como a un animal»?

Solo estuvo despierto un instante. Luego siguió con su sueño.

Otra vez dentro del sueño, Urtain se vio de nuevo en el Madison Square Garden. Allí estaba el cuadrilátero, allí estaban las gradas y los asientos capaces de albergar a veinte mil seres materiales. Se dirigió con dulzura a Muhammad Ali:

—Estoy muy contento a tu lado.

—También a mí me agrada tu compañía —le respondió Ali—. Ya sé que de joven fuiste un gran atleta, el más rápido y fuerte que jamás haya habido en el País Vasco. Saltabas por encima de los autos aparcados en la calle sin siquiera rozar el techo con los pies. También conozco tus marcas: levantaste la piedra cúbica de ciento ochenta y ocho kilos doce veces en quince minutos; la rectangular de ciento setenta kilos, en el mismo tiempo, veintitrés veces. Sin olvidar la hazaña que llevaste a cabo con la piedra cilíndrica de ciento doce kilos y medio: ciento noventa y dos veces en treinta minutos, y no con las dos manos, sino únicamente con la izquierda. ¡Increíble! Te admiro. Además, eras un hombre hermoso, como yo. *A very handsome man.*

A Urtain le embargaba la emoción. Estaba a punto de ponerse a llorar.

—¿Quién te ha contado todas esas cosas de mí, Muhammad? ¡Nunca lo habría imaginado!

—Ese *woodchopper*, Arria.

Urtain iba a preguntarle sobre su relación con el *woodchopper* Arria, pero el cuadrilátero del Madison Square Garden atrajo su curiosidad. Estaba completamente iluminado, la luz de cien focos caía directamente sobre la lona, y allí estaban, como princesas, bellísimas, sus tres piedras favoritas: la cúbica de ciento ochenta y ocho kilos, la rectangular de ciento setenta, y la cilíndrica de ciento doce kilos y medio. Antes de que Muhammad Ali le dijera nada, supo que estaban allí por él, para que fuera donde ellas e hiciera una exhibición delante de veinte mil americanos. El chaleco acolchado y el cubo con polvo de magnesio ya se encontraban junto a él. Todo estaba preparado.

Se frotó las manos con el polvo de magnesio.

—Es necesario hacerlo para que la piedra no se te resbale. Después de seis o siete alzadas las manos empiezan a sudar.

Se puso el chaleco acolchado. Era muy bonito, de color nacarado.

—Si no fuera por el polvo, la piel de las manos se nos irritaría.

—No nos vendría mal a los boxeadores —dijo Muhammad Ali.

Se le veía muy relajado.

—De todas formas, esto es lo más importante —dijo Urtain mostrando una faja larga—. Hay que colocarla alrededor de la cintura, bastante prieta. Una vez que se alza la piedra del suelo, la faja ayuda a equilibrar el cuerpo.

Quiso levantarse y caminar hacia el cuadrilátero para comenzar con el calentamiento previo a los ejercicios con las piedras; pero le fue imposible moverse. Se giró para contarle lo que le pasaba a Muhammad Ali, pero tenía los labios hinchados como después de un combate; no podía hablar. Estiró el cuello tratando de levantar la cabeza, y en aquel intento se despertó y abrió los ojos. Vio delante de sí el aparato de televisión; luego, a su izquierda, el balcón-terraza y la botella de brandy Soberano sobre la alfombra. Trató de levantarse e ir al baño, pero le venció la pesantez, y volvió a quedarse dormido.

—Ahí terminó el primer sueño de Urtain —dijo Batraele—. Cuando me di cuenta de que iba a empezar el segundo, intenté sustituir el fantasma de Muhammad Ali por otro que se metiera en su interior y le atacara desde dentro, y debo decir que lo logré. La cosa salió bien.

—Una buena táctica esa de meter al enemigo dentro —dijo Semiyazza—. Así lo hicieron en Troya con un caballo de madera. Tú, lo mismo, pero sin tanta parafernalia. Te felicito, Batraele. Y, ahora, veamos la segunda parte de la película.

—A ver si la cosa acaba bien —dijo Azazel.

—Ya sabemos que la cosa acabó bien. Por eso estamos en el cementerio de Arroa Goia, ¿no? —dijo Semiyazza con frialdad algo superior a la habitual (–7 °C)—. Por otra parte, los comentarios inútiles no hacen sino aumentar la acedía. Guardias como la de hoy ya son lo suficientemente pesadas como para añadirles más carga. Menos mal que los gatos y los murciélagos ponen un poco de movimiento.

Miré hacia el cementerio. Andaban por allí cinco gatos, los tres de antes y dos más, estos últimos con pelaje a rayas, todos con las orejas levantadas, también ellos en guardia. Quizás se comportaran así llevados por una de las historias que difundió el Tirano, según la cual los seres materiales en trance de su última transformación escapan de la tumba en forma de mariposa o de pájaro, opciones, sobre todo la del pájaro, bastante interesantes desde el punto de vista nutritivo. Pero en el aire del cementerio solo evolucionaban los murciélagos, seres incomestibles que, sin embargo, como había notado Semiyazza, aportaban bastante al movimiento, mucho más que los gatos.

Me fijé en el aparcamiento. Guillermo seguía allí, junto a la Lambretta, dándose el gusto de fumar otro cigarrillo tranquilamente. Tuve que dejar de observarlo. Batraele iba a comenzar con la narración del segundo sueño de Urtain, y yo debía estar atento.

Urtain sueña con el fantasma de una vidente en el sofá del piso de Fermín Caballero
Narración de Batraele, escrita y editada por Uzariel

La vidente, una mujer pequeña que, a juzgar por las arrugas de la cara, tenía más de setenta años, sombría, con una expresión en la que no cabían sonrisas, ni puras ni impuras, estaba sentada sobre una alfombra negra con las piernas hacia un lado, castamente, con la falda de su traje de chaqueta tapándole las rodillas. Urtain, también él sentado, en la postura de descanso que había aprendido en el gimnasio, con las nalgas sobre los talones, no sabía bien qué pensar, porque por una parte aquella mujer se parecía mucho a cualquiera de las viejecitas de Arroa Goia, pero, por otra, tenía los ojos violentos, fosforescentes. Era tan cegadora aquella mirada que se veía obligado a agachar la cabeza hacia la alfombra, como si allí se le hubiese perdido algo, una moneda o un anillo.

En la alfombra negra no había sin embargo anillos o monedas, sino únicamente las cartas de una baraja distribuidas desordenadamente, como dejadas allí al descuido. Cada una de ellas mostraba una figura. La vidente comenzó a reunirlas en un mazo:

—Esta es el Cuervo. Esta otra, la Armadura de Oro. Esta, la Luna. Esta, la Muerte...

Cuando Urtain vio que todas las cartas estaban bien colocadas, trató de hacerse con el mazo y barajarlas, como al comienzo de una partida, pero la vidente le tomó la delantera. Cogió una carta del mazo y la arrojó a la alfombra.

Urtain se quedó mirándola. Mostraba la imagen de un buey ensangrentado. La vidente fijó en él sus ojos fosforescentes:

—¿Te acuerdas?

—Sí —dijo él agachando aún más la cabeza. La mirada fosforescente le molestaba.

—¿Reconoces al buey?

—Pertenecía a Guillermo. Se llamaba Jaun, que en vasco quiere decir «señor». Perdió mucha sangre, esa es la verdad.

Se asombró de su buena memoria. Lo del buey había ocurrido cuando él tenía dieciocho años, en 1961.

—Háblame del asunto.

Urtain se retorció en el sofá.

—¡No quiero!

—¡Habla! ¿Qué sucedió con el buey Jaun? Quiero tu confesión.

Esta vez Urtain obedeció como un niño manso, y se puso a hablar sin cambiar de posición, con la cabeza gacha:

—Poco después de que muriera mi padre, la sociedad promotora de la que él había formado parte arregló una apuesta de arrastre de piedra con la condición de disputarla con los bueyes de nuestra casa. Estaban dispuestos a correr con todos los gastos, que no suelen ser pequeños, porque cada uno de esos animales come al día más de treinta kilos de habas o de maíz. En general, en vida de mi padre, no tenían rival, y lo ganaban todo, porque aquel hombre era fortísimo, más que yo, y ayudaba mucho empujando la piedra. Pero sucedió que uno de los bueyes de nuestra casa enfermó y se debilitó. Los socios de la promotora se alarmaron, porque con un animal enfermo era imposible ganar la apuesta, y no sabían dónde encontrar otro que lo pudiera sustituir con garantías.

Vinieron a verme a casa. Eran hombres que llevaban en las apuestas y en el juego toda la vida, de pocas palabras.

«Busca un buey que nos sirva. De lo contrario, tendremos que echarnos atrás y perder el dinero que pusimos como señal. Dile a su dueño que, de ganar la apuesta, la cuarta parte de la bolsa será para él. Y que, incluso en el caso de que perdamos, recibirá una buena compensación».

El encargo no era fácil de cumplir, porque el buey sustituto tendría que ser como el nuestro, de un metro cincuenta de altura y de unos mil doscientos kilos, y además de unos seis o siete años, porque los animales más jóvenes no valen para la plaza.

«Con la condición de ser yo el boyero», dije.

«No. Tú no. La sociedad ya cuenta con uno».

No me dijeron su nombre, porque en el mundo de las apuestas todo se lleva en secreto, pero tuve la certeza de que sería uno de los forzudos que a veces acompañaban a mi padre.

«Si encuentro el buey, ¿cuánto me pagaréis?».

Me prometieron una cantidad bastante alta, suficiente para comprar una bicicleta. Les di mi conformidad.

«Y por entrenarlos hasta el día de la apuesta, ¿cuánto?».

«No los vas a entrenar tú. Se quedarán en la casa del boyero».

Para entonces ya tenía fama de vividor, y por esa razón me dejaron fuera. Entrenar a los bueyes requiere un trabajo constante, y el horario suele ser muy estricto. No se fiaban de mí.

«Si encuentras al buey antes de una semana, te pagaremos el doble».

Soltaron aquella oferta y se marcharon.

Unos amigos me hablaron de un hombre mayor llamado Guillermo. Se había jubilado de su trabajo de carpintero en uno de los astilleros de la costa, y vivía en un molino aislado de Arroa Goia. Según supe, aquel viejo tenía un buey, uno solo, no una pareja, como se acostumbra, y solo por capricho, por andar con él de paseo, igual que hacen otros con su perro. Me dijeron que lo cuidaba muy bien, hasta tal punto que, cuando tenía que marcharse fuera por un día o dos, pagaba a un muchacho para que estuviera pendiente de él. Fue precisamente aquel muchacho quien me dio la mejor información.

«¿Un buey de seis o siete años que pese mil doscientos kilos y tenga metro y medio de altura? Hacedme caso. Os conviene el de Guillermo».

Le asaltó una duda:

«Pero no sé si os lo dejará. Él no es del ambiente de las apuestas. Además, siente mucho cariño por Jaun».

Fui al molino al día siguiente, una mañana de domingo, y me encontré en la puerta con un niño de pelo rizado que, antes de que yo dijera nada, me ordenó detenerme. Llevaba en la mano una máquina fotográfica.

«Voy a hacerte una foto», dijo.

«¿Dónde está Guillermo?», le pregunté.

En lugar de responderme, comenzó a moverse a mi alrededor y a sacarme fotos. Su máquina era muy elegante. Yo entonces no conocía la marca, Canon Lens. Luego sí, luego vi muchas.

«Yo soy Guillermo», dijo al fin.

Enseguida me di cuenta de que aquel niño era nieto del Guillermo que yo andaba buscando. Era descarado, un poco fanfarrón.

Urtain se quedó callado pensando en aquellas fotografías. ¿Dónde estarían? A lo largo de su vida de boxeador le habían hecho miles, pero aquellas primeras debían de ser diferentes. Seguro que lo eran, porque en ellas aparecería con su nariz natural, con el cartílago en su sitio. Eso era lo malo del boxeo, que obliga al boxeador a ser chato.

—Sigue —dijo mi emanación, la vidente de ojos fosforescentes sentada en la alfombra negra.

Le señaló la carta del buey ensangrentado.

—No quiero ver eso —dijo Urtain.

—No mires si no quieres. Pero sigue con la confesión. ¡Te lo ordeno!

Los ojos fosforescentes de la vidente le hacían daño, y comenzó a ponerse nervioso. Quería terminar cuanto antes con aquel asunto.

—El niño de pelo rizado me presentó a su padre y a su madre, que habían ido de visita al molino, y me llevó luego donde Guillermo. El viejo estaba en un cobertizo trasero que lo mismo podía servir de garaje como de almacén, y tenía en la mano un cuchillito con el que iba tallando la figura de un pájaro en una vara de avellano. Nada más saludarlo, empecé a explicarle el motivo de mi visita, pero él me indicó con un gesto que prefería hablar más tarde, cuando se fuera su familia. No era un hombre de trato fácil.

Tuve que esperar un buen rato. El niño no se daba por satisfecho con las fotografías que le había sacado a Jaun, y pidió a su padre que le ayudara a llevar el animal al puente que había enfrente del molino, y de allí, por sugerencia de su madre («con el agua hasta las rodillas parecerá un animal anfibio»), río arriba. En cuanto el padre y el niño se alejaron con el buey, la mujer se arrimó a mí. Era una descarada. Me llamó «bombón». «¿De dónde has salido, bombón?», me dijo. Me acobardé al oír aquellas palabras, porque con dieciocho años no conocía a mujeres atrevidas tipo *vedette*. Luego sí, conocí a muchísimas, venían al piso donde me quedaba con Pedro Carrasco con las bragas en la mano.

Cuando se dio cuenta de que su marido y su hijo ya estaban de vuelta con el buey, la mujer bajó la voz y volvió a hablarme:

«Los fines de semana trabajo de camarera en ese hotel-restaurante que hay aquí cerca, el Elizalde Mountain. Ven a visitarme y te invitaré a unas natillas. Dicho de paso, me llamo Marilú, aunque muchos me dicen Marilyn. Tengo treinta y cinco años y, como puedes ver, me conservo estupendamente».

Me hablaba con el brazo extendido hacia lo alto del molino, como si me estuviera dando explicaciones sobre el tejado del edificio. Mientras, su marido y su hijo tiraban de Jaun para sacarlo del río, como imbéciles.

«Has hecho muchas fotos?», preguntó a su hijo.

«Lo menos diez. Todas buenísimas», respondió el niño. Efectivamente, era un fanfarrón.

Batraele se echó a reír en ese punto de su relato, no como Azazel, al estilo hiena, sino en el suyo propio, con el mismo sonido que hacen los seres materiales cuando mueven arriba y abajo las flemas acumuladas en la garganta. Adoptó luego el registro de gama alta de Semiyazza y nos hizo una consideración:

—Al igual que los asteroides, que al no poder escapar de su órbita se ven obligados a girar y a seguir girando, la mente de Urtain comenzó a transitar una y otra vez por los mismos puntos, X, Y, Z, siendo X el piropo de Marilú o Marilyn, «¿De dónde has salido, bombón?»; Y, la cabeza de pelo rizado del niño con la Canon Lens pegada al ojo; Z, el viejo Guillermo indicándole que del asunto de la apuesta hablarían después de que su familia se marchara del molino. Así, durante un lapso de tiempo, X-Y-Z, X-Y-Z, X-Y-Z.

—Menos mal que no fui testigo directo de esa situación —dijo Semiyazza—. Me habría dado un ataque de acedía.

—También yo lo pasé mal. Aquella rotación continua se me hacía insufrible. Decidí entonces aumentar la intensidad fosforescente de mi emanación, y resultó que la solución fue peor. Urtain se olvidó de su X-Y-Z, pero sus ojos se quedaron clavados en los de la vidente. «Tengo que sacarle de esa hipnosis», pensé. Si lo de la rotación había sido insufrible, más aún lo era estar a la espera de que el hipnotizado se deshipnotizara.

—Desesperante —comentó Semiyazza con una cierta calidez (–1 ºC).

—Así es, señor. Pero encontré una solución. Hice que la fosforescencia de los ojos perdiera intensidad, forteleciendo en cambio la presencia de la carta. Urtain salió de su hipnosis y la miró. En un primer momento, confundido como estaba, pensó que la imagen que figuraba en ella era una de las fotografías que Guillermo le había hecho a Jaun. Pero no, la carta era la misma de antes, la que mostraba al buey ensangrentado, ahora algo más fosforescente. Ya veis, compañeros, la misión de la calle Fermín Caballero no fue fácil. Insuflar sueños no es una ciencia exacta.

—Es posible que no —dijo Azazel, molesto por el buen entendimiento que mostraban Batraele y Semiyazza—. En cualquier caso, los sueños que yo insuflo suelen ser topográficamente exactos. ¡Así es! ¡Up!

Batraele sufrió una sacudida, y el aire de nuestro alrededor se movió en espiral, como con un remolino.

—Con permiso, Semiyazza, una pregunta.

—Adelante.

—Todos sabemos que Azazel no es el grigori más cordial de nuestro ejército, pero nunca le había visto tan ensoberbecido, ¡kra! Si me pudiera explicar la razón se lo agradecería, señor. ¡Kra! ¡kra!

Todos los que han leído con atención a John Milton conocen el pasaje donde se habla del carácter de los ángeles rebeldes: «Aquel que una vez fue capaz de rebelarse y de poner en riesgo su belleza y su ser nunca se quedará acurrucado en un rincón, y si alguien trata de humillarlo se rebelará de nuevo, y no habrá disciplina ni reglas que lo contengan». Semiyazza también lo conocía, como conocía el carácter de los de la legión de Batraele: normalmente eran del estilo Ulises, amables y aficionados a la palabra, pero se convertían en guerreros del estilo Áyax si era preciso, y no resultaban adversarios fáciles.

Lanzó un suspiro, no muy frío, –3 ºC.

—Sí, Azazel está un poco envalentonado. Sabe que van a nombrarle suboficial.

Temí la reacción de Batraele. Era posible que el logro de nuestro compañero le pusiera furioso, y eso no era bueno. Las disputas internas perjudicaban a todos, pero principalmente a nosotros, los de menor rango.

Sin embargo, no hubo problema. Semiyazza nos lo hizo saber dando énfasis a sus palabras:

—¡También tú serás suboficial, Batraele! Y, además, coordinador de todos los grigoris de esta zona. Me lo acaba de confirmar Luzbel. El nuevo poder os llegará en cuanto se acabe la misión de hoy.

—Muy pronto, entonces. Urtain no va a resucitar, y nos marcharemos de esta mierda de cementerio a toda hostia —dijo Azazel con su risita de hiena—. ¡Felicidades, Batra!

—¡Felicidades, Aza!

Confieso que no aguanto los hipocorísticos, y que, si pudiera, atacaría a todos los que desde que el mundo es mundo se han dirigido a mí llamándome «Uza» o «Uzarielchu», porque en el caso de los de mi legión esas formas no suelen indicar confianza o amistad, sino menosprecio. Pero es lo que tiene la vida militar: jerarquía. No podemos reclamarles nada a los que en la escala de mando están por encima de nosotros. Una vez, siendo todavía un ángel militar de poca experiencia, le abrí mi corazón a uno de la legión de los azazel, quejándome del disgusto que me causaban los hipocorísticos. «¡Que te jodan!», me respondió. Si en el cementerio de Arroa Goia me hubiese quejado de que se premiara a Batraele y a Azazel, y no, en cambio, a mí, habría escuchado esas mismas palabras: «¡Que te jodan!».

—Semiyazza, señor, se le ve contento. ¿Podemos saber a qué se debe? —dijo Azazel, y la pregunta me sacó de mi ensimismamiento.

—Me han nombrado capitán —dijo Semiyazza.

De haber sido un ser material, se le habría hinchado el pecho al decirlo.

—¡Up! —exclamó Batraele.

—¡Up! ¡up! —añadió Azazel.

—¡Qué alegría! —dije yo.

En la escuadra reinaba un nuevo ambiente. Batraele y Azazel silbaron varias veces en señal de admiración hacia Semiyazza. Luego se pusieron a hablar con mucho ardor, quitándose mutuamente la palabra, a una velocidad que me impedía seguirlos.

Miré hacia el cementerio. Ya no había gatos allí, ni murciélagos, y las tumbas, lo mismo las que estaban a ras del suelo como las de los nichos, desprendían soledad; en especial la más reciente, la de José Manuel Ibar Azpiazu, Urtain. Me vino un pensamiento: ¿cuál era el efecto de la corona de rosas y los tres ramitos de flores que descansaban sobre su tumba?, ¿agravaban la soledad o la aligeraban? Me pareció que al menos los ramitos la agravaban, porque no hablaban solo del desamparo del que estaba allí enterrado, sino, también, del de quienes los habían llevado. Si mi clarividencia no me engañaba, eran flores estériles, rastro de deseos que en su momento habían quedado truncados.

Oí el sonido de un motor, metálico y dulce a la vez. En la oscuridad de la noche, la luz del faro de la Lambretta iluminó primero las ramas de un árbol; luego, como una linterna, las piedras del muro del cementerio. Guillermo enfiló la salida del aparcamiento y marchó colina abajo sin apenas acelerar, a velocidad de paseo.

No muy lejos, en los alrededores, las luces de las casas solitarias mitigaban la oscuridad; las de los edificios y las calles de la costa formaban una corona. Al fondo, en el mar, se distinguían los fanales de un barco de carga.

Guillermo no marchó en la dirección que poco antes habían tomado el Mercedes-Benz de Pedro Carrasco y el Volkswagen de los fotógrafos; siguió adelante, apartándose de la autopista, por la carretera de Arroa Goia. Antes de llegar al pueblo, tomó una segunda carretera, muy estrecha, y un kilómetro después cruzó el puente de un río y detuvo la Lambretta frente a una casa grande con el tejado a cuatro aguas.

Lo supe en cuanto vi el río y el puente. El molino que Urtain había visitado en busca de un buey y aquella casa grande eran lo mismo; el niño que había estado sacando fotos al animal y el ser material que acababa de llegar en la Lambretta eran, ambos, el mismo Guillermo. Me vino enseguida la confirmación de la coincidencia, quizás porque Luzbel me asignaba ahora, en compensación por mi no ascenso, una clarividencia extra. Vi al niño de pelo rizado tratando de hacer una buena foto al buey y dándole órdenes: «¡Jaun, mira a la cámara!»; «¡No bajes la cabeza, Jaun!». La máquina fotográfica era la que Urtain había visto mientras soñaba, una Canon Lens que había cogido de la tienda de su padre.

Mis compañeros de escuadra estaban mirándome. Tuve la impresión de que me habían estado analizando, molestos con mi mutismo, y temí su amonestación. Pero Semiyazza no estaba enfadado conmigo. Se aburría, como siempre en las guardias. Eso era todo. La acedía es una mala enfermedad.

—Batraele, sigue contando la película de la calle Fermín Caballero —dijo.

—Lo haré encantado, señor —respondió Batraele con una voz que era casi toda miel.

Se nos apareció enseguida Urtain. No tumbado en el sofá, sino dentro del sueño, mirando la carta del buey ensangrentado que estaba sobre la alfombra negra.

SIGUE EL SEGUNDO SUEÑO DE URTAIN
Narración de Batraele, escrita y editada por Uzariel

El fantasma, la vidente de ojos fosforescentes, se dirigió con severidad a Urtain y le pidió que relatara lo ocurrido durante su visita al molino. Seguía en la misma casta postura de antes, sentada con las piernas hacia un lado, con la falda gris tapándole las rodillas.

De primeras, Urtain rechazó la proposición. Como siempre.

—¡No quiero!

—¡Sigue con el relato! —le ordenó la vidente.

Una vez más, Urtain obedeció como un esclavo. Bajó la voz y se puso a contar.

—Pues esperé a que se fueran el niño, la madre y el padre, y le expliqué a Guillermo la propuesta de la sociedad promotora: si se gana la apuesta, tanto; si se pierde, menos, pero bastante. Guillermo dudó y se quedó mirando al buey. Era un animal fuera de serie, de color rojizo brillante, parecía que le hubieran dado lustre. Cuando volvió a hablar, me pidió detalles del pago. Necesitaba garantías.

«Lo dejaremos todo firmado», le dije.

«Seguimos adelante, entonces», dijo.

Me extendió la mano. Se la estreché al estilo de los forzudos cuando quieren hacer una broma, apretándosela muy fuerte, a ver si la retiraba por miedo a que le rompiera algún hueso; pero había trabajado de carpintero en el astillero, y aguantó bien el apretón.

«¿Cuándo vais a venir a por él?», preguntó mirándome a los ojos.

Le dije que no había tiempo que perder.

«Tu buey tiene que entrenarse con el otro. A la apuesta deben llegar acompasados».

Volvió a dudar.

«¿Qué piedra va a ser?».

«La de Tolosa. Es de cuatro mil kilos».

La vidente simuló sorpresa.

—¿De cuatro mil kilos? ¿Y qué hacen los bueyes? ¿Llevarla a rastras? ¿Cómo son esas apuestas, exactamente? —preguntó exagerando el tono.

—¿De dónde eres tú, vieja? ¿Cómo es que no lo sabes? —se envalentonó Urtain—. Pues claro que los bueyes la llevan a rastras; no en una plaza normal, sino en las que están preparadas para las apuestas, con suelo pavimentado con cantos de río. Pero no solo ellos empujan la piedra. La empujan también los boyeros. ¿Qué? ¿Te has enterado o necesitas más explicaciones? No serás un poco tonta, ¿verdad?

—No soy nada tonta —se rio mi emanación, la vidente.

—¡Me alegro! —dijo Urtain—. ¿Y qué debo hacer ahora? ¿Seguir con lo del molino?

—Así es. ¿Cómo reaccionó Guillermo?

—Pues a su manera, con parsimonia. Cuando le informé de que la piedra de la apuesta iba a ser la de cuatro mil kilos, lo menos estuvo un minuto pensando. En aquel molino, todos se tomaban su tiempo: el niño para hacer fotos; el viejo para sopesar las condiciones de la apuesta. La única que en aquella familia se movía rápido era Marilú o Marilyn, la madre.

«¿Cuánto tiempo durará la prueba?», me preguntó Guillermo.

«Una hora».

Guillermo volvió a quedarse pensativo.

«El documento del contrato lo tienen que firmar todos los promotores. Cuando me lo traigas, te llevas a Jaun», dijo al fin.

«No tengas cuidado. Estará bien alimentado».

«¿Necesitaréis un frontil?», me preguntó.

Se refería a la pieza de cuero blando que se pone como protección en la cabeza de los bueyes. Suelen ser muy bonitos, con flecos y borlas de color. Vi que Guillermo tenía tres de ellos colgando de la pared, dos con borlas rojas y un tercero bastante caprichoso, con borlas blancas y verdes. Le pedí aquel.

«Es más apropiado para un paseo que para una apuesta», dijo.

No acababa de estar convencido.

«Nos dará suerte en la apuesta», le dije. No sé por qué, pero se lo dije.

—Así es como ocurrió, ¿no es verdad? Os dio suerte. Suerte mala, sobre todo —dijo la vidente tomando en las manos la carta con la figura del buey ensangrentado.

Urtain se enfureció:

—¡La suerte no tuvo nada que ver! Fueron las anfetaminas, por si no lo sabes.

—Por una parte, ganasteis la apuesta. Pero, por otra...

La vidente arrojó una nueva carta sobre la alfombra negra. Tenía el dibujo de un frontil de borlas blancas y verdes. Algunas de las borlas blancas tenían manchas de color granate (Pantone 19-1930 TCX).

—¡No quiero ver más sangre! —protestó Urtain—. La verdad es que la apuesta fue dura. Había mucho dinero en juego.

Urtain se relajó en el sofá y su sueño cambió. De pronto ya no estaba allí, sentado en la alfombra negra en compañía de mi emanación, el fantasma de la vidente, sino en Arroa Goia, bastante feliz.

Pensé que debía estropear aquel nuevo estado de ánimo.

—El dinero es necesario —dijo la vidente—. Sobre todo cuando se tiene una deuda de tres millones.

—Debo confesarlo. No mordió aquel anzuelo —dijo Batraele interrumpiendo su relato y dirigiéndose a nosotros, sus compañeros de escuadra—. El pez no quería salir a la superficie. Una vez más, me inquieté. ¿Cómo no era capaz de empujar a aquel ser material, Urtain, hacia el balcón-terraza? ¿Tan bajo habíamos caído los de nuestra legión?

—¿Qué quieres? ¿Que te llevemos la contraria y te alabemos? —dijo Azazel—. Todos sabemos que tuviste éxito. Y, la verdad, tampoco debió de ser tan difícil. ¿Quién no podría dejar KO a un boxeador cansado que tiene una deuda de la hostia? El mismo Uzariel lo habría conseguido.

Batraele y Azazel, Azazel y Batraele, los dos estaban crecidos.

Semiyazza salió en mi defensa:

—Uzariel se encarga de los informes. No participa en la lucha directa —dijo con frialdad media, –5 ºC—. ¡Batraele, sigue con la película!

—Voy, capitán. Pues, sí, Urtain logró zafarse del sueño que yo le estaba insuflando y entró en otro cuyo escenario, por decirlo así, no era apropiado para nosotros los grigoris.

—Suena interesante —dije. El mutismo no está bien considerado en la *lex legionis*, y llevaba un tiempo sin decir nada.

Nos pusimos a escuchar. Vimos que Urtain seguía tumbado en el sofá, pero más relajado que antes, bocabajo, como en una sesión de masaje.

Cambio en el segundo sueño de Urtain
Narración de Batraele, escrita y editada por Uzariel

Apareció un nuevo escenario en la mente de Urtain, muy diferente al de la habitación de la vidente, sin alfombra negra ni cartas. En un primer momento no lo identifiqué, y me limité a dejarme llevar, o mejor, a viajar dentro del sueño como un insecto en el vientre de un sapo.

El aire de aquel lugar estaba repleto de olores. «¿A qué huele aquí?», me pregunté. Inmediatamente, como en una pantalla, tuve ante mí una lista numerada: uno, a velas encendidas; dos, a hierbabuena; tres, a la cera con que se abrillanta la madera; cuatro, a incienso; cinco, a jazmín; seis, a ratones; siete, a perfume femenino; ocho, a perfume masculino; nueve, a polvo acumulado.

Conseguí concentrarme, y empecé a distinguir las sombras que surgían de la penumbra, el decorado del lugar. Había allí columnas flamígeras, seres materiales barbudos vestidos con túnicas, niños dotados de alas, una mujer vestida como una reina y un sinfín de objetos de color dorado. Sentí de pronto una gran angustia: enfrente de donde me encontraba, más allá de una fila de bancos, había una mesa de mármol, y al lado, una cruz grande. ¿Dónde me encontraba? La respuesta era fácil: ¡en una de las fortalezas del Tirano! No tenía dudas, pero de tenerlas, allí estaba, no muy lejos de la cruz, el asqueroso símbolo: una estatua del arcángel Miguel atravesando con su espada el cuello del dragón. «¡Esto es repugnante!», grité. «¡Repugnante!».

Me hallaba prisionero dentro del sueño. Pensé en huir, pero la intensificación de tres de los olores que volaban por la fortaleza me detuvo. Efectivamente, por encima del olor a hierbabuena, a cera, a incienso, a jazmín, a ratones, a polvo acumulado, destacaban el de las velas encendidas y el de los dos perfumes, el masculino y el femenino. Procedían de una suerte de cueva abierta en uno de los muros de la fortaleza, es decir, de lo que llamaríamos una capilla. Decidí investigar.

En un rincón de la capilla había una bandeja metálica que sostenía unas cuantas velas encendidas, concretamente seis. La luz de las pequeñas llamas iluminaba suavemente la estatuita dedicada al charlatán que llaman san Antonio; pero no solo a él, también a dos seres materiales sentados cerca, en un banco. Uno de ellos era Urtain, que, para mayor lucimiento de sus bíceps y tríceps, llevaba una camisa blanca de manga corta; el segundo, una mujer joven de pelo rubio cuyo traje, corto, de satén negro, dejaba al descubierto una parte de sus muslos, unos diez centímetros por encima de las rodillas. Pensé por un momento que se trataba de una viudita vestida de luto, pero enseguida me di cuenta de que, en realidad, era una de las camareras de un restaurante de lujo cercano, el Elizalde Mountain. Sobre el traje de negro satén llevaba un delantalillo blanco que, al tener forma de triángulo invertido, parecía señalar su bajo vientre.

Urtain se inclinaba hacia delante en el banco, con las manos juntas, cabizbajo. La mujer de pelo rubio, la bonita camarera, permanecía con la espalda recta y los brazos extendidos. Identifiqué el perfume masculino: Varon Dandy. A continuación, el femenino, cuyo fondo era de lavanda y bergamota: Heno de Pravia. En comparación, el olor de las velas encendidas resultaba débil.

—Querría llorar por lo que ha pasado en la apuesta. Te lo digo de verdad, Marilyn —dijo Urtain con los ojos fijos en el suelo.

La bóveda de la capilla hizo resonar su confesión.

—No hay derecho a hacer lo que han hecho los de la sociedad —añadió.

La mujer, la bonita camarera, permaneció en silencio, un tanto rígida. Solo sus ojos se movían. Iban de las velas encendidas a la estatuita de san Antonio, y de la estatuita de san Antonio a las velas encendidas.

—Me he dado cuenta nada más empezar los bueyes a tirar de la piedra de cuatro mil kilos. Aquello no era normal —siguió Urtain—. Iban demasiado deprisa sobre la calzada, parecían caballos. Pero no por el café o por el coñac, sino por las anfetaminas. ¡Las anfetaminas! ¡Los bueyes estaban hasta el culo de anfetaminas! Perdona que hable así, Marilyn, normalmente no soy tan grosero.

—No tiene importancia —dijo la camarera—. Cosas más fuertes nos dicen los hombres de negocios que vienen al restaurante. Cuando no los acompañan sus mujeres, claro está. Un tipo que vino el otro día, uno que es socio de una papelera, cogió una almeja del plato, la chupó, y me dijo: «Me encantaría chupar también la tuya».

—¡Menudo cerdo! —exclamó Urtain—. Yo, en cambio, soy más considerado.

—No me cabe duda —dijo la camarera, y añadió, cambiando de tono—: Han encontrado a Jaun muerto en el bosque, en una de las pozas del río. Me ha llamado mi marido para decírmelo.

—Sí, ya lo sé. Ese buey estaba fuera de sí, y se ha escapado de la plaza en cuanto le han quitado el yugo. Desgraciadamente ha tirado hacia la zona del bosque por donde pasa el río y se ha despeñado. ¡Qué mala suerte! Si se hubiera dirigido a cualquier otra parte ahora seguiría vivo. Anfetaminado, pero vivo. La verdad, me da pena.

Urtain hablaba ronroneando, con la vista puesta en los muslos de la camarera.

—Sí, Guillermo lo ha pasado muy mal. Perdona que te lo diga, ya sé que es tu suegro, pero no tenía que haber ido a ver la apuesta. Los boyeros han manejado los pinchos sin contemplaciones. Sin ninguna necesidad, además. Estaba claro que iban a ganar la apuesta. Y a pesar de todo, cada vez más punzadas. La piel de los bueyes ha empezado a llenarse de manchas de sangre. Luego, han comenzado a echar espuma por la boca y a defecar. Y ¡qué velocidad! Ya te he dicho, parecían caballos. Sí, ha sido triste. En una de esas, al boyero que iba delante se le ha desviado el pincho, y se lo ha clavado a Jaun justo encima de un ojo. Guillermo se ha levantado de su asiento como si lo hubiera sufrido en su propia carne. Estaba blanco como una pared. Creo que ha tenido la intención de salir a la plaza y parar la apuesta, pero no es fácil hacer eso delante de quinientas personas, y al final se ha marchado.

—Pero un hombre debe tener más carácter, ¿no? —dijo la camarera—. Eso de tener tanta empatía con un buey, pues qué quieres que te diga. Es un hombre débil, eso es lo que pasa. Igual que mi marido. Por suerte, el chaval ha salido a mí. Es más Marilyn que otra cosa.

Se rio y apoyó la cabeza en el hombro de Urtain.

—¿Qué quiere decir esa palabra, «empatía»? —preguntó Urtain.

Estaba sorprendido con la reacción de la camarera.

—Es algo parecido a la simpatía. Recuerdo que un día la utilizó un cliente del restaurante. «Deberíamos mostrar más empatía hacia esos patriotas que tenemos en la cárcel.

No estaría mal que les enviáramos los restos de bogavante que nos han sobrado». Lo dijo con sorna, claro. Para complacer al gobernador civil de la provincia, que estaba sentado a la mesa.

La camarera se movió en el banco, y la falda de su traje retrocedió cinco centímetros.

Urtain decidió cambiar de actitud. Algunos seres materiales se ablandaban al escuchar cosas tristes, pero la camarera del restaurante Elizalde Mountain no era de esa clase. Puso una mano entre los muslos de ella; la otra, pasando el brazo por encima del hombro, en la teta del lado derecho.

—¡Qué perfume más rico! —dijo la camarera.

—Varon Dandy.

La camarera comenzó a aflojar los pantalones de Urtain.

—Es el perfume de hombre que más me gusta —dijo.

— Y tú, ¿cuál llevas? ¿Chanel n.º 5?

—Pues sí. El mismo que la Marilyn americana.

Se tumbaron sobre la moqueta que cubría el suelo de la capilla, entre el banco y la bandeja de las velas encendidas. Unos segundos después, la camarera tenía la falda subida hasta la cintura. Como habría dicho Azazel, el lanzamiento era inminente.

Un trueno recorrió la fortaleza del Tirano. No llegó de las nubes, sino del órgano del coro. Daba la impresión de que estaban apedreando el teclado. Asustados, los ratones salieron de sus nidos y se pusieron a correr en todas direcciones. En la capilla, Urtain y la camarera se incorporaron de golpe y fijaron los ojos en san Antonio, como si aquel charlatán fuera el responsable del escándalo...

—¡*Coitus interruptus!* —exclamó Semiyazza.

—Efectivamente, un siervo del Tirano arruinó aquel momento de amor —dijo Batraele—. Dirigí la vista hacia el coro y allí estaba el típico ser material vestido de negro aporreando el teclado de un órgano Henri Didier. Miraba hacia la capilla con el rostro desencajado.

Quise decir algo que estuviera a tono con el ambiente de la escuadra, pero no se me ocurrió nada. No me sentía a gusto. Me dolía la forma en que el ser material vestido de negro trataba al Henri Didier. Aquel instrumento era muy capaz de emitir sonidos dulces, yo lo sabía mejor que nadie después de asistir a mil funerales.

Semiyazza se echó a reír. La temperatura de su aliento subió, cosa rara, hasta los 5 ºC.

—¡No es creíble, Batraele! Te agradezco que hayas querido añadir un poco de espectáculo al relato, pero eso de que un siervo del Tirano interrumpiera el coito con un trémolo huele a bulo.

—Así es, capitán, pero quería divertirle —dijo Batraele—. De todas formas, el bulo voló rápido por la zona de la costa, y muchos se lo creyeron. Uno de ellos fue el joven Guillermo y, por lo que cuentan, un día que estaba en la escuela confesó a sus compañeros la intención de matar a Urtain. Pensaba que Urtain había manchado el nombre de su madre.

—El de Marilú o Marilyn —dije.

Azazel rio a su estilo, en plan hiena:

—Nuestro Tirolés todavía era un niño. No le gustaban las putas.

Batraele iba a continuar con su relato, pero Semiyazza le hizo un gesto: *stop*. Había movimiento en la parte de Arroa Goia. En el silencio de la noche empezó a oírse un sonido, una vibración mecánica transmitida por el aire.

Quizás por mi nuevo grado de clarividencia identifiqué enseguida aquel sonido. Correspondía al motor de la Lambretta Li 150 Special.

Miré hacia el molino, a la espera de que Guillermo encendiera la luz del faro. Pero no lo hizo. Avanzó hacia el cementerio a oscuras, suavemente, conduciendo con cuidado. No venía solo. Traía a alguien en el asiento de atrás.

—Ya sé a qué vienen —dijo Semiyazza. Estaba muy atento—. ¿Y vosotros? ¿Tenéis alguna idea?

Batraele y Azazel respondieron negativamente. No se les revelaba el motivo de aquel movimiento. Tampoco a mí, pero recordaba lo que nos había dicho Semiyazza horas antes: «Es un verdadero campeón, nuestro Tirolés. Está lleno de odio, dispuesto siempre a escuchar los consejos que le queramos dar». Llegué a la conclusión de que Guillermo y su acompañante venían a hacer algo fuerte.

—Pronto saldréis de dudas, angelitos —dijo Semiyazza.

Hablaba ya como un capitán, con paternalismo. Además, tras el cuento del coito interrumpido, estaba contento, con el aliento a 3 ºC.

Los dos seres materiales se dirigieron hacia la entrada del cementerio después de dejar la Lambretta en un rincón del aparcamiento. Guillermo llevaba un saco de arpillera en una mano, con algo pesado dentro; en la otra, un objeto puntiagudo. Su acompañante, más alegre, con un Cohiba casi consumido en la boca y medio litro de champán Codorníu Brut en las venas, iba canturreando. Vestía muy bien, de traje y con camisa blanca, sin corbata, y calzaba zapatos negros de charol.

—Ahí va nuestro Franki —dijo Semiyazza.

—Tan feliz como siempre, el muy cabrón —dijo Azazel.

Guillermo empujó con una pierna la puerta del cementerio y entró. Detrás de él, con una mano en el bolsillo y la otra al aire con la punta del Cohiba entre los dedos pulgar e índice, Franki elevó la voz y entonó una canción: «Manda rosas a Sandra, que se va de la ciudad...».

—Está bebido —dije.

—Está contento —me corrigió Azazel.

Una de las nubes del cielo se desplazó y en su lugar apareció la luna, amarilla y redonda. Los muros del cementerio dejaron de ser sombras y tomaron consistencia.

Semiyazza nos interpeló de forma festiva.

—Ya veis, Guillermo se ha dirigido a la tumba del ser material Urtain. ¿Qué me decís, angelitos? ¿Adivináis el objetivo de la visita?

—Todavía no, querido capitán —le respondió Azazel en el mismo tono.

Batraele no dijo nada, y yo tampoco.

Guillermo se arrodilló delante de la tumba. Identifiqué lo que había dentro del saco de arpillera. Era una maza. El otro objeto, un clavo largo.

—Un cincel —precisó Semiyazza.

Guillermo estuvo un rato mirando la noche, el cielo oscuro. Abría y cerraba la boca, movía los labios. Si los seres materiales que viven bajo el imperio del Tirano hubiesen presenciado la escena, habrían pensado que estaba rezando. Pero no, se movía en nuestro registro: blasfemaba. Franki empezó a reírse a carcajadas.

Semiyazza también se rio.

—Durante el tiempo que ha durado el entierro, Guillermo se ha quedado aparte, en el grupillo de Pedro Carrasco y los boxeadores veteranos, y no se ha dado cuenta de que los marmolistas no habían acabado su trabajo y de que en la tumba no había lápida. Ha hecho el viaje en balde.

Mi clarividencia me permitió volver a ver lo de aquella tarde, el marmolista hablando por teléfono desde su taller: «¿Para hoy? ¿Que lo queríais para el entierro? Imposible. Si lo terminamos para mañana, contentos. Es lo que pasa con la gente que se suicida. Pilla a todo el mundo por sorpresa». Vi a continuación las letras y los números de la lápida —«Aquí yace José Manuel Ibar Azpiazu, Urtain, 1943-1992»—, y luego, la decoración: un medallón con su fotografía y, en relieve, una escena de deporte rural, dos bueyes tirando de una piedra rectangular, con varias golondrinas volando por encima.

No se precisaba clarividencia alguna para entender la rabia de Guillermo. Todos los de la escuadra conocíamos la razón. Sin embargo, ni Azazel ni Batraele dijeron nada. Yo tampoco. Era el momento de Semiyazza, el nuevo capitán:

—Guillermo ha venido con la intención de destrozar la lápida de Urtain. Demasiado pronto. Está bien sentir odio, pero no hay que cegarse. Se lo tendrás que enseñar cuando te quedes con él en el molino, Uzariel. El odio frío es más eficaz que el romántico.

—De paso que cuidas de Guillermo, ayuda un poco a Franki. Tiene demasiada confianza en sí mismo. Es el único defecto que tiene ese cabrón —dijo Azazel.

La mención directa que a mi ser inmaterial habían hecho Semiyazza y Azazel me afectó doblemente. Sentí en primer lugar sorpresa, porque no entraba en mis planes ser guía de Guillermo. Comprendí, luego, que las órdenes emitidas por Luzbel habían llegado hasta mí. No me beneficiaría de ningún ascenso. En lugar de ello, se me asignaba aquel nuevo destino, no muy deseable. Debería quedarme en el molino hasta el día en que Guillermo fuera enterrado en el cementerio para su postrera transformación. En el futuro inmediato, esa sería mi misión.

Azazel volvió a dirigirse a mí:

—Felicidades, Uzariel. Estarás bien en el molino de Guillermo. Si mi impresión no es falsa, te has vuelto muy sensible al paisaje de este lugar de montes y costa. Tanto como cualquier ser material que visite la vecindad.

La mención a mi sensibilidad hacia el paisaje me bajó el ánimo. No era la primera, ni la segunda. Debía aceptarlo, mis compañeros de escuadra tenían mala opinión de mí, y querían marginarme, condenarme a la soledad en el molino de Guillermo. No eran imaginaciones mías, ni la interpretación neurótica de un grigori *mi-cuit*. «¡Acéptalo, Uzariel! —me dije—. ¡Acéptalo!».

Me atreví a hacer una petición:

—Semiyazza, capitán, quisiera conocer los detalles de mi trabajo con Guillermo.

La respuesta no vino con un aire especialmente helado:

—Solo tendrás que hacer lo de costumbre. Fundamentalmente, redactar informes sobre él. Tú eres nuestro Milton.

—Necesitaré ayuda, capitán. ¡Necesitaré datos!

La reivindicación me salió de muy dentro. Una cosa era informar de un ser material famoso como Urtain teniendo a mano los testimonios de Batraele y de Azazel, y otra muy distinta cumplir el mismo cometido con Guillermo. Me resultaría fácil, estando en el molino y siendo su sombra, saber de su día a día, pero ¿cómo conocer su pasado?, ¿cómo escribir sobre él sin los datos que me pudieran facilitar los batraele o los azazel?

—¿Alguna vez te ha faltado información? —me dijo Semiyazza con aliento frío (–7 °C). Decidí no seguir con mis reclamaciones.

Miré a Guillermo. Estaba sentado sobre la losa de la tumba contigua a la de Urtain, con los brazos abiertos: en una mano, la maza; en la otra, el cincel. Movió de pronto la cabeza como en busca de algo y, al ver un gato en la escalinata de un panteón cercano, le arrojó el cincel con toda su fuerza. Se oyó el sonido del metal al chocar contra la piedra, pero ningún maullido. Franki se echó a reír, pero se le atragantó el humo del Cohiba y empezó a toser. Tiró al suelo lo que le quedaba del puro y tomó del brazo a Guillermo.

—Tranquilo, Tirolés. Ya romperemos la lápida otro día. ¡Anímate, *s'il vous plaît*! Enciende un Camel y... ¡adelante!

Guillermo aceptó la sugerencia. Sacó un cigarrillo de un paquete de Camel y lo encendió con un mechero plateado. De su boca salió una línea de humo, un suspiro.

—No hay duda, Franki tiene más personalidad que Guillermo —dijo Batraele.

Semiyazza adoptó el tono de un instructor, como si delante tuviera reclutas, y no grigoris de mucha experiencia:

—Eso es indudable. Pero Guillermo es muy listo. Tal como la tenía planteada, su acción era segura. El sabotaje se lo achacarían a algún grupo político radical, habida cuenta de la relación de Urtain con la dictadura. Imagino a Guillermo sentado enfrente de la televisión derritiéndose de gusto al oír los chillidos de los integrantes de una tertulia: «Los terroristas ya no respetan ni a los muertos».

—Tiene razón, capitán —apuntó Azazel—. Pero tampoco es la hostia en verso. Venir con una maza y un cincel a romper una lápida que todavía no está colocada, en fin, eso no lo hace un tipo listo.

La temperatura del aliento de Semiyazza subió hasta los 2 ºC.

—Es normal, Azazel. Al fin y al cabo, es un mero ser material. No puede compararse con nosotros.

Camino del aparcamiento, Franki tomó del brazo a Guillermo y volvió a entonar su canción: «Manda rosas a Sandra, que se va de la ciudad...». Cuando llegaron al lugar donde estaba aparcada la Lambretta, le pasó el brazo por el hombro y lo abrazó. Guillermo bufó varias veces y trató de decir algo, pero Franki se lo impidió poniéndose a cantar más fuerte: «A su lado yo viví, y jamás fui tan feliz...». Guillermo desistió al fin. Apagó el cigarrillo, metió la maza y el cincel en el saco de arpillera y lo colocó debajo del manillar. «Enciende la luz de la moto, Tirolés», dijo Franki en el momento de ponerse en marcha. Tenía razón. No había motivo para llevarla apagada. Si alguien les preguntaba: «¿Qué hacéis a estas horas en el cementerio?», ellos podrían responder: «Hemos aprovechado el silencio de la noche para venir a rezar en la tumba de Urtain». En los lugares donde predicaron los seguidores de Ignacio, la credulidad de los seres materiales suele ser, por decirlo así, increíble.

Miré hacia el cementerio. El silencio y el aire eran allí la misma cosa. Los gatos no hacían ruido alguno; los murciélagos, tampoco.

Semiyazza soltó un gemido.

—Batraele, sigue con la película de Fermín Caballero, y acabemos. La contemplación de un cementerio vacío es muy aburrida.

También Azazel gimió, a su manera, como gimen las hienas.

—Menos mal que esta puta guardia se va a acabar pronto. Deseando estoy de empezar mi carrera de suboficial.

—La película de Fermín Caballero terminará enseguida —prometió Batraele.

Yo hubiese preferido seguir escuchando el silencio del cementerio, pero no pudo ser. Batraele comenzó a hablar, muy seguro de sí mismo, con maneras de suboficial.

Continuación del segundo sueño de Urtain
Narración de Batraele, escrita y editada por Uzariel

Modifiqué el sueño de Urtain. Deshice las imágenes de la fortaleza del Tirano y nuestro Morrosko volvió a verse en la alfombra negra. Tenía delante de él la carta del buey ensangrentado, ¡kra! Ahora era más grande, de 40 × 30 cm.

—Te portaste mal con el dueño de ese buey, Urtain —le soltó mi emanación, la mujer de traje gris y ojos fosforescentes—. Tendrías que estar avergonzado. Deberías mostrar arrepentimiento. ¡Fue un gran pecado!

Quería provocarle una eyaculación de culpa, y por eso recurrí al léxico que utilizan los súbditos del Tirano. Comprendí enseguida que la táctica era buena, porque él se puso a golpear el respaldo del sofá con la cabeza, muy alterado.

—¡¿Qué dices, cotorra?! ¡Calla! —gritó, dando un manotazo a la botella de brandy Soberano y lanzándola contra el mueble de la televisión.

Mi emanación intensificó la fosforescencia de sus ojos y volvió a interpelarlo, esta vez con mayor dureza:

—¿Cómo pudiste hacerle tanto daño al viejo Guillermo? ¡A un ser material de sesenta y siete años! Después de toda una vida en el astillero, vivía tranquilo allí, en el molino, él solo, él solo con Jaun, un buey al que quería como otros quieren a su perro o a su gato. Lo quería más que a nada y a nadie, más incluso que a su familia. ¿Qué hubo de extraño en su llanto al ver a aquel ser querido muerto en la poza del río? Dicen que algunos torcieron el gesto al ver que lloraba por un animal, pero, indudablemente, esos seres materiales eran necios, duros de corazón. Y ¡cuidado! ¡Cuidado con esa clase de seres materiales! ¡Solo se aman a sí mismos, y no es eso lo que Jesús nos pidió!

—Pero ¿qué dices? ¡Hablas como los curas del pueblo! —se enfadó Urtain.

—Sabes qué fama te dio aquello, ¿verdad? ¡Fama de cobarde! —siguió la mujer—. Toda la vida presumiendo de cojones, y luego ¿qué? Te arrugaste como un perrillo cuando supiste que Guillermo te buscaba. Porque sí, estaba llorando, pero llevaba un hacha en la mano. Y hasta los más burlones cerraron el pico cuando lo vieron. Pero Guillermo solo te buscaba a ti, porque tú lo vendiste, tú lo engañaste, tú fuiste el asesino. En lo que a ti respecta, lo único que hiciste fue huir. No diste la cara. Los de la sociedad promotora tampoco. Los únicos que estaban allí eran el delegado de la Federación y el veterinario, porque había que certificar la muerte del animal y lo de las anfetaminas. En cierto momento, Guillermo dijo:

«Fuera de aquí. Nadie va a comer la carne de este buey».

Se le acercaron unos jóvenes de buen corazón:

«Llamaremos a otros amigos y sacaremos al buey de la poza. ¿Qué quiere hacer con él?».

Cerca de donde yacía el buey el río formaba una playita de arena y guijarros. Guillermo la señaló.

«Os estaré agradecido si lo enterráis ahí».

Se dirigió luego al delegado de la Federación:

«Los promotores me deben un dinero por la apuesta de hoy. Que sea para estos jóvenes».

«No es necesario, Guillermo», le dijo el joven que hablaba en nombre del grupo. Indudablemente, era un ser material raro, no le importaba el dinero.

«Se hará como usted quiere. Me encargaré de que el dinero llegue a manos de estos muchachos», dijo el delegado. Era, también, un ser material raro, porque no le asaltó la idea de quedarse con parte del premio.

«¿Qué desea, Guillermo? ¿Enterramos a Jaun con su frontil o prefiere llevárselo a casa como recuerdo?».

«Lo llevaré al molino, gracias», dijo Guillermo. Se dirigió luego a los seres materiales reunidos en torno a la poza: «Decidle de mi parte a Urtain que no se le ocurra acercarse al molino».

Tenía el hacha en alto. Todos entendieron el mensaje.

—¡Solo dices tonterías, vieja! —exclamó Urtain.

Hizo un esfuerzo por moverse, pero fue inútil. Los ojos fosforescentes de la vidente lo paralizaban. Me alegré. Tenía bien metido el aguijón.

—No son tonterías. Son verdades —dijo la vidente—. De no ser un cobarde habrías ido donde Guillermo a pedirle perdón. Así nos lo enseñó Pablo en su Carta a los Efesios. Es preciso dejar de lado el orgullo, la soberbia y la altanería para acercarnos al prójimo llenos de misericordia. ¡Tenías que haberle pedido perdón! ¡Cobarde! ¡Flojo!

Urtain reaccionó levantándose del sofá y dando unos pasos por la sala de estar. Pero no acabó de despertarse. El alcohol que llevaba en las venas lo debilitaba. También el cansancio. Se sentó en el suelo con la espalda apoyada contra el sofá. En cuanto cerró los ojos, allí estaba la vidente a su lado.

—Ya sabes lo que hizo Guillermo al poco de quedarse sin Jaun, ¿verdad?

—Se tiró del décimo piso —respondió Urtain. Su voz era ahora humilde.

—No hay molinos de diez pisos —le corrigió la vidente con una sonrisa del 2 % de pureza—. El que está en un décimo piso eres tú. Guillermo se mató disparándose un tiro con la escopeta.

Batraele siguió describiendo los últimos momentos de Urtain con gran gozo. Semiyazza y Azazel lo alentaban, impropiamente, con una sonrisa en los labios. La utilización que Batraele hacía del léxico de la Biblia les hacía felices, felicidad que se acrecentaba al pensar en el gran futuro que aguardaba a la hipocresía, tanto la instrumental como la general, sobre todo entre los seres materiales.

Por mi parte, pensaba en otra cosa, quizás algo rara: ¿dónde estaban los soldados del Tirano, aquellos «ángeles» que fueron nuestros hermanos? Según indican los seguidores de John Milton, existen 301.655.722 ángeles en nuestro universo. ¿Qué hacían en aquel momento? ¿Cómo dejaron solo al montañés Urtain aquel 21 de julio de 1992? ¿No podía haber destacado el Tirano a alguno de ellos para frenar a Batraele? ¿Y Jaun? ¿Cómo es que tampoco defendieron a aquel animal inocente? ¿Por qué, cuando huyó al bosque, no le mostraron un sendero seguro? Por otro lado, siendo esa la realidad, el abandono, la dejadez, la indiferencia, ¿cómo se atreven los mercenarios del Tirano a difundir *urbi et orbi* el salmo 91: «Señor, tú eres nuestra coraza, nuestro refugio y castillo, tú nos librarás de las redes del cazador...». ¡Qué cinismo! No hay coraza, ni refugio ni castillo. Son palabras, propaganda. Porque ¿quién es más cruel?, ¿aquel que se presenta francamente como enemigo o el falso que da esperanzas vanas a los seres materiales?

No dejé que mis pensamientos siguieran por aquel camino. Merecerían, quizás, una denuncia de Azazel. Pero no había riesgo en aquel momento. El hecho de que Urtain estuviera cerca del punto M animaba a mis compañeros de escuadra. Parecían grigoris borrachos, ciegos para cualquier otro asunto.

Me puse a pensar en Jaun y, sin mayor necesidad de clarividencia, vi al buey de Guillermo en la poza del río. No se parecía al del dibujo de la carta que la vidente arrojó a la alfombra negra. Era mucho más bello. Tenía los ojos abiertos y la cabeza algo girada; el cuerpo tendido de lado, como si, tras despeñarse y recibir el golpe, hubiese querido adoptar la postura de los seres materiales cuando se echan a dormir, y afrontar así la muerte.

Me concentré en él. El agua de la poza lo cubría casi por completo. En aquella postura, al tener las extremidades sumergidas, parecía un ser del reino mineral, una roca suave y rojiza (Pantone Red 1245). A su alrededor, flotando en el agua, hojas y flores del bosque; hojas verdes, flores blancas y amarillas, ítems vegetales que, por su sencillez, recordaban los ramitos de la tumba de Urtain. Se desplazaban con lentitud; marchaban poco a poco hacia una presa hecha de troncos y piedras.

Miré mejor. La roca suave y rojiza tenía máculas negras, manchas de sangre ya seca. También había rastros de sangre en el agua, unas hebras de color marrón.

Escuché la voz de Batraele:

—De acuerdo, capitán. Termino de contar la película.

Supuse que era la respuesta a una señal de Semiyazza.

—No sé yo si nuestro Uzarielchu está muy atento —dijo Azazel.

No le hice caso.

Batraele empezó a hablar. Parecía muy relajado. En su caso, un ser material habría encendido un cigarro.

Fin del segundo sueño de Urtain
Narración de Batraele, escrita y editada por Uzariel

Tenía a Urtain arrinconado, pero aún no estaba seguro de mi éxito. Sin embargo, todas mis dudas se disiparon en el momento en que lo vi salir de aquella casa del décimo piso de Fermín Caballero con la intención de comprar la prensa. Pensad que las Olimpiadas de Barcelona iban a empezar en tres días y que en España no se hablaba de otra cosa. De modo que, nada más acercarse al quiosco, vería en letras grandes los titulares sobre el acontecimiento. Y él, fuera. Él, el deportista más famoso de España durante buena parte de la segunda mitad del siglo xx; él, que había sido protagonista de cientos de entrevistas, tema de mil artículos, motivo de una película, amante preferido de la legión de mujeres que se presentaban en la habitación de su hotel con las bragas en la mano, padrino del plato preferido por todos los reclutas (el *Urtain*: dos huevos fritos, patatas fritas, dos filetes de lomo adobado), figura del boxeo capaz de arrastrar a más de doce mil seguidores en sus combates, ser material generoso que todas las semanas invitaba a decenas de admiradores o parásitos, ser famoso al que le hacían constantemente fotografías, con el dictador Franco, con los gobernadores civiles, con medallistas de oro de los Juegos Olímpicos de México, con el mismísimo Muhammad Ali... Él, fuera. De pronto, nada. Pedía ayuda aquí y allí, y «que te jodan»... Miles de invitados en la inauguración de los Juegos de Barcelona, y él sin invitación alguna. Y ni un solo artículo preguntando «por qué han marginado a Urtain».

Cuando entró de nuevo en el piso tiró el periódico encima del sofá y se quedó mirando el balcón-terraza. Un minuto después, a las diez y diez de la mañana, yacía muerto en el jardincito del edificio.

—Felicidades, Batraele. Ha sido muy entretenido —dijo Semiyazza.

—Para ser una película de Batraele, bastante bien —dijo Azazel tratando de ser gracioso.

—Recogeré la narración lo mejor posible —dije yo.

Miré hacia los alrededores de Arroa Goia. Amanecía. En una esquina de la superficie gris del cielo apareció primero un trocito de cristal brillante; luego, enseguida, una mancha roja (Pantone Red 485); más lejos, una voluta de color verde dulce. En el cementerio había cada vez más movimiento: pájaros y más pájaros, mariposas blancas volando entre las tumbas, una legión de hormigas en torno a un caramelo chupado que alguien había tirado al suelo. Había movimiento también fuera del cementerio. Un auto salía de Arroa Goia; varios más, concretamente cinco, corrían por la autopista, dos en una dirección y tres en la otra, todos con los faros encendidos, porque la luz era aún débil. En el mar se distinguía la sombra de un carguero.

Gracias a mi clarividencia vi con detalle el lugar al que acababa de ser destinado, el molino de Guillermo. Al igual que el punto A de Urtain, estaba situado en un barrio mineral y vegetalmente amable, con el río en primer término, y con alrededores, por así decir, adornados de colinas, praderas y pequeños bosques. La construcción era hermosa, y resultaba evidente, por su finura, el buen trabajo que habían hecho los albañiles y artesanos a la hora de reformarla: todas las piedras limpias, unidas entre sí con argamasa y no con cemento; en las ventanas y puertas, madera de roble; el tejado a cuatro aguas, con tejas nuevas. Sin mayor esfuerzo, con una clarividencia extra que a mí mismo me extrañó, me adentré en el interior del molino. En la segunda planta, que había sido un desván, vi doce sofás y diez biombos; en la primera, una gran sala que, en el lado que daba al exterior, presentaba una larga cristalera, y enfrente, una pared decorada con cuadros y fotografías. En la planta baja, el establo de Jaun era ahora un garaje donde el Tirolés tenía aparcados la Lambretta Li 150 Special y un Corvette C8 coupé de color negro. El único vestigio del pasado, el frontil que Jaun había llevado durante la apuesta, colgaba de un saliente de la pared.

—Tenemos que marcharnos. Uzariel, necesitamos la sinopsis de la vida de José Manuel Ibar Azpiazu, Urtain.

La sinopsis es de rigor, y además, el colofón, el punto final de las misiones de los grigoris.

—Entre los puntos A y M de su vida, José Manuel Ibar Azpiazu, Urtain, sufrió nueve transformaciones —comencé—. La primera, quizás ya la he mencionado antes, cuando en 1943 dejó atrás el amparo del líquido amniótico y se convirtió en un ser oxigenado con cinco dedos en cada mano; la segunda, cuando abandonó las pruebas de levantamiento de piedra y las apuestas de bueyes para tomar el camino del boxeo; la tercera, que fue para él como la subida al Tourmalet, cuando su primera familia lo rechazó; la cuarta, cuando empezó a ganar combates; la quinta, cuando empezó a perderlos, *l'étape des pavés*; la sexta, cuando formó su segunda familia; la séptima, cuando se arruinó, Mont Ventoux; la octava, este mes de julio de 1992, en el momento que decidió tirarse por el balcón-terraza del número 57 de la calle Fermín Caballero de Madrid; la novena, la que ahora mismo acaba de iniciar en su tumba del cementerio.

—No dices nada del momento en que el buey del viejo Guillermo huyó de la plaza donde se acababa de celebrar la apuesta y se despeñó —dijo Semiyazza.

—No hubo transformación en el caso de Urtain. No se sintió responsable de lo ocurrido, y solo tuvo un pequeño derrame de culpa.

Azazel y Batraele estaban a la espera del permiso para marcharse, sin ganas de seguir escuchando. No obstante, volví a tomar la palabra. Quería añadir una nota a la sinopsis.

—El emblema de Urtain, la línea que describe su recorrido del punto A al M, tenía una leyenda: «La máscara resultó demasiado grande». Pero hemos llegado al final, y no está claro el significado de esas palabras.

Azazel se dirigió a mí riendo:

—¿El emblema de quién, dices?

—Del ser material Urtain.

—¿De quién, up? —repitieron Azazel y Batraele, los dos a la vez.

No había duda. Se estaban burlando de mí. Para ellos, la misión ya había acabado.

Nos rodeó el aliento frío de Semiyazza. La temperatura ambiente bajó de golpe hasta −10 ºC.

—¡Ya basta de tonterías! ¡Azazel, Batraele, a vuestros destinos! Os deseo suerte en vuestra labor de suboficiales.

Los aludidos le dieron las gracias. ¡Up! ¡Kra!, y se me quedaron mirando:

—Adiós para siempre, Miltonchu —dijo Azazel en su habitual tono de hiena, y desapareció en el aire.

Batraele fue más amable:

—Uzariel, un consejo antes de marcharme. Imita mi forma de hablar. Fortalece tus frases con algunos «¡kra!». Te dará autoridad. Y la autoridad te será muy necesaria cuando te quedes sin el apoyo de la escuadra.

—Así lo haré —dije. No era mala idea.

—«Así lo haré»... ¿y qué más?

—Así lo haré, ¡kra! —rematé.

—¡Kra! —repitió Batraele, y también él desapareció.

Sentí el vacío dejado por mis dos compañeros, y me acerqué a Semiyazza.

—Capitán, no quisiera quedarme solo con Guillermo. ¿No va a ayudarme nadie a hacer los informes?

—¡Otra vez con eso! —dijo Semiyazza, aunque no muy fríamente, solo a −2 ºC—. Posees una clarividencia más que suficiente para tratar con el Tirolés. Acabas de ver su molino por fuera y por dentro, ¿no es así? Dime, ¿cuáles son las medidas de la tumba de Urtain?

—3,20 × 1,80. En metros, se entiende.

—¿Lo ves? Hasta ahora tenías la facultad de distinguir las variaciones infinitesimales del color rojo y del naranja, y la virtud de redactar bien. En adelante, tendrás además una gran facilidad para los números y los cálculos, el 80 % de la que se le concedió a Azazel. ¿Qué más necesitas?

—Informes sobre el pasado de Guillermo, capitán.

—Empeoras mi acedía con tu insistencia. ¿Alguna vez te ha faltado información? No, ¿verdad? Pues tampoco te faltará en el futuro. Los informes que recibas no estarán bien redactados, pero en el molino tendrás tiempo de sobra para mejorarlos. Además, el Tirolés no te dará trabajo. Es de los nuestros, como Franki. De hecho, el molino ha sido una base de operaciones para los servidores de Luzbel.

No desaproveché la ocasión para exponerle otra de mis preocupaciones.

—¿Cuánto tiempo tendré que estar de guardia en el molino? ¿Cuarenta años?

—Más.

—¿Ochenta?

—Más.

—¿Cien?

—Más.

—¿Cuántos, entonces?

—Ciento veinte, pongamos.

Una de dos: o Semiyazza ya no aguantaba el aburrimiento de la conversación o, también él, se estaba burlando de mí. En cualquier caso, lo mejor era dejarlo.

—Le doy las gracias, capitán. Espero que mi clarividencia no me falle. No al menos en los próximos ciento veinte años.

—Así debería ser. Pero no te lo puedo garantizar. La clarividencia no es cosa segura en el caso de los ángeles militares como tú. Ya lo sabes, sois de la escala más baja, la última legión. ¿Acaso no parpadea el filamento de una bombilla cuando está en trance de fundirse? ¿Acaso no se anuncian con febrículas algunas enfermedades de los seres materiales? ¿Acaso no tiene lapsus la memoria? Pues la clarividencia, igual.

—¿También lapsus?

Quise pedir a Semiyazza que me aclarara aquel punto, pero allí no había nadie. Estaba solo.

II

Para mi gran alegría, el ser material Guillermo, alias el Tirolés, sufrió un accidente el 29 de junio de 2017, y se encuentra ahora en el cementerio de Arroa Goia, en el elegante panteón que se compró poco después del entierro de Urtain, adquisición que le permitiría «mirar por encima del hombro a los que estaban bajo tierra en compañía de gusanos y otros anélidos», tal como él mismo proclamó *urbi et orbi* en el club de Franki a muy altas horas de la noche, en la mano izquierda un cigarrillo Camel, en la derecha un vodka *gimlet*, en el regazo una prostituta, eufórico, riendo a todo reír, pensando que iba a vivir mucho, no eternamente, pero sí por lo menos hasta 2030.

Llegué al cementerio con el ánimo en alto, ¡up! ¡up! Hacía tiempo que mi informe sobre Urtain estaba completo y en manos de mis superiores. En cuanto a Guillermo, obraban en mi poder los apuntes que sobre su pasado me habían ido enviando diferentes compañeros de la legión de Azazel. Así las cosas, teniendo a mi disposición la información recibida + la que yo mismo había recabado en el molino durante los veinticinco años que llevaba allí cumpliendo las órdenes de Semiyazza + el conocimiento de las circunstancias del accidente + lo que mi experiencia como grigori me había enseñado, a saber, que en el caso de Guillermo tampoco iba a producirse ninguna metamorfosis y que su última transformación sería igual de definitiva que la de Urtain o la de otros millones de seres materiales —incluida la de Jesús, digan lo que digan los servidores del Tirano—, me sentía feliz, más ligero que el aire mismo, y miraba el futuro con cierta emoción. Pasaría el tiempo, todo el que fuera necesario, y me enviarían de nuevo donde Semiyazza. No tenía noticias de mi capitán desde el día que nos despedimos en el cementerio de Arroa Goia, pero mantenía la esperanza de volver a formar parte de su escuadra.

Tenía, con todo, ¡kra!, un problema que obstaculizaba el libre flujo de mi buen ánimo, como cuando la espina de un pez se cruza en la faringe de los seres materiales. Se trataba de mi clarividencia. Se había vuelto intermitente: a veces rápida, instantánea; otras, débil; de vez en cuando, igual a cero. Me acordaba de lo que me había dicho Semiyazza en el momento de la despedida: «¿Acaso no parpadea el filamento de una bombilla cuando está en trance de fundirse? ¿Acaso no se anuncian con febrículas algunas enfermedades de los seres materiales? ¿Acaso no tiene lapsus la memoria?». Además, para mayor problema, los desaciertos y fallos de clarividencia me acometían por sorpresa, en cualquier momento, inesperadamente. Pero ¿qué importaba? ¡Kra! Durante los veinticinco años que había permanecido en el molino de Guillermo había sobrevivido sin ayuda, fuera de la escuadra, y aquella soledad me había enseñado a ser más libre. No era poco beneficio.

Me puse a mirar el paisaje. Allí seguían, en torno al cementerio de Arroa Goia, los quince montes poliverdes, los pequeños, igual de pequeños, y los grandes, igual de grandes, sin apenas señales de erosión. El sol de las siete de la tarde, del tipo que los seres materiales llaman «dulce», también estaba allí, entibiando el aire hasta los 20 °C, y en aquella atmósfera se movían los pájaros que, aún con ganas de volar, iban y venían de los árboles al panteón y del panteón a los árboles. Más arriba, las golondrinas cazaban insectos desplazándose a una velocidad de diez metros por segundo.

La ceremonia del entierro de Guillermo no fue como la de Urtain. Al menos en cuanto a su planteamiento. En aquella, que tuvo lugar el 22 de julio de 1992, los seres materiales que se acercaron al cementerio parecían ardillas apiñadas para una reunión en el bosque; los de ahora, en cambio, se habían colocado como en un anfiteatro, formando segmentos curvos enfrente del panteón en el que estaba a punto de comenzar la última transformación de Guillermo el Tirolés. Eran en total setenta y dos seres materiales, repartidos en cuatro grupos, A, B, C y D.

El grupo del segmento A, poco numeroso, lo integraban seres materiales de provechosa posición económica y social. Se contaban entre ellos un juez, dos comisarios de policía, el responsable de la Comisión de Turismo de la Costa, cinco miembros del Gastronomy Think Tank, el presidente de la Asociación Fotográfica, el director de la empresa Food & Spirits y, además, situado en una esquina, algo aparte, un conocido *hairdresser* de la zona que vestía un mono chic de rayas verticales blancas y negras. Era esbelto de cuerpo (1,90 m; 75 kg), y sostenía entre las manos el sombrero del Tirolés, que era, justamente, tirolés.

«Piensa colgarlo en la puerta del panteón para dar un poco de espectáculo sentimental», escuché. Fue como una brizna de clarividencia o, para decirlo en el estilo de Semiyazza, el fugaz destello de una bombilla.

Me esforcé en adivinar los nombres de los integrantes de este, sobre todo el del juez, los dos comisarios de policía y el *hairdresser*, por ser sus empleos muy apreciados por Luzbel; pero mi irregular clarividencia no volvió a despertarse. Si supe de ellos, fue gracias a las insignias con que se adornaban, siendo las más vistosas las de los cinco miembros del Gastronomy Think Tank, tan grandes como la medalla de la Légion d'honneur: un cerebro dorado que recordaba un plato, o quizás, mejor, un plato dorado que recordaba un cerebro.

El grupo de la categoría B era heterogéneo, y lo formaban veintiocho seres materiales comunes, gente ociosa, aficionada a asistir a los funerales top de la costa a fin de desacediarse un poco: seres masculinos de cierta edad vestidos a la manera estándar, con pantalones cortos de verano bien planchados y con polos de color blanco o verde, la mayoría de ellos *enchantés* de verse allí, conscientes de que, al contrario del que yacía en el panteón, ellos, aquella misma noche, antes de ir a tomar la cena hipocalórica que les prepararían las mujeres de su casa, se sentarían en alguna terraza del malecón y tomarían un par de croquetas recién hechas y una copa de vino fresco, redondeando el buen sabor del momento con unas miraditas a los seres materiales jóvenes que en bikini o en tanga andaban por la playa. Además, todos tenían su dinerito, porque eran los preferidos del Tirano y de sus servidores en la Tierra, y... ¡Qué alegría! ¡Qué buenas pensiones! ¡Qué pagas extra en comparación con las de los jovenzuelos! Podían permitirse cien o más croquetas a la semana sin que su bolsa sufriera la más mínima mengua.

Detrás de los veintiocho seres materiales comunes, el grupo C, muy reducido, lo formaban ocho prostitutas que llevaban vestidos ajustados de color negro y gafas de sol igualmente negras. Al lado de ellas había una mujer de mediana edad vestida con un traje blanco de chaqueta y pantalón, de pelo muy corto, delgada (1,74 m; 62 kg). Pensé que sería la madama de las prostitutas, pero, gracias a un segundo golpe de clarividencia, bastante fuerte, un flash, supe que se trataba de una agente inmobiliaria y que se llamaba Aura.

El grupo D, cuarto y último, lo componía un coro *amateur* de veinte seres materiales. Justo en el momento en que los miré, rompieron a cantar, con brío, desafinando, la balada «Manda rosas a Sandra»: «Manda rosas a Sandra, que se va de la ciudad. Manda rosas a Sandra, y tal vez se quedará...». Entre las tumbas y los panteones del cementerio corría un viento ligero que, por decirlo en el estilo de gama alta de Semiyazza, colaboraba con el serio silencio del atardecer en la propagación de la melodía.

El panteón de Guillermo era una capilla con arco de entrada y techo en forma de bóveda. En su puerta, atrayendo todas las miradas, apareció un ser material.

No me hizo falta la clarividencia para reconocerlo. Era Franki, el amigo de Guillermo, el míster de las prostitutas (1,80 m; 100 kg). Vestía un traje de color tostado, corbata negra, pañuelo negro en el bolsillo superior de la chaqueta, y, como sus empleadas, llevaba gafas de sol negras. Se peinaba al estilo que, al menos durante el tiempo que yo formé parte de la escuadra, más les gustaba a Azazel y a Batraele, con el pelo hacia atrás y fijado con gomina.

Franki se quedó de pie bajo el arco de entrada del panteón. Tenía un micrófono en la mano.

—Estoy muy emocionado después de escuchar la canción. Muy emocionado —dijo cuando el coro acabó de cantar «Manda rosas a Sandra».

Proyectaba bien la voz, como un actor, y la potencia del micrófono + la de los altavoces difundieron sus palabras y sus flecos respiratorios por todo el cementerio. Los pájaros que se movían entre las tumbas huyeron hacia los árboles de detrás de los muros; sin mayor susto, las golondrinas siguieron girando en el aire, aunque a más velocidad.

—¡Cuánto le gustaban las canciones románticas a Guillermo! Le encantaba escucharlas, silbarlas y, a veces, cuando se animaba, porque ya sabéis que a Guillermo no le costaba nada animarse y hacer el payaso, cantarlas a voz en grito. Era un payaso alegre, Guillermo, ¡up! ¡up! ¡Muy alegre!

«Sobre todo cuando estaba de cocaína hasta las cejas», pensó una prostituta de cuerpo enorme (1,90 m; 115 kg) mientras dirigía una mirada cómplice a la compañera que tenía a su lado. Ambas rieron por lo bajo, aunque sin timidez.

Franki se puso a cantar, susurrando: «Manda rosas a Sandra, que se va de la ciudad. Manda rosas a Sandra, y tal vez se quedará...».

Las notas salían redondas de su boca, como untadas con vaselina. Un ser material enclenque (1,60 m; 50 kg), ataviado con un chaleco en el que ponía «PRESS», se acercó a él y empezó a grabarle con el teléfono.

«Giorgi Perfect Fix Extra Fuerte», escuché.

No tuve duda. La información se refería a la marca de gomina que utilizaba Franki. Hubiese preferido saber los nombres de la prostituta cuasigigante de 1,90 metros de altura y 115 kilos de peso y los de otros asistentes al entierro, al igual que había sabido el de la agente inmobiliaria, Aura, ya que podrían serme necesarios a la hora de escribir mi crónica. Pero desde que me alejaron de la escuadra, mi clarividencia no solo sufre lapsus y fallos, sino que, a veces, me ofrece datos estrafalarios que no sirven para nada. ¿Qué ganaba con saber que la gomina usada por Franki era de la marca Giorgi Perfect Fix Extra Fuerte? Habría consultado la cuestión con Semiyazza, como cuando lo tenía cerca, por si el dato, en principio insustancial, señalaba algo importante, pero estaba solo, y no era capaz de analizarlo en profundidad.

—Un accidente ha callado para siempre a nuestro Tirolés —dijo Franki acercando la boca al micrófono—. ¿Un accidente? ¿Seguro que ha sido un accidente?

Hizo una pausa dramática, como un actor que quiere crear suspense.

—¿Sí? ¿Ha sido un accidente? —insistió—. Lo dudo, ¡kra! ¡Lo dudo mucho! ¿Vosotros no?

Miró directamente, buscando un primer plano, al teléfono con el que el ser material enclenque le estaba grabando. Luego, al juez que tenía delante. Después, a los dos comisarios de policía y al *hairdresser* vestido con el buzo chic a rayas verticales blancas y negras. Escuché el pensamiento de todos ellos: ¡Kraa! ¡Kraaaa! ¡Kraaaaa! No me cupo duda. Al igual que Guillermo y Franki, eran seres materiales educados por miembros de las legiones Azazel o Batraele.

Franki era un buen actor. Sabía perfectamente, debía saberlo al menos, que lo de Guillermo había sido un mero accidente, consecuencia de un cóctel físico-metafísico compuesto de cocaína + cuatro o cinco vodkas *gimlet* + las ganas de canturrear a toda bulla «El Danubio azul» («pararán-panpán, panpán-panpán, pararán-panpán, panpán-panpán...») + el reguero de agua que en un tramo de curvas cruzaba la carretera. Contándolo tal como ocurrió: eran las tres y media de la madrugada, y para entonces Guillermo iba bien servido, sin necesidad de más cocaína o más alcohol; sin embargo, aceptó la rayita y la bebida que antes de marcharse del club le ofreció Franki («¡Gracias, Frankito! ¡Las dos últimas alegrías de la noche!»). Un par de horas después, iba cantando en su Lambretta cuando, siguiendo la melodía («pararán-panpán, panpán-panpán, pararán-panpán, panpán-panpán...»), empezó a trazar curvas con la moto, hacia la derecha-hacia la izquierda-hacia la derecha-hacia la izquierda, ¡up! ¡up! ¡up!, siendo así que al tercer «pararán-panpán, panpán-panpán» la rueda trasera resbaló y los dos, la moto y él, se fueron al suelo cada uno por su lado, la moto hacia la izquierda y él, de cabeza, hacia un pretil de piedra que había en la orilla derecha de la carretera. ¡Golpe! A las seis de la mañana, una radio local recibió el aviso de la policía y difundió la noticia.

En un principio, empujado por el deseo de ahuyentar la acedía, anhelé firmemente que la muerte de Guillermo hubiese sido consecuencia de un asesinato, porque ese tipo de actos le dan vidilla a la sosa existencia cotidiana, lo mismo en el mundo de los seres materiales que en el de los inmateriales. Llegué incluso a pensar en un sospechoso, concretamente en Press, porque sabía que a aquel enclenque le ofendía la fama que como fotógrafo tenía Guillermo en toda la costa, y que un cierto día habían discutido los dos a cuenta de una exposición («Guillermo me ha marginado», había declarado Press en un periódico local). Pero aquella conjetura, como habría dicho Semiyazza, era equiparable a la ilusión óptica que los días de calor es observable en las carreteras o en los desiertos africanos, es decir, un espejismo.

Fueron muchos los seres materiales que, al igual que yo en los primeros momentos, empujados también ellos por la acedía, el aburrimiento pleno, decidieron seguir la línea *noir* y difundieron la hipótesis de que se había tratado de un crimen: el reguero de agua en el que la Lambretta había resbalado no era tal, sino una gran mancha de aceite; la noche del accidente, del supuesto accidente, un vecino de la zona había visto sombras en la curva donde, al cabo, iba a morir Guillermo. Era posible, naturalmente, que algunos de la legión de Azazel o Batraele anduvieran por la zona, dejando caer consejos dulces, gotas de miel, en los conductos cerebrales de Press, o del juez, o de los comisarios de policía, o del *hairdresser*, o de la prostituta (1,90 m; 115 kg), o del mismo Franki («Guillermo merece la muerte. ¡Kra!»), pero no había ningún indicio de ello. Ni siquiera en los mejores momentos de mi clarividencia tuve noticias que apoyaran la hipótesis del asesinato.

La mujer de mediana edad vestida con un traje blanco de chaqueta y pantalón —«¡Aura!», escuché por segunda vez— se alejó del grupo de prostitutas y, discretamente, rodeando el coro, comenzó a caminar hacia la salida del cementerio. Pensé que tenía intención de marcharse, pero no. Se desvió hacia la izquierda en dirección a dos seres materiales que, con pala y azada, removían la tierra de un hoyo rectangular de 3,20 × 1,80 m.

Me llegó la información:

«El joven de pelo negro rizado que trabaja con la azada tiene veintisiete años; su compañero, fuerte y más bien bajo de estatura, cincuenta y cuatro. Este último es miope. Por eso lleva gafas. En un ojo tiene 4,75 dioptrías; en el otro, 5,50. Ambos son albañiles que se dedican a la construcción. También se encargan de las labores del cementerio».

Aura no se detuvo junto a ellos, sino un poco más allá, donde otros dos seres materiales estaban de pie al abrigo de la sombra del muro. Eran altos, y de bastante edad.

Volví a recibir información:

«Uno de ellos, el más fuerte (1,85 m; 94 kg) tiene sesenta y siete años. El otro (1,85 m; 80 kg), sesenta y dos».

«¿Quiénes serán?», me pregunté.

«El más fuerte, "Paul Smith. Organic cotton XL green". El otro, "Basoko Mari. 100 % algodón orgánico L gris"», escuché.

Una vez más, detalles accidentales, los referidos a las camisetas que llevaban aquellos dos seres. ¿Acaso Semiyazza me había abandonado del todo? ¿Acaso pretendía Luzbel burlarse de mí? ¿Por qué aquella clarividencia defectuosa? Además de intermitente, loca.

—¿Quién ocupaba esa tumba? —preguntó Aura a los dos seres materiales en un tono frívolo que aligeraba la pesantez ambiental del cementerio. Señaló a los albañiles, que ahora, tras remover la tierra del hoyo, se habían puesto a igualarla.

Al instante, caí en la cuenta. Habían pasado veinticinco años desde el enterramiento de José Manuel Ibar Azpiazu, Urtain, y los elementos materiales de su tumba estaban en trance de desaparecer. Un trozo de la lápida descansaba en el suelo, con manchas negras de humedad que hacían difícil la lectura de sus letras y números; la parte propiamente decorativa, el relieve de los dos bueyes tirando de una piedra rectangular, roto en varios puntos, en una carretilla; los huesos, en una bolsa de plástico. Algo aparte, sobre una piedra, un elemento distinto: un ramito de flores silvestres aún frescas. El último adiós de alguien que seguía acordándose de Urtain.

El ser material de la camiseta Paul Smith habló como para sí mismo, pero de forma audible para los demás:

—Primero fue Manuel. Luego le hicieron una máscara y se convirtió en Urtain. Pero la máscara resultó ser demasiado grande, y su peso lo tiró al suelo.

Sentí un escalofrío al escuchar aquellas palabras y, si un ser inmaterial puede decir algo así —y yo lo puedo decir, porque desde el inicio fui un grigori *mi-cuit* y, con el tiempo, como todos los de la legión uzarielense quizás, voy materializándome—, me emocioné profundamente. «La máscara resultó ser demasiado grande, y su peso lo tiró al suelo». He ahí que, cuando menos lo esperaba, el de la camiseta Paul Smith se hacía eco del emblema de Urtain. «¿Lo has escuchado, capitán? También a ti te intrigaba esa declaración», dije al aire. Pero fue un reflejo retórico. Era mucho pedir que Semiyazza, tras veinticinco años de no dar señales, me fuera a responder justo en aquel momento.

Volví a fijarme en el de la camiseta Paul Smith. Era muy fuerte, con bíceps y tríceps similares a los de los forzudos, completamente calvo, de nariz chata, de buena presencia a pesar de sus sesenta y siete años. Pensé que sería un exboxeador, compañero en su día de Urtain. Pero, enseguida, me llegaron imágenes de dos recuerdos suyos, y supe que la hipótesis era errónea. No, no se trataba de un exboxeador.

Imágenes del primer recuerdo del ser material de la camiseta Paul Smith (A): en un escenario instalado en el patio del Palais des Papes de Aviñón, un actor corre de un lado a otro gritando «¡Ubú! ¡Ubú!». Tropieza de pronto y cae de bruces al suelo; el público duda, no sabe si la caída ha sido real o forma parte de la representación. Pero no, no parece que sea un truco, porque el actor no se incorpora. Alguien de la organización pide un médico por los altavoces, y de allí a un momento el escenario está lleno de médicos y de estudiantes de Medicina, tres médicos y cinco estudiantes de Medicina en total, y todos se inclinan hacia el actor estorbándose mutuamente.

Imágenes del segundo recuerdo (B): en una sala de conferencias, también en Aviñón, un ser material femenino hace una *presentation* delante de unos jóvenes, «... notre ami Pedro. Il est un peintre espagnol...». Afirma que se trata de una artista con mucha experiencia en la confección de máscaras para teatro, y que se encuentra allí, precisamente, para hablar de máscaras y explicar qué reglas debe seguir quien trabaje con ellas. Y él, interrumpiendo la *presentation*: «La primera regla: no hacer máscaras pesadas». Los jóvenes ríen acordándose de la caída del actor que gritaba «¡Ubú! ¡Ubú!».

Con la risa de los jóvenes terminó el segundo recuerdo del de la camiseta Paul Smith. Por una parte, bien, porque supe que se llamaba Pedro y cuál era su oficio; pero, por otra, el episodio de Aviñón no iluminaba del todo lo que acababa de afirmar de Urtain. ¿De qué estaba hecha su máscara, la que había acabado por tirarlo al suelo? El punto era difícil de aclarar, incluso para un uzarielano como yo.

El ser material de gafas que había estado igualando la tierra de la tumba se acercó al de la camiseta Paul Smith, es decir, a Pedro, y lo abrazó amistosamente, aunque a medias, porque seguía con la pala en la mano. Saludó a Aura con un movimiento de cabeza.

—Gracias, Saulo, por avisarme de que hoy se iba a vaciar la tumba de Urtain —dijo Pedro dándole una palmada.

El ser material que llevaba una camiseta Basoko Mari se acercó donde ellos y saludó riendo a Saulo:

—¿Qué tal, Karpov? ¿Has pensado en alguna apertura nueva? La de Capablanca ya no te sirve, recuerda.

La clarividencia que poseía en aquel momento me bastó para entender el saludo. Vi una plazoleta situada al final del malecón de la playa, y a catorce seres materiales jugando allí al ajedrez en mesas de madera. Entre ellos, a Saulo y al que llevaba la camiseta Basoko Mari. Al parecer, Saulo era un buen jugador, y lo apodaban Karpov en recuerdo del campeón ruso.

Saulo, Karpov, tenía la mano levantada y trataba de atraer la atención de su compañero, que seguía donde la tumba recién vaciada, pero Aura lo interrumpió:

—Yo pensaba que los contratistas nunca cogían la pala.

—Quedaría feo entrar con la pala en tu modernísima inmobiliaria.

Saulo se desentendió de Aura y llamó a su compañero:

—Ven, por favor. Quiero presentarte a mis amigos.

El compañero se acercó frotándose las manos en el mono y limpiándolas de tierra. Era de la estatura y del peso de Saulo (1,70 m; 80 kg).

—Este es Petri. El mejor albañil que he tenido nunca —dijo Saulo—. No es de extrañar. Viene del país que construyó doscientos mil búnkeres.

—¡Albania! —exclamó Pedro simulando el tono de una respuesta de concurso.

En su memoria apareció de nuevo Aviñón, un bistró, y sentados allí, en torno a una mesa grande, un grupo de actores y actrices discutiendo sobre el programa defensivo de Enver Hoxha. «¡Doscientos mil búnkeres, amigos! ¡Que se atreva el imperio a meterse allí!», decía uno de ellos levantando una copa de vino. «¿A qué imperio te refieres?», le preguntaba otro sin aceptar el brindis. «¡El imperio que sea!», remataba el primero.

—¡Albania! —se sorprendió Aura. La mayoría de los extranjeros que trabajaban en la costa eran latinoamericanos.

En el rostro de Petri se dibujó una sonrisa de un 90 % de pureza. Habló a todos los que tenía delante:

—Efectivamente, soy de la nación que construyó doscientos mil búnkeres. Pero no solo eso. ¡Fui yo el que los hizo todos! ¡Antes de cumplir los veinticinco años, además!

Apenas si tenía acento y, por su aspecto, fuertes brazos, fuertes muslos, podía pasar por un campesino de los que actuaban de boyeros en las pruebas de bueyes. Era fácil imaginarlo tirando de Jaun.

—¡Mentira! —dijo el de la camiseta Basoko Mari—. Al parecer, solo construiste cien mil. Eso me dijo Saulo el otro día.

—Creo que en total fueron siete.

Se rieron todos. Petri se despidió con la mano y se encaminó hacia la salida del cementerio.

—Todavía no sé tu nombre —preguntó Aura con los ojos puestos en el de la camiseta Basoko Mari.

«L'Oréal Professionnel. Silver», escuché.

Me pregunté por el ser material al que correspondía aquella información. Lo supe enseguida. Quien usaba aquel champú era precisamente el de la camiseta Basoko Mari. Una buena elección. El color *silver* combinaba bien con sus ojos azul oscuro. Tenía el pelo ondulado, algo ralo, ahuecado detrás de las orejas.

La información sobre el champú, banal, innecesaria, me impidió escuchar su verdadero nombre. Me fastidió. Pero no podía hacer nada. Puede sustituirse una bombilla cuando su filamento se rompe; con la clarividencia no hay opción.

Saulo, Pedro y el de la camiseta Basoko Mari se pusieron a hablar entre ellos, e incluso yo, un ser inmaterial, pude sentir el amor que se tenían. Sonreían constantemente —pureza, 80 %—, reían, se cogían del brazo, eran felices. Podían repetirse allí, en aquel rincón del cementerio de Arroa Goia, las palabras que, según el libro del Tirano, pronunciaron los que subieron al monte Tabor: «¡Qué bien estamos! Levantemos una tienda de lona y quedémonos aquí».

En cierto modo, aquella percepción me asombraba. En el tiempo en que formaba parte de la escuadra de Semiyazza una escena como aquella me habría resultado repugnante. Algo estaba cambiando en mí.

Los tres seres materiales amigos siguieron hablando ante la mirada atenta de Aura. Tuve la impresión de que ella no entraría en la tienda de lona, o que solo lo haría con el de la camiseta Basoko Mari. No podía oír sus pensamientos, pero era evidente, solo tenía ojos para aquel ser material. En cambio, a mí solo me atraía el de la camiseta Paul Smith, aquel Pedro que había pasado por Aviñón. Deseaba seguir a su lado.

Siempre con la pala en la mano, Saulo se acercó de nuevo a la tumba recién vaciada seguido por Pedro, Aura y el de la camiseta Basoko Mari. Justo en ese momento, repentinamente —¡qué vaivenes, Luzbel!—, los filamentos de la bombilla se pusieron al rojo vivo, o por decirlo de otra manera, se intensificó mi clarividencia y conocí de antemano la conversación que aquellos seres materiales iban a tener entre ellos.

El destino de los restos inorgánicos de la tumba de Urtain, ese iba a ser el tema. Saulo les haría saber que la lápida con el relieve de los bueyes y la piedra la habían encontrado tal cual, rota del todo, y luego preguntaría a Pedro si quería quedarse con algo: «A los artistas os gustan estas cosas». Pedro contestaría afirmativamente: aceptaría con gusto uno de los trozos, el que dejaba ver la cabeza de uno de los bueyes con tres golondrinas en vuelo, «en el caso de que los familiares no quieran recomponer el relieve y guardárselo entero». Saulo, entonces: «Se lo preguntaré, y si no hay inconveniente te lo llevaré a casa metido en una caja». En ese momento, el de la camiseta Basoko Mari daría un par de pasos y recogería del suelo el ramito de flores silvestres, diciendo «es una pena que se queden aquí tiradas», y Aura se echaría a reír: «¡Cómo me gustan los hombres románticos!».

La conversación discurrió como había previsto. Cuando terminó, Aura se llevó el ramito a la nariz:

—¡Qué perfume el de estas flores silvestres!

Pedro miraba la tierra que cubría la tumba. En su pensamiento apareció un gimnasio donde dos boxeadores estaban entrenándose, él y Urtain, él muy joven, de dieciséis años, los dos con sendos cascos rojos (Pantone Red 485 C) que les protegían el rostro y la parte alta de la cabeza. Urtain, riéndose: «¡Ánimo! ¡A ver si me metes un buen *upper cut*!».

—Era extraordinariamente ágil —dijo Pedro sin dejar de mirar la tumba—. Cuando los demás saltaban a la comba con una cuerda, él hacía lo mismo con una vara. Lo vi un montón de veces en el gimnasio.

«De modo que, antes de convertirse en artista, fue boxeador», me dije.

—Llevo quince años yendo al gimnasio, y nunca he visto a nadie hacer un ejercicio tan difícil —dijo Aura.

Escuché las palabras que vinieron a la mente de Pedro: «Si quieres, el próximo día pedimos dos varas a los monitores y hacemos la prueba». Al mismo tiempo, se vio al lado de Aura, los dos pedaleando en la bicicleta estática, charlando. Pedro: «Es bueno cansarse un poco en el gimnasio, ¿verdad?». Aura: «Muy bueno. Los días que no vengo aquí tengo que tomar veinticinco gotas de Sedonat para dormirme. Cuando vengo, en cambio, me basta con diez». Pedro: «¿No te ayudaría tener a un hombre en la cama?». Aura, con frialdad: «Creo que no».

El recuerdo estropeó el humor de Pedro.

Enfrente del panteón, detrás de los grupos A, B, C y D, el coro entonaba ahora una canción festiva: «"¡Camarero!"/ "¿Señor?"/ "¡Camarero!"/ "¿Señor?"/ "¿Qué hay para hoy?"/ "Solomillo asado con patatas fritas..."». Saulo, Pedro, Aura y el de la camiseta Basoko Mari prestaron atención. La composición, que los artistas profesionales cantaban a cuatro voces, era difícil de interpretar, y los veinte seres materiales del coro *amateur* no acababan de ponerse de acuerdo: «Sopa de albondiguillas, illas, illas, cal, caldo de tortuga, sopa hun, húngara, consomé de alme, almejas, gran cocido parisién, sien, sien, huevos al gratén...».

—Quitan las ganas de comer —dijo Saulo. Y añadió, un tanto bruscamente—: Y ahora, me voy. Tengo que preparar unas cosas en el almacén.

Esbozó un saludo de despedida y se dirigió a una furgoneta del aparcamiento.

«Nissan Frontier 2015 Pickup», escuché. La marca de la furgoneta.

Me llegó el pensamiento de Aura. La ceremonia del entierro iba a finalizar de un momento a otro, y también a ella le convenía marcharse. Al ser agente inmobiliaria, era muy conocida, no *urbi et orbi*, pero sí en toda la costa, y no quería pasarse media hora saludando a los asistentes. Se giró hacia Pedro:

—Tengo que hablar contigo cuanto antes. Asunto de gran importancia.

Apareció en la mente de Aura un lugar que por mi puesto de grigori yo conocía muy bien: el molino en el que había vivido, cuando efectivamente estaba vivo, Guillermo, un edificio de planta cuadrada, con el tejado a cuatro aguas y una cristalera grande en la fachada; enfrente de él un puente, y bajo el puente un río que discurría entre una doble fila de alisos; más allá, un pequeño bosque y varios montes poliverdes. Aquello me extrañó. ¿Qué hacía el molino en la mente de Aura? Aguardé unos segundos, por ver si Luzbel, o Semiyazza en su nombre, me pasaban alguna información, pero no me llegó nada.

—Ander y yo queremos visitar la casa natal de Urtain —dijo Pedro—. Está ahí, a trescientos metros, arriba de la colina. Ven con nosotros, si quieres.

Sentí alivio. Sabía por fin el nombre del de la camiseta Basoko Mari: Ander.

—Pues quedamos allí —dijo Aura—. Yo iré en coche. Lo tengo mal aparcado, y mejor que lo quite.

«Volkswagen Polo GTI», escuché. Había decenas de vehículos descuidadamente aparcados en ambos arcenes de la carretera del cementerio, y entre ellos, obstaculizando el paso a un cobertizo, un Volkswagen de color blanco, el de Aura.

—De acuerdo. Y luego nos llevas a casa. Hemos venido en taxi —dijo Pedro.

—Ya os llevaré. Pero primero haremos otra pequeña visita. Antes de que anochezca, si es posible.

—¿Lo quieres? Perfumará el coche —dijo Ander alargándole el ramito de flores silvestres que había recogido del suelo.

—¡No, por favor! ¡Me dará mala suerte! ¡No quiero las flores de una tumba!

Adoptó la postura que, conforme al protocolo que los siervos del Tirano enseñan a los niños, conviene a la oración, con los brazos levantados y las manos juntas, pero, en su caso, con intención coqueta. Había cumplido ya los cuarenta y siete años, pero no tenía arrugas en las manos. Tampoco en el cuello ni en la cara. El maquillaje resaltaba el color verde de sus ojos, más bien pequeños. Su pelo, muy corto, teñido de rubio, hacía pensar en un gorro de piscina dorado.

«Studio Bob. Esthetique. Star style», escuché. Era el nombre de la peluquería a la que iba Aura.

—Dejaremos las flores en la puerta de la casa de Urtain —decidió Pedro.

Vi de nuevo las imágenes del pensamiento de Aura: el molino de Guillermo, el puente, el río flanqueado por alisos, el bosquecillo, los montes poliverdes.

—Me tienes que explicar lo del asunto importante. ¿Para quién es importante? —preguntó Pedro mirando a Aura.

Estaban ya fuera del cementerio, frente al aparcamiento.

—Para todos —dijo Aura.

Ander señaló un estilizado auto de color negro, de techo tan bajo como el de los bólidos.

—Es un Corvette auténtico, ¿no?

Miré yo también al auto y enseguida me llegó la información completa: «Chevrolet Corvette C8 Coupé».

—Imaginad quién es el dueño —dijo Aura al tiempo que se encaminaba hacia su Volkswagen blanco. No necesité de especial clarividencia para conocer aquel extremo. Sabía perfectamente, por haberlo visto en el garaje del molino, que había sido de Guillermo, y que luego se lo había vendido a Franki por una razón que él denominaba «gimnástica»: el vehículo era tan bajo que exigía contorsiones a cualquiera que no tuviera el tamaño de un *jockey*.

Llegó otra melodía desde el interior del cementerio. El coro estaba cantando «My Sweet Lord»: «My Sweet Lord, my Lord, my Lord, I really want to see you...». Un lamento de Franki sonó en los altavoces y se mezcló con el canto:

—¡Adiós, Guillermo! ¡Adiós, Tirolés! Te despedimos con tu canción favorita.

Tras escuchar un momento al coro, Pedro y Ander se dirigieron al punto A de Urtain tarareando «My Sweet Lord, my Lord, my Lord, I really want to see you...», colina arriba, a paso tranquilo, aparentemente felices, como si la canción les trajese recuerdos agradables de su juventud. Sin embargo, no percibí en sus mentes ninguna imagen concreta, de un concierto o de un baile. Únicamente, un olor humilde, como el que emana de una botellita de cristal vacía en la que una vez hubo un perfume. Por el contrario, la imagen que, de pura memoria, sin necesidad de clarividencia, me trajo a mí la canción fue extremadamente concreta: el coro de un convento de monjas cantando, como el del cementerio, «My Sweet Lord»; treinta y dos monjas, algunas con el rostro arrebolado, susurrando, más que cantando, «My Sweet Lord, my Lord, my Lord, I really want to see you», y Guillermo escuchándolas sentado en un banco de la capilla mayor, con la cabeza descubierta y el sombrero tirolés entre las manos en señal de respeto, con el corazón rebosante de gozo tras calcular lo que se llevaría de comisión por los bonos que le comprarían aquellas monjas. Mucho dinero, el suficiente como para pasar a lo loco un mes de vacaciones en Tailandia.

Seguí de cerca a Pedro y Ander en su marcha hacia el punto A de Urtain, esperando conocer algo más del tema de la máscara. Pero el espíritu de Pedro lo llenaban ahora los ítems del paisaje de aquel barrio rural, los árboles, las flores y, en lugar destacado, una berza de gran tamaño. Un pequeño golpe de clarividencia me permitió entonces profundizar en el conocimiento de aquel ser material. No, no había sido boxeador profesional, tal como inducían a pensar su nariz chata o el recuerdo de las horas pasadas en el gimnasio con Urtain, sino artista, un pintor que en muchos de sus cuadros se valía del motivo de la berza, marcando bien los nervios de las diferentes hojas y sus colores, los rojizos (todos de la gama Pantone Dark Ruby), los morados, los verdes.

El Volkswagen blanco que había estado aparcado frente al cobertizo subió por la pendiente de la colina y adelantó a los dos amigos. Aura los saludó con la mano, sin tocar el claxon. Ander le respondió levantando el ramito de flores silvestres.

Me fijé, también yo, en los ítems del paisaje. El sol estaba bajo, y sus rayos, con 32 grados de inclinación sobre la horizontal, alargaban en el asfalto las sombras de Pedro y de Ander. En la parte del aire, los pájaros cruzaban una y otra vez el camino, inquietos, nerviosos, como si el sonido de los pasos de los dos seres materiales que caminaban hacia el punto A de Urtain les hubiera sorprendido en sus ramas cuando estaban a punto de dormirse. El día terminaba, y su final era aún más visible cuando se miraba a lo lejos: los montes poliverdes eran ahora azulados. En su lado este, el cielo tenía una grieta iluminada, como si la primera luz del día siguiente se hubiese quedado allí esperando el momento de volver a salir.

En el tiempo que duró mi contemplación, los pensamientos de Pedro cambiaron. Se acordó de la pregunta de Saulo sobre su interés en uno de los trozos de la lápida, y de su respuesta afirmativa. Sí, le gustaría conservar el de las golondrinas. Ojalá la familia no lo quisiera. Tenía ya un recuerdo de Urtain, una foto dedicada. Pero quería otro, el de la despedida.

Escuché el pensamiento de Ander: «Tengo que ir a cortarme el pelo». Le asaltó a continuación el recuerdo de las palabras que los altavoces habían difundido en el cementerio: «Un accidente ha callado para siempre a nuestro Tirolés. ¿Un accidente? ¿Seguro que ha sido un accidente?

91

Lo dudo, ¡kra! ¡Lo dudo mucho!». Quería comentar aquella afirmación de Franki, tan llamativa en una ceremonia, pero vio a Pedro ensimismado, y no se decidió a hablar.

Pedro pensaba en Urtain. Con berzas o sin berzas, todo lo que rodeaba su casa natal, el punto A, era armónico y dulce, una materia prima ideal para pintores paisajistas como Montes Iturrioz, o para un anuncio televisivo de un coche como el que tenía Aura. Visualizó el anuncio: el Volkswagen Polo GTI blanco subiendo por el camino de la colina, hierba verde a la derecha, hierba verde a la izquierda, arbustos, árboles, ventanillas abiertas y, en el interior, una pareja de jóvenes sonrientes con carita de enamorados; y llegaba la tal pareja a una atalaya y aparcaban el coche para contemplar juntos la puesta de sol. ¿Cómo pudo Urtain dejar aquel lugar dulce y armónico para marchar a Madrid e introducirse en el inestable ambiente del boxeo?

«¡Bah!», resopló Pedro, y expulsó aquel pensamiento como una mosca que se le hubiera metido en la boca. ¿Acaso no se había marchado él a Madrid, lejos de la costa, con el ánimo de convertirse en artista? ¿No había vivido pobremente hasta que empezó a ganar dinero como escenógrafo? En la vida diaria el paisaje apenas si tenía importancia. Los anuncios de televisión eran tontos, *rien que des conneries*. Los seres materiales que conducían un Volkswagen se parecían más a Aura que a los protagonistas de la publicidad. Aura había pasado por un divorcio *merde*, y no quería ningún *soupirant* a su lado. Él lo sabía bien. Ella pasaba olímpicamente de los gestos de complicidad que le dirigía. «Yo vivo para el trabajo, y soy feliz», solía repetirle en las raras ocasiones en que accedía a sentarse con él en una de las terrazas del malecón de la playa, siempre con un cigarro en la mano, cigarro defensivo, encargado de rubricar con humo la distancia que había entre ellos. Sin embargo, ¿era verdad que vivía para el trabajo? No del todo. Intuía que, de ser Ander el *soupirant*, el rechazo no sería radical. Acababa de ser testigo de la conversación entre ella y Ander a cuenta del ramito de flores silvestres. ¡Bah!, *rien que des conneries.*

En lo alto de la colina, en el aire, una bandada de golondrinas volaba a diez metros por segundo, a veces yendo por lo alto, por encima de los tejados de las casas que junto con la de Urtain formaban el barrio, y otras por lo bajo, a ras de tierra, sorteando los troncos de los árboles con quiebros que parecían llevar peligro; pero no, el choque no se producía. Sin espejos o cristales transparentes, el accidente era imposible. Las golondrinas volvían por el aire al aire más alto.

Pedro tenía la cabeza levantada, y seguía con la vista las evoluciones de las golondrinas. Pronto, una sustitución en su pensamiento, la de aquellos seres materiales voladores que estaba viendo en la colina por otros que había visto volar en el patio del Palais des Papes de Aviñón; tantas eran las golondrinas, tantos los giros que daban en aquel espacio, tanto silbaban, que los espectadores reunidos allí atendían más a aquel espectáculo que a la obra que se estaba representando, *Los pájaros.* También a él le había costado fijarse en las máscaras que llevaban los actores.

«Quizás explique ahora el tema de la máscara. A ver si puedo entender de una vez el emblema de Urtain», pensé.

—«Les orenetes...» —dijo Pedro para sus adentros.

Recordaba un momento de su vida, estando en Aviñón. El suspiro —¡«Les orenetes»!— había surgido de los labios de una mujer joven que se había sentado junto a él y que, también ella, miraba hacia las golondrinas que volaban por el patio del Palais des Papes. La impresión sentida entonces permanecía en él, no había desaparecido con el tiempo.

—¿Has tenido noticias de Beatriu últimamente? —preguntó Ander. Era capaz de adivinar los pensamientos, al parecer.

Pedro comenzó a recitar:

—«Nuestra fugaz vida desaparece como una sombra arrastrada por falsas ilusiones» —y añadió—: No creo que sea de *Los pájaros,* pero es una frase cierta.

—Beatriu no fue una falsa ilusión, Pedro —dijo Ander.

—Es verdad. Sería injusto decir eso.

—¿Dónde anda ahora?

—Vive con sus amigos en una masía de Tarragona. Por lo que sé, pasan el día fumando porros y haciendo pan. Sobreviven gracias al tráfico de pan. Todavía no está prohibido.

—¡Tendremos que celebrar eso! —dijo Ander. Los dos se rieron, y también yo, a mi manera inmaterial, *mi-cuit*, me reí.

El Volkswagen blanco estaba aparcado enfrente de la casa natal de Urtain. Un poco más lejos, de pie junto a un carro viejo, Aura fumaba un cigarrillo.

«Winston», escuché.

Me vino un recuerdo de veinticinco años antes, cuando estaba de grigori regular en la escuadra de Semiyazza. Vi un gato justo encima de aquel carro viejo. ¿Dónde estaría ahora?

Ander dejó el ramito de flores silvestres delante de la casa de Urtain, y nada más hacerlo salió corriendo, como si temiera que Pedro, que había sacado el teléfono del bolsillo trasero de su pantalón vaquero, le hiciera una foto. Todo en broma, exagerando la acción. Pedro no le hizo caso. Pensaba en un cuadro que quería pintar: «Menos mal que los árboles que rodean la casa son encinas. Si fueran pinos me costaría mucho pintarlos. Necesitaría la mano de un ilustrador botánico para lograr algo decente».

«Canali. 98 % Cotone. 2 % Elastómero», escuché. Era una información sobre los pantalones vaqueros de Pedro. Me pareció irrelevante.

—Vestir de blanco tiene un problema, que no te puedes sentar en cualquier sitio. Se te ensucia el culo de polvo y luego vas por ahí haciendo el ridículo —dijo Aura a modo de saludo. Apagó la colilla del cigarro en una de las ruedas del carro viejo y la tiró al suelo, entre la hierba.

Tenía la sonrisa en los labios —pureza, 10 %—, pero sus ojos permanecían inmóviles, ajenos al paisaje. Pensaba de nuevo en el molino, pero no veía su exterior —el río, el puente, los bosquecillos, los montes poliverdes—, sino la parte de dentro: la sala con cristalera de la primera planta; el garaje donde estaba guardada la Lambretta. «¿Y la segunda planta? ¿No la tomas en cuenta?», pensé. «A mí me parece muy atractiva». Fue una interpelación retórica. Aura no recibía mis mensajes.

—Aquí hay confianza, ¿verdad? Me gustaría hablar de negocios —dijo Aura.

No quería perder el tiempo. Pedro señaló a Ander.

—Pues si tenemos que hablar de negocios, nada mejor que hacerlo con mi amigo delante. Poco antes de jubilarse, vendió el local de su librería a un partido político institucional. ¡Eso no lo logra todo el mundo!

—No se lo vendí a un partido político institucional cualquiera, sino al mayoritario —puntualizó Ander.

Pedro simuló escandalizarse:

—¡Chaquetero!

No hubo cambios en los ojos de Aura.

—Una cosa, Pedro —dijo. De pronto, estaba muy seria—. Te he oído decir, y no una vez, sino varias, que quieres envejecer con boina, no con gorra madrileña. ¿Sigues pensando igual?

—Con una boina Elosegui, para concretar aún más.

Afortunadamente, mi clarividencia subió de intensidad, y por segunda vez aquella tarde conocí de antemano la conversación que iba a tener lugar entre aquellos tres seres materiales. La cuestión era que Pedro había acudido a la inmobiliaria de Aura uno de los veranos que había pasado en la costa, porque, efectivamente, tal como acababa de decir, deseaba envejecer con boina. Para ello, cara al futuro, quería comprar una casa que también le sirviera de estudio, un caserío quizás, no muy apartado de la zona urbana. El dinero no sería problema. Tenía un buen piso en Madrid, a dos minutos andando del Teatro Real, y lo vendería con mucho gusto para ponerse a vivir en la costa.

De allí en adelante, cada vez que coincidían en el gimnasio o en el malecón de la playa, e incluso más formalmente, mediante correos electrónicos, Pedro reiteraba a Aura su deseo. La respuesta de Aura era siempre la misma: «No compres aún la boina Elosegui». Aquella vez, sin embargo, estando los dos, y Ander, en el punto A de Urtain, hablarían de la posibilidad de salir de aquel *impasse*. Según Aura, el molino estaba embargado y era propiedad de un banco, debido a que Guillermo, adicto a las drogas, adicto al sexo, no había podido devolver un crédito. Al banco no le interesaba aquella vivienda, por estar fuera de la zona urbana y por su carácter singular, inadecuado para usos modernos, y era justamente ella, Aura, la agente encargada de su venta.

«Escucha esto, Pedro —le diría Aura—, ¡ahora o nunca! ¡Vayamos enseguida a ver el molino! Si te gusta, pasamos por la inmobiliaria a firmar un precontrato de compraventa, y mañana por la mañana, al banco. Tú firmas y yo te regalo una boina Elosegui. ¿Te parece bien?».

Pedro era un ser material con seguridad en sí mismo, pero, con todo, se pondría nervioso y se quedaría un rato mirando a las golondrinas.

«¿Puedo pensármelo?», diría.

«¡No!», respondería Aura.

«¿Por qué?».

«Por Franki. Ya sabes cómo es Franki, ¿verdad?».

«Lo saben todos, incluso los que solo vienen a pasar el fin de semana».

«Pues mañana por la mañana estará en la inmobiliaria. No a primera hora, porque sus noches suelen ser largas, pero sí para el mediodía. Si no tengo tu firma en el precontrato, el molino será para él».

«¿Seguro?».

«Seguro. Quiso comprárselo a Guillermo el mismo día que le compró el Corvette».

«¿Por qué no se lo quieres vender a Franki? ¿Es mal pagador?», preguntaría Ander metiéndose en la conversación.

«Porque lo convertiría en un prostíbulo. Y ya hay bastantes prostíbulos en esta costa», respondería Aura en tono profesional.

Pedro pondría el punto final: «¡Me encantan las inmobiliarias de precios bajos y alta moralidad!».

La conversación discurrió punto por punto de la manera en que me había mostrado mi clarividencia. Después, por un momento, Pedro se vio a sí mismo cubriéndose la cabeza calva con una boina y haciendo bromas a los conocidos con los que se cruzaba en el malecón: «No me gusta lucir el pelo, por eso lo tapo». En cuanto a Ander, volvía a tener en mente las palabras de Franki en el cementerio: «Un accidente ha callado para siempre a nuestro Tirolés. ¿Un accidente? ¿Seguro que ha sido un accidente? Lo dudo, ¡kra! ¡Lo dudo mucho!». Le desasosegaban aquellas palabras, y su deseo de comentarlas con Pedro era cada vez mayor.

«También Ander tiene problemas de acedía, y por eso da importancia a la errónea opinión de Franki», pensé. Desgraciadamente, no podía contradecirle: «Olvida la hipótesis del asesinato, Guillermo se mató por su culpa». Siendo inmaterial me resultaba imposible comunicarme directamente con los seres materiales. Por Ander no me importaba tanto, pero sí en el caso de Pedro. Al carecer de voz, solo me quedaba la vía telepática.

—¿Seguimos adelante o lo dejamos? —dijo Aura.

Pedro sacó el teléfono del bolsillo de su pantalón vaquero, marca Canali.

De acuerdo, lo intentamos. Voy a llamar a Saulo para que vaya al molino. Necesitaré el consejo de un contratista profesional antes de tomar una decisión.

Pedro se puso a hablar por teléfono con Saulo. Aura se acercó a Ander.

—El edificio está impecable. Guillermo lo arregló completamente hace unos cinco años.

—¿Hay riesgo de inundaciones en esa zona? —dijo Ander.

En su memoria revivió un recuerdo: la ría de Bilbao desbordada, y su librería, Zuloaga, con agua hasta un metro de altura, y en aquel líquido fangoso un libro a punto de hundirse, *El sistema periódico* de Primo Levi.

Aura volvió a ver el molino, una vez más, desde el exterior. Repasó lo que había en su proximidad, el río, los prados, los desniveles.

—No, no hay ningún riesgo —concluyó—. Aunque se salieran, las aguas se extenderían hacia el otro lado. El molino queda un par de metros por encima del río.

A la respuesta le siguió un pensamiento que me llamó la atención: «Este hombre es listo. ¡Cuidado!».

Pedro volvió con el teléfono en la mano.

—Dice Saulo que coge unas herramientas y marcha para allí.

—Entonces ya nos podemos ir —dijo Aura, y se dirigió al Volkswagen con el cigarro Winston encendido entre los dedos índice y corazón de la mano derecha.

—No lo tires al suelo —dijo Pedro—. Yo lo guardo.

Cogió el cigarro de Aura, lo apagó, lo envolvió en un pañuelo de papel y lo metió en un bolsillo de su pantalón vaquero Canali.

—Un momento. Ya que hemos empezado...

Caminó sin prisa hasta el carro viejo, diez pasos. Recogió la colilla que había quedado allí y la puso junto a la que ya tenía envuelta.

Ander se dirigió a Aura:

—Si un pintor no cuida el paisaje, ¿quién lo va a hacer?

—El punto A de Urtain lo merece —dijo Pedro.

Me alegré al oír aquello. La expresión «el punto A» pertenecía al lenguaje de los grigoris. Había algo de comunicación entre nosotros.

—Tenéis toda la razón. Disculpad —dijo Aura—. Cuando me estreso hago cualquier cosa. Y ahora mismo estoy estresada. Tenemos que ver el molino antes de que anochezca. Entrad al auto, por favor.

Pedro se sentó junto a Aura, y Ander en el asiento de atrás. Aura cogió un manojo de llaves de la consola y lo agitó en el aire.

—El molino tiene muchas puertas —dijo. Una de las llaves era grande, de forja—. ¡Vamos! En diez minutos estamos allí.

«Yo llegaré antes», pensé, y me vi en el molino.

Saulo estaba descargando su furgoneta Nissan Frontier 2015 Pickup cuando llegó Aura y aparcó junto al puente. Volví a tener una prefiguración de la escena que iba a tener lugar enseguida. Aura y Ander marcharían caminando hacia la puerta principal del molino, en tanto que Pedro permanecería a distancia contemplando el edificio y el paisaje; más el edificio que el paisaje. En aquel momento, ocho de la tarde, los colores de la piedra arenisca de la fachada eran suaves, ocres y amarillos; aquí y allá, en los puntos en que parecía tener rasguños, de tono rojizo (Pantone Red 1225 PC, Pantone Red 1385 PC y otros de la misma gama). A pesar de tener pocas ventanas, como casi todos los edificios rurales antiguos, la cristalera aliviaba su severidad y le daba un aspecto moderno. El tejado parecía estar en buen estado.

«Lo compraré. Mi vida puede empezar de nuevo aquí», pensaría Pedro con una sensación de alivio. No era un ser material paciente. Prefería no dar muchas vueltas a un asunto.

Con la decisión ya prácticamente tomada, Pedro se acercaría a Saulo, y le preguntaría: «¿Qué opinas, a primera vista?». Sin dejar de sacar cosas de la furgoneta, la plomada, el nivel, una linterna frontal, Saulo le pediría un tiempo, una hora. Prefería hacer la valoración «a segunda vista». En cualquier caso, la noche estaba cerca, y había que moverse con rapidez. Quería sobre todo analizar el estado de los muros, ver si había grietas o algún sillar fuera de su sitio.

La escena se desarrolló tal como yo la había previsto.

A continuación, Saulo se ajustó la linterna frontal en la cabeza.

«Frontal Black Diamond 400R Headlamp», escuché.

—¿Cuánto medirá la cristalera? ¿Seis metros por tres? —preguntó Pedro.

—Más o menos —dijo Saulo—. También habrá que mirar eso, a ver si el armazón está seguro.

«6,10 × 2,92 m», escuché. Las medidas exactas de la cristalera.

Pedro se alejó de la furgoneta y se reunió con Aura y Ander.

—La vivienda tiene una sala grande en la primera planta. Un espacio maravilloso —dijo Aura, al tiempo que abría la puerta principal con una de las llaves del mazo.

Justo en la entrada, a la derecha, había otra puerta.

—Aquí está la cocina. ¿Queréis verla primero? —dijo Aura.

Pedro negó con la cabeza.

—Vamos arriba.

De la entrada a la primera planta había catorce escalones, también de piedra arenisca, algo gastados. Cuando llegaron al décimo, Pedro pidió a Aura que no encendiera la luz nada más entrar en la sala. Quería verla con luz natural.

Una vez dentro, al estar el espacio a oscuras, la mirada se les fue a la cristalera. Con sus 6,10 × 2,92 m, ocupaba una buena parte de la pared de la fachada. Al otro lado, se distinguían con claridad los ítems del paisaje: el puente, los prados, el río, el bosquecillo, las colinas, los montes, el cielo con la última luz del día, y en el aire, como si hubieran venido siguiéndonos desde el punto A de Urtain, una bandada de golondrinas volando. Sus silbidos llegaban hasta la sala.

—¿Qué vas a hacer con todo este paisaje, Pedro? —preguntó Ander.

—Quizás me baste con el puente, el río y las golondrinas. Pero las golondrinas son difíciles de pintar. El mismo Hokusai apenas si logró nada.

La clarividencia me permitió ver un cuadro de Pedro. En lugar de berzas, un puente y su imagen reflejada en el agua del río.

Miré a Aura. No seguía la conversación. Los labios, la piel de sus mejillas, la frente, todos los músculos de la cara se veían en ese momento tirantes, y aquella tensión la hacía parecer un ser material de cincuenta y cinco años, no de cuarenta y siete. Sus ojos, de soslayo, miraban un guante de látex que estaba sobre una de las butacas de la sala.

Escuché su pensamiento: «¿Qué pasa aquí?».

—Aura, ¿dónde está el interruptor? —preguntó Pedro.

—Yo creo que aquí —dijo Ander acercándose a la puerta.

«Safelyn. Powder-free textured latex gloves. Big size», escuché. Eran las características del guante de látex que estaba sobre la butaca. Pensé que me convenía recordar aquel dato.

—¡Hágase la luz! —dijo Ander, citando la famosa frase del libro propagandístico del Tirano, y pulsó el interruptor.

La sala se iluminó, y desaparecieron al instante todos los ítems del exterior, golondrinas incluidas. Cobraron relevancia, en cambio, aquellos que llenaban la sala, sobre todo los que ocupaban la pared opuesta a la cristalera. Eran concretamente trece y, para decirlo al estilo de gama alta de Semiyazza, formaban un conjunto heteróclito donde se mezclaban conchas nacaradas y residuos excrementales del Tirano. Conocía bien aquellos ítems después de veinticinco años en el molino, y tenía hecha la lista desde hacía tiempo.

– Tres retratos de Guillermo en blanco y negro, formato 70 × 50 cm.

– Otros tres retratos suyos del mismo tamaño, pero en color, disfrazado de payaso, con su habitual sombrero tirolés en la cabeza.

– En medio de la pared, *presiding*, una reproducción en tamaño real (2,05 × 1,16 m) del cuadro de Dalí *El Cristo de san Juan de la Cruz*.

– Tres fotografías en blanco y negro tomadas en la playa, cada una de 60 × 70 cm. En ellas, en diferentes momentos, cinco jóvenes seres materiales femeninos, los cinco en bikini.

– Una fotografía de 18 × 25 cm, coloreada en estudio, con un grupo de jóvenes un día de fiesta, la mayoría de ellos con un puro habano en la boca. En la fila de arriba, por encima de los demás, cuatro seres materiales: el primero, Franki; el segundo, Guillermo; el tercero, un ser material larguirucho con la melena hasta los hombros (los tres con un vaso grande de plástico lleno de un líquido negro, mezcla de Coca-Cola y ron); el cuarto, un ser material vestido de chándal y con dos cadenas al cuello, una con un colgante redondo, dorado, y la otra con una cruz, el distintivo favorito de los siervos del Tirano.

– Tres recortes de periódico colocados en sendos marcos de 18 × 25 cm. El primero, amarillento, mostraba la imagen de un buey: «Jaun, el animal más bello». El segundo, la de un local que parecía en obras, con cascotes y fragmentos de cristal por todas partes: «Los terroristas ponen una bomba en el pub de moda de la costa». El tercero, la de Guillermo, vestido de traje y corbata: «El rey de los bonos bancarios». Los tres marcos formaban una columna y cerraban la serie.

Pedro recorrió la pared de la sala como si fuera la galería de un museo, deteniéndose sobre todo en la fotografía coloreada de los jóvenes de fiesta y en los recortes de periódico.

—Mira esto —dijo a Ander señalándole la noticia del pub destrozado por una bomba.

Leyeron despacio lo que decía el recorte.

—Déjame por favor el teléfono, Pedro —dijo Ander.

«Quiere guardar la imagen de los jóvenes de fiesta, seguro. No la del atentado», pensé.

No me equivoqué. Ander enfocó la fotografía coloreada y tocó siete veces la pantalla del teléfono.

—El secreto es hacer muchas capturas. Cuando se hacen muchas alguna sale bien.

La sonrisa que en ese momento mostró Pedro tuvo una pureza del 70 %. Amplió aquella sonrisa cuando, unos segundos después, se colocó delante de la reproducción del cuadro de Dalí, *El Cristo de san Juan de la Cruz*.

—Aura, si al final compro el molino, me harás un descuento por esto, ¿verdad? Me costará mucho limpiar la sala de los miasmas de Dalí. Quizás tenga que llamar a una brigada de limpieza.

Los seres inmateriales no podemos aplaudir. De tener la habilidad, lo habría hecho con alegría. Sentí una gran plenitud al ver que Pedro despreciaba aquella pintura propagandística.

Ander guiñó un ojo a Pedro.

—Si vienen, que se lleven también los retratos de Guillermo disfrazado de payaso.

—Que se lo lleven —dijo Pedro.

Aura estaba sentada en la butaca con el guante de látex oculto bajo su pierna derecha, y repasaba en la pantalla de su teléfono las fotos de la sala que figuraban en la página web de la inmobiliaria. En las imágenes, tomadas el día anterior, el guante no estaba.

Disimuló la turbación que le había producido el descubrimiento, y agitó las llaves del mazo.

—Vamos a la segunda planta. Os abriré la puerta.

La escalera partía del lado donde estaban los retratos de Guillermo, primero seis peldaños en línea recta, y luego, haciendo ángulo en un rellano, otros doce hasta llegar a una puerta metálica de color gris. Estaba bien asentada. Aun pisando fuerte en ella, y así lo hacía Pedro, no crujía.

En la pared que se veía de frente al llegar al rellano colgaba una fotografía (61,7 × 47,2 cm) que mostraba a dos boxeadores, uno de ellos con un albornoz blanco y unos pocos rasguños en las cejas; el otro, Urtain, aquel ser material que acababa de quedarse sin tumba, con un albornoz blanco y negro, el rostro entumecido, uno de los ojos cerrado, rastros de sangre debajo de la nariz, la boca abierta buscando aire, fluf, fluf.

—¡Qué basura, este Guillermo! ¡Cómo puede una persona tener una fotografía así colgada en la pared! ¡De su vecino!

«"Persona", término que viene del latín» —escuché—. «En el mundo moderno, sinónimo de ser material. En su origen denominaba la máscara de un actor».

La referencia a la máscara me sorprendió, pero no me paré a pensar en el tema porque quería oír lo que en ese momento se estaba diciendo en la escalera, y no era capaz de hacer las dos cosas al mismo tiempo. Cuando formaba parte de la escuadra de Semiyazza, sí, pero luego no.

—La fotografía es del día en que Urtain perdió el Campeonato de Europa frente a Cooper —dijo Pedro. Y añadió, al estilo Azazel—: ¡Menudo hijoputa, el Guillermo!

Yo debería haber sabido lo del combate después de pasar tanto tiempo en el molino, pero nunca se me ocurrió indagar sobre ello. Batraele estaría enterado, al igual que lo estaba de los combates en el Madison Square Garden, pero los de la legión uzarielense no somos aficionados al deporte, y el combate entre Cooper y Urtain nunca me llamó la atención.

Ander se giró hacia Aura.

—En este molino hay miasmas. Tendrás que hacerle mucho descuento a Pedro.

«Miasmas: efluvios fétidos que desprenden los cuerpos enfermos y las materias corruptas», escuché.

—Hablaremos en la oficina —respondió Aura.

—¡Lo que faltaba! —exclamó Pedro

Acababa de ver una reproducción de 60 × 70 cm de *El ángelus* de Millet. Estaba pegada con cola en la puerta metálica que daba acceso a la segunda planta, como los carteles electorales en un panel.

Era extremadamente desagradable ver allí a los dos seres materiales de *El ángelus*, el masculino con el sombrero a la altura del bajo vientre, como avergonzándose de su órgano sexual, la cabeza agachada al modo de los siervos, y el femenino con un gesto aún más sumiso, con la espalda encorvada, encogido su cuerpo hasta parecer un insecto; ambos rezando, repitiendo por enésima vez el falso cuento de María y el ángel. Pero sentí también, junto con el rechazo, un cierto alivio. Ya no era el de antes. El día que dejé la escuadra y vine por primera vez al molino, incluso mucho después, veía aquel ángelus, veía *El Cristo de san Juan de la Cruz*, y me entraban náuseas. Ahora, la reacción era distinta. Por una parte, sentía indiferencia; por otra, al ver que mi reacción coincidía con la de Pedro, gozo.

Aura se movió con rapidez. Adelantó a Ander y a Pedro, y metió la llave grande de forja en la cerradura. No tuvo que hacerla girar. La puerta estaba entornada, no cerrada, y cedió cinco centímetros con apenas tocarla.

«¿Qué pasa aquí?», volvió a preguntarse.

Sintió en el bolsillo de su chaqueta, como si lo palpara, el volumen del guante de látex, que se había guardado. Empujó la puerta. Estaba bien engrasada. Se abrió sin que los goznes hicieran el menor chirrido.

—Estáis en la segunda planta del molino. Un lugar especial, como veréis —dijo Aura sin volverse—. Encended la luz y echad un vistazo. Los interruptores están en esa columna de enfrente.

—¿No vas a entrar tú, Aura? —dijo Pedro.

—Me muero por fumar un cigarro. Os esperaré abajo.

Aquellas palabras, como todas las que había pronunciado en las escaleras, estaban únicamente en sus labios y, si el pensamiento es un poder, como lo es la clarividencia, casi todo él, un 98 %, trataba de responder a dos preguntas: ¿qué hacía el guante de látex en la sala?, ¿por qué estaba abierta la puerta metálica de la segunda planta? Ella había estado en el molino la víspera, haciendo fotos para la página web de la inmobiliaria, precisamente, y en ese momento, después de mirar en el teléfono, no cabía duda: el guante de látex lo había olvidado alguien en la butaca con posterioridad a su visita, la noche anterior o aquella misma mañana. En cuanto a la puerta metálica, estaba segura, ella misma la había cerrado con doble vuelta de llave.

Aura marchó escaleras abajo con las dos preguntas en la mente.

—También yo estoy deseando fumar, pero le dedicaré un cuarto de hora a esta segunda planta —dijo Ander—. Este molino parece un lugar interesante.

Estaba de buen humor. Normalmente, luchaba contra la acedía jugando al ajedrez o leyendo libros de suspense, pero aquella visita le estaba resultando particularmente entretenida. Había conocido por dentro muchos pisos de la costa, porque había tenido que elegir uno para sus vacaciones veraniegas, y, salvo los decorados por seres materiales neuróticos —recordaba uno lleno de muñecas blancas—, todos le habían parecido impersonales. No era el caso del molino.

—¿No puedes esperar cinco minutos? —llamó Pedro a Aura.

Ella siguió bajando las escaleras. No contestó.

—¡Vaya prisa!

—Los fumadores somos así, Pedro.

Las palabras de Ander tuvieron un pobre porcentaje de verdad: 12 %. A él también le había parecido excesiva la prisa de Aura.

La segunda planta no tenía más luz que la que entraba por las ventanas Velux del tejado. A pesar de la penumbra, se distinguía bien la columna donde estaba la caja eléctrica.

Ander hizo una reverencia a Pedro. Estaba feliz, con ganas de broma.

—Encienda usted la luz. Suyo es el privilegio.

«¡Kra! ¡Cuidado! ¡No todos los interruptores a la vez!», pensé, tratando de prevenirles.

No les llegó el mensaje, y Pedro subió de golpe los cinco interruptores de la caja. Al momento, ambos tenían la mano extendida sobre los ojos a modo de visera. Toda la planta se había iluminado con una viva luz, hasta alcanzar los 900 luxes; los focos colocados en el techo destellaban —¡flash! ¡flash! ¡flash!— rayos de diferentes colores, rosas, violetas, blancos y rojos (Pantone Fiery Red 18-1654 TPX), como en las discotecas. Pedro manipuló los interruptores hasta apagar los focos y dejar solo las luces de ambiente.

—¿Qué es esto? —dijo Ander.

Pedro se cruzó de brazos y observó el espacio que tenía delante.

—No parece una sociedad gastronómica.

La segunda planta era un espacio diáfano, sin tabiques, sin más obstáculo que el de las vigas metálicas que sostenían el tejado (20 m de largo × 20 de ancho, 400 m² en total). El techo, con vigas y cubierta de madera, bajaba armónicamente desde el vértice hasta los cuatro bordes laterales. Geométricamente hablando, desde los ocho hasta los tres metros.

Conocía bien el lugar después de los veinticinco años que había pasado junto a Guillermo, pero lo miraba ahora con los ojos de Pedro y de Ander, y me resultaba nuevo.

—*Horror vacui* —dijo Pedro—. Menos mal que dejaron ese claro.

En la zona central de la planta había una alfombra de seis metros de diámetro, redonda, de color rojo (Pantone Red 2347 C) con las letras «ABBA Dancing Queen» en negro, pero era el único espacio vacío. El resto estaba lleno de ítems.

Lista de los ítems de la segunda planta

- 6 biombos azul oscuro.
- 4 biombos negros decorados al estilo *chinoiserie*.
- 12 sofás de color verde oscuro.
- 10 mesas bajas.
- 12 pósteres de cantantes, actores y toreros.
- 15 portadas de discos LP.
- 4 carteles publicitarios de conciertos de música.

Pedro y Ander recorrieron la planta despacio, deteniéndose en los ítems que les resultaban más llamativos. Ander asumió el papel de guía. La situación le resultaba cada vez más divertida.

—Frank Sinatra, *Love Is Here To Stay* —leyó. Estaban en la zona de las portadas de discos—. Carlos Santana, *Abraxas*. James Brown, *Sex Machine*...

El siguiente álbum llevaba la foto de un ser material femenino joven, con un título que en letras de color naranja (Pantone Orange 021) decía *Je t'aime... moi non plus*.

—¡Jane Birkin!

—Vamos a mejor —dijo Pedro.

Seguía teniendo en la cabeza el edificio color arenisca del molino tal como lo había visto desde el exterior, una imagen al tiempo extraña y bella, de otro mundo; pero le molestaba, como una partícula de suciedad en el ojo, lo que estaba descubriendo en aquella planta. ¿Qué clase de lugar era el molino, además de ser la vivienda de Guillermo? ¿Un prostíbulo? De creer a Aura, no lo era. Según ella, no quería vendérselo a Franki precisamente para que no lo transformara en prostíbulo.

—¡Tina Turner, Tina Turner y Tina Turner! —voceó Ander.

Eran tres pósteres enormes, de 1,70 × 1,50 m. Recogían tres momentos de una misma actuación: la cantante sobre un escenario con un vestido gris perla muy corto, *paleolitic style according to Hollywood*; en la cabeza, una melena *lion style*.

La mirada de Pedro se detuvo en los firmes muslos de Tina Turner. Experimentó primero, en la parte central de su cuerpo, un deseo sexual de intensidad mediana, cuarenta sobre cien, al que siguieron varias imágenes de su memoria, empezando por Beatriu y Aviñón, y terminando con Aura; luego, en tercer término, arruinando aquella pulsión, el recuerdo de una pastilla que afectaba a la erección de su miembro y que, *de facto*, lo convertía en impotente.

«Olmesartán Normon 40 mg», escuché. Era el nombre del medicamento que Pedro tomaba todas las mañanas.

Me pregunté si debía retener o no aquella información. Pensé que, efectivamente, debía hacerlo. Podía ser importante en el caso de tener que ayudar a Pedro.

Me asombré a mí mismo. «Podía ser importante en el caso de tener que ayudar a Pedro». Parecía imposible que un pensamiento como aquel tuviera cabida en el espíritu de un grigori al servicio de Luzbel. Pero mi sentimiento era genuino. Mi transformación seguía adelante. Si se me presentaba la oportunidad de continuar junto a aquella «persona», la aprovecharía sin titubeos. ¿Qué decía sobre ese tipo de desviaciones la tradición? ¿Qué decía Milton? No me acordaba.

Había una barra de bar de cuatro metros de largo cerca de los pósteres de la cantante, en el ángulo que quedaba en diagonal con la puerta metálica de la entrada. En la parte delantera tenía cinco banquetas altas; detrás, una estantería de bebidas alcohólicas; justo encima, un rótulo donde, en letras de color turquesa, estaba escrito el nombre de la instalación: «TINA CORNER».

Se presentó Saulo con la linterna Frontal Black Diamond puesta en la cabeza. Tras hacer un gesto para que lo esperaran, puso una de las banquetas sobre la barra y se subió a ella en dos movimientos. Abrió entonces la ventana Velux alargando la mano y, de un impulso —tercer movimiento—, se subió al tejado. Pedro quiso detenerlo, «ya revisarás mañana el tejado», mientras en su mente, como un flash, penetraba una escena que había visto años antes en el Teatro Real. Una reina inglesa declaraba solemnemente: «Roma se fundó sobre el cuerpo putrefacto de un héroe asesinado, y así es como también nosotros fundaremos nuestro reino». Tuvo la idea de versionar aquellas palabras: «Saulo, no quisiera fundar mi casa sobre el cadáver de un contratista jesuita caído del tejado». Pero no le dio tiempo a hablar.

Ander percibió su inquietud.

—No te preocupes. Lo tendrá todo calculado. Es un ajedrecista muy seguro.

Se había desplazado hasta la parte posterior de la barra del bar, y estaba inspeccionando la estantería. Entornaba los ojos al leer las etiquetas de las botellas:

—Vodka Smirnoff, ron Cacique...

Pulsó la tecla de encendido de un aparato de música colocado entre las botellas. Su marca apareció en la pantallita: Philips. CD 164. Compact Disc Player.

Lo apagó y tomó en la mano una botella de color rosa, bastante bonita.

—Edgerton Pink Dry Gin. —No conocía esta marca—. Nunca la he visto en el JK.

JK era el nombre de un local nocturno al que solían ir de vez en cuando a tomar «el mejor gin-tonic del mundo».

—Seguro que la tienen.

Pedro respondió sin pensar. Tenía la mente ocupada por el cuerpo de la actriz que había recitado la solemne declaración de la reina inglesa. Era una mujer hermosa, y tenía un nombre bonito: Eloísa. ¿Dónde estaría? ¿Y su amiga Flora, siempre risueña? ¿Y la mujer que cantaba en el coro del Teatro Real, Juana? Todas estaban lejos de él. También había perdido a Beatriu. ¿Y Aura? Aura no se le acercaría nunca. Se sintió acobardado, y la parte central de su cuerpo se replegó como cuando tomaba una dosis doble de Olmesartán.

Dejé de lado la reserva que conviene a un grigori, y le envié un mensaje paliativo. «Escucha, Pedro. Es normal que los seres materiales que, como tú, se han movido en ambientes dinámicos, entre actores y actrices, siempre en *troupe*, un día en Aviñón, otro en Mérida o en Nápoles, sientan una gran falta cuando esa vida se interrumpe; es normal, incluso, que les entre vértigo al advertir que los mensajes de correo electrónico y las llamadas telefónicas van disminuyendo o desapareciendo. Pero ¿no hay en ti un núcleo indestructible, una fuerza íntima que te empuja a pintar y a crear tus cuadros sumando árboles + berzas + puentes + reflejos en el agua del río + nubes? Los que habéis nacido con ese núcleo no debéis temer a la soledad. Menos aún a la acedía. Y a la muerte... A la muerte quizás sí, dado que perteneces a la especie de los seres materiales, pero en cualquier caso debes tomar en cuenta a aquellos que vivieron hace diez mil, quince mil, cuarenta mil años. Refugiados en las cuevas, se encogían de miedo cuando un rayo caía cerca o estallaba un trueno, o cuando veían llegar a otros seres materiales enemigos. (¡Qué mazos de piedra los de aquellos! ¡Qué hachas! ¡Qué terribles sus gritos!). Y lo mismo cuando andaban por el bosque, temiendo encontrarse con bestias salvajes. Además, a ese polimiedo se le sumaba el frío, –20 ºC muchos días, o la enfermedad, la gangrena. No obstante, levantaban la cabeza, olvidaban sus males, y se ponían a pintar un caballo en la pared de la cueva. Y, dime, ¿no vales tú tanto como aquellos seres materiales de hace quince mil, veinte mil, cuarenta mil años? ¿No tienes el mismo deseo irrefrenable de pintar? ¿A qué, entonces, la depresión, la debilidad? No necesitas a nadie para seguir adelante y hacer tu vida. El deseo de pintar ha de ser la dinamo de tu corazón».

—Esta segunda planta está bien como discoteca, pero yo necesito un estudio. Quisiera ver el garaje —dijo Pedro.

«¡Le ha llegado mi reflexión!», pensé con euforia. «¡Ahí sigue su deseo de pintar! ¡La dinamo de su corazón aún gira!».

¿Habría sido una casualidad? Pensé que no.

—Ya veremos el garaje, Pedro. Ahora ven aquí. Este sitio parece muy interesante —dijo Ander.

Estaba ahora en la parte trasera de la estantería de bebidas alcohólicas, ante una puerta en la que colgaba un cartelito que decía «CHANGE ROOM» en letras de color amarillo. La empujó hacia un lado —era corredera, se abría hacia la izquierda—, encendió la luz y vio efectivamente una habitación. Calculó sus dimensiones: unos siete metros de largo y tres y pico de ancho. Carecía de ventanas, y el mobiliario era escaso: un colgador en la pared izquierda, y tres armarios metálicos de color gris en la pared del fondo, con seis taquillas cada uno.

«7,00 × 3,70 m», escuché. Eran las medidas exactas de la habitación.

«Diez», escuché. Era el número de los ganchos del colgador de la pared izquierda.

Ander vio que había algo en uno de los ganchos, pero no supo de qué se trataba hasta que se acercó. Eran unas bragas de color negro. Las observó con detenimiento: la filigrana del encaje dibujaba mariposas.

«Yummy Waterfly. French Style. Black», escuché.

Resistió la tentación de alargar la mano y cogerlas. Tenía en mente, por tercera vez desde el entierro de Guillermo, la pregunta de Franki: «¿Un accidente? ¿Seguro que ha sido un accidente? Lo dudo, ¡kra! ¡Lo dudo mucho!». Aquel recuerdo le frenó. Era más que posible que, de haber sido un asesinato, el recinto por donde se había movido la víctima, el molino, estuviese lleno de huellas; pudiera ser, igualmente, que aquellas bragas negras con filigrana de mariposas fueran una prueba. Y las pruebas, lo decían todos los detectives de todas las novelas policiacas, debían permanecer vírgenes hasta que finalizara la investigación.

Ander era consciente, precisamente por su conocimiento de las novelas policiacas, de que la acedía o cualquier otra clase de aburrimiento podía estar en la base del interés por un crimen, y que tal interés, bastardo, podía confundir la mente. Con todo, a pesar de intuir lo que yo, como grigori, ya sabía, es decir, que fue un patinazo de la Lambretta lo que lanzó a Guillermo contra el pretil de piedra, aceptaba con agrado la hipótesis del crimen misterioso. Para decirlo al estilo de gama alta de Semiyazza, tal opción era para él como el viento alisio que empujaba el galeón de Manila y sus tesoros. En cierto modo, era comprensible. La mayoría de los seres materiales de la costa tenían la misma sospecha. «Lo del Tirolés no ha sido una muerte casual», decían. Era el estribillo de muchas conversaciones. El mismo Pedro, inmune a los efectos de la acedía gracias a su voluntad de pintar y, en general, a su afán artístico, dejaba a veces, por así decir, que la idea del asesinato le hiciera cosquillas en la nariz. Pero, en el caso de Ander, las circunstancias acentuaban la veta juguetona, incluso atrabiliaria, de su espíritu. Se encontraba en la fase ociosa de su vida, disfrutando de una buena jubilación, y su mujer, que quizás lo habría criticado, estaba lejos, en Bruselas.

Llamó a Pedro desde el interior del Change Room.

—Mira esto. Un espacio estupendo para un estudio. ¡Lástima que no tenga ventanas!

Lo decía en broma. Pedro acostumbraba a pintar con luz eléctrica, independientemente de que en sus telas aparecieran berzas, árboles, puentes o ríos, y en ese sentido el espacio era apropiado; pero un hombre de sesenta y siete años que pintaba diariamente no podía tener el estudio a treinta y dos escalones de distancia.

Pedro le respondió desde la puerta:

—No me vale. Tengo intención de empezar a pintar cuadros de formato grande. No cabrían aquí.

—¿Cuadros de formato grande? ¡La primera vez que te lo oigo decir!

—Hablé el otro día con el galerista. Por lo visto, las instituciones de este país no van a aceptar en el futuro ninguna obra que quede por debajo de dos metros por tres. Sobre todo, las dirigidas por ese partido mayoritario que te ha comprado la librería.

—Yo creía que eras incorruptible, un discípulo fiel de Robespierre. Pensaba que pintarías cuadros de tamaño medio hasta el fin de tus días.

Pedro no hizo caso del comentario y señaló lo que colgaba de uno de los ganchos de la pared.

—¿Bragas de mujer?

«Yummy Waterfly. French Style. Black», le indiqué.

Pedro se acercó al colgador.

—Son de fantasía.

—No las toques —le dijo Ander.

—¿Las quieres para ti?

—Para el juez.

—¿Por qué razón? ¿Es un vicioso?

Saulo interrumpió el diálogo. Necesitaba ayuda para bajar del tejado. Fueron hasta el mostrador del Tina Corner y sujetaron entre los dos la banqueta que minutos antes le había valido para subir por la ventana Velux.

—Ya se sabe, es más difícil bajar que subir —dijo Saulo después de poner los pies en el suelo.

Se le habían movido las gafas de 4,75/5,50 dioptrías y la linterna Black Diamond, y volvió a colocarlas en su sitio.

—¿Qué tal está el tejado? —preguntó Pedro.

—Bastante bien. En general, el edificio está en buenas condiciones. Lo de las cosas que hay dentro, biombos y demás, es otro asunto. Así como bajar es más difícil que subir, vaciar una casa es más difícil que llenarla.

Ander abarcó la planta con la vista. Tina Turner, Jane Birkin, James Brown, Abraxas, Frank Sinatra, ABBA Dancing Queen, los biombos azules, los biombos negros, los sofás de color verde oscuro, las mesas bajas, la puerta metálica...

—Karpov, ¿en qué clase de molino estamos? —preguntó.

—Al parecer, el finado Guillermo y Franki organizaban orgías. *Vox populi.*

—¿Franki también?

—*Alma mater.*

Dio la información con normalidad, como si hablara de una jugada de ajedrez.

Ander pidió el teléfono a Pedro.

—Solo un momento. Quiero enseñarle algo a Saulo. La fotografía de una fotografía. Una de las que acabamos de hacer abajo.

Buscó la que mostraba a una cuadrilla de seres materiales de fiesta. En la fila de arriba, Franki, Guillermo, el patilargo con la melena hasta los hombros y, un poco aparte, el que vestía un chándal deportivo y llevaba dos colgantes.

Ander puso un dedo sobre la imagen.

—Franki, Guillermo... ¿Y este? ¿Quién es este?

—¿El hippie? Se llama Bob —respondió Saulo—. Tiene esa peluquería, Bob Hairdresser. Esta tarde estaba en el cementerio. Lo he visto pasar con el sombrero tirolés de Guillermo.

—Creo que un día de estos voy a cortarme el pelo.

—La foto la haría ese que llaman Press. Era amigo de ellos. Un chalado —dijo Saulo.

—Está bien saberlo.

Las sospechas de Ander habían subido de intensidad, al menos un voltio, desde que Saulo había pronunciado la palabra «orgía». La posibilidad de que estuvieran ante un asesinato parecía cada vez más real, y, de ser el caso, su intuición dirigía las sospechas hacia Franki y el hippie, Bob. Ellos debían ser el rey y el alfil del juego. Era posible también que aquel Press que Saulo acababa de citar estuviera implicado, aunque, si se trataba de un chalado, su papel sería, como máximo, el de un peón.

Quise enviar un mensaje a Ander. Press podía ser, efectivamente, el asesino. Los chalados solían serlo con cierta frecuencia, como bien sabían los gerifaltes que actuaban en nombre del Tirano y no dudaban en reclutarlos para los batallones de la muerte o para que dieran el tiro de gracia en los fusilamientos. Por otra parte, Guillermo nunca le había dado oportunidad de tomar parte en las exposiciones de fotografía de la costa, no al menos en los veinticinco años en que yo le vigilé en mi papel de grigori, y era posible que en su fuero interno odiara a Guillermo con la aguda violencia de los artistas que se sienten marginados. Pero el razonamiento fallaba por su base. Nadie había intervenido en la caída de la Lambretta. «¡Fue un accidente! —exclamé inmaterialmente—. La existencia de un asesino siempre resulta atractiva, pero en este asunto no ha lugar». Sin embargo, de nada valía mi esfuerzo. A Ander no le llegaban mis avisos.

Pedro no estaba atento. Las golondrinas volvían a ocupar su mente, aunque no las de Aviñón, *les orenetes*, o las que acababa de ver volando al otro lado de la cristalera, sino —la garra de la depresión de nuevo, la debilidad— las que solía ver en los cables, treinta o cuarenta golondrinas en fila, bajo la lluvia, dispuestas a partir. ¿No le convenía a él tener la misma seriedad de aquellos seres materiales voladores, y aceptar sin un gesto, sin una mueca, no con mansedumbre, pero tampoco, aún menos, resistiéndose al cambio, a la derrota, que también para él había llegado la hora de partir? En ese sentido, ¿no era una quimera, una ilusión anacrónica, su proyecto de abandonar Madrid para empezar una nueva vida en el molino? ¿No recordaba el poema de Cavafis? «Iré a otra tierra, dices, encontraré un lugar mejor. Pero no lo intentes. Ese lugar no existe...».

No necesitaba del poema ni de su consejo. Ya tenía la respuesta a sus preguntas. Se la había dado, con voz azazeliana, la segunda planta del molino.

«¿Qué te ocurre, Pedrito? ¿Te excitas al ver a Tina Turner con su vestido corto *paleolitic style*? ¿Se te va la mirada hacia sus firmes muslos? ¿Sientes que las bragas Yummy Waterfly de color negro te pellizcan los cojones? ¡Vana ilusión la tuya! ¡No puedes dejar de tomar Olmesartán! Tu cuerpo es grande, pero incapaz de sortear los efectos secundarios del medicamento. ¡Eres impotente, cabrón! Sigue en Madrid, ¡kra!, y envejece con una gorra en la cabeza. No habrá fiestas ni grandes momentos en tu vida, pero te acompañará la televisión, las mejores jugadas, estampas de genocidios, debates a voz en grito, y estarás entretenido. Serás un fósil, sí, pero un fósil satisfecho. Y si esa opción no te convence, ¡kra!, acuérdate de Urtain. No necesitas la ventana de un décimo piso para hacer lo que hizo tu amigo con un par de huevos. Te bastaría para ello con uno de los balcones de tu tercer piso. Podrías tirarte del que da directamente al Teatro Real. ¡Como un señor!, ¡kra! Porque, además, ¿dónde están tus amigas? Entre los seres materiales femeninos que han desaparecido de tu vida no están solo Eloísa, Juana o Flora. Tu querida Beatriu, ¿no vive ahora en una masía de Tarragona, lejos de ti y del mundo? Y tu galerista, aquel que de joven solo hablaba de arte y ahora, en cambio, de instituciones y de dinero público, ¿no se ha convertido acaso en un ser material desagradable?

¡Ay, Pedrito, calvito, cerdito!, te irás quedando sin resonancia al modo de los actores que, perdida la máscara, han de enfrentarse a un público hostil. Y, al cabo —te lo diré ahora en el estilo de gama alta de Semiyazza—, te rodeará un silencio pegajoso que, como el sapo que atrapa una mariposa, se tragará todos tus buenos momentos. Como el sapo que atrapa una mariposa, sí, eso es, con esa exactitud lo describiría el capitán Semiyazza. Es lo que te ocurrirá a ti si no tomas medidas a lo Urtain, ¡kra! Por otra parte, ¿qué haces tras Aura en plan ¡up! ¡up!? La verdad, das vergüenza ajena».

Me asusté. Era, efectivamente, Azazel el que se encontraba tras aquel ataque. Aun sabiendo que el poder de los de mi legión era débil si se comparaba con el de los demás grigoris, traté de desviar los pensamientos de Pedro. «Las golondrinas que marchan lejos para alejarse del frío y de la lluvia vuelven con el sol, tan voladoras y dinámicas como siempre», dije. Y añadí: «Este molino es un lugar adecuado para un artista como tú, Pedro. Si te asusta la soledad, pide a Ander que te visite con frecuencia. Tienes en él a un verdadero amigo. Y también Saulo puede ser un buen amigo tuyo, ¡up! ¡up! ¿Y por qué no contratar a Petri para que ayude a llevar la casa y te haga compañía?».

Contra lo que pensaba, conseguí mi propósito. La enajenación, el derrame de pesimismo que en la mente de Pedro había originado el recuerdo de los efectos secundarios del Olmesartán, cesó de pronto, y empezó a sentirse mejor. Estaba en el molino. Tenía a su lado a Ander y a Saulo.

—¿Habrá algún cuarto de baño en esta segunda planta? —preguntó Ander.

Saulo movió la cabeza afirmativamente.

—Hay dos a la entrada. Uno para mujeres y otro para hombres.

Pedro se sorprendió. ¿Cómo lo sabía Saulo?

—¿Habías estado aquí antes? ¿Hiciste alguna obra?

—No. Es la primera vez que entro aquí. Pero los contratistas tenemos una especial habilidad para buscar baños. Sobre todo si nos apremian las ganas de mear.

—Saulo, a veces se nota mucho que estudiaste para jesuita —dijo Pedro.

—Pero no terminé los estudios, y aquí me tienes, contratista.

—Eso tenemos que celebrarlo —dijo Ander.

—Ander, tú siempre quieres celebrar algo —dijo Pedro, y los tres se rieron.

Sentí de nuevo el amor que se tenían. Se reían, se tocaban, eran felices. También Pedro, después de la crisis en la que le había sumido Azazel.

Comenzaron a caminar hacia la puerta metálica de la planta, y anticipé la conversación que iba a tener lugar entre ellos. Pedro le confesaría a Saulo su intención de comprar el molino. Se daba cuenta, eso sí, aunque no era contratista, y tampoco había estudiado para jesuita, de que el edificio necesitaba un repaso, y en ese sentido tenía que prometerle, o mejor, jurarle, que él sería el responsable de la obra, y también de su vaciamiento. Porque tenía razón, vaciar el molino no sería trabajo fácil, habría que sacar muchas cosas de allí, y antes que nada, para ahuyentar los miasmas, el Cristo de Dalí + la foto donde Urtain, tras el combate con Cooper, aparecía machacado + la reproducción de *El ángelus* de Millet + todos los retratos de Guillermo, tanto los que lo mostraban disfrazado de payaso como los demás. Una parte del trabajo de pintura la podía hacer él mismo, si no le parecía mal, porque le convenía hacer un poco de ejercicio físico y porque pintar paredes también le gustaba mucho. En cualquier caso, sería estupendo que la obra estuviera acabada antes de que llegara el otoño y las golondrinas se marcharan.

Saulo aceptaría la propuesta, aunque con un reparo:

«Yo actuaría con mucha prudencia a la hora de sacar cosas del edificio. Vaciar una casa es fácil; llenarla, difícil».

«Antes has dicho lo contrario, Saulo».

«Contradicciones de contratista».

Ander entraría entonces en la conversación: estaba libre, como todo buen jubilado. Su mujer iba aquedarse en Bruselas al menos durante tres años trabajando como abogada de un partido político fuerte, aunque no mayoritario en la costa, y también a él le convenía hacer ejercicio y sudar un poco. Había aprendido a manejar la pala tan bien como cualquiera en las inundaciones de Bilbao, cuando el fango anegó su librería. Además, el molino parecía un lugar misterioso, y los misterios le atraían mucho, por eso se había pasado la vida leyendo novelas policíacas hasta que todas le parecieron previsibles. «En ese sentido —diría Ander para acabar—, me parece bien tirar el cuadro de Dalí y los demás que habéis mentado, pero la foto esa de las fiestas y otro par de cosas no las deberíamos tirar. Pueden aclarar el asunto».

La conversación entre los tres seres materiales discurrió como me había figurado. Luego, cuando ya estaban cerca de la puerta metálica, Ander les indicó que tenía que pasar por el baño, y se dirigió a la puerta, señalada con la silueta de un *gentleman*. Pedro guiñó un ojo a Saulo.

—Voy yo también. Esa medicina que tomo, Olmesartán, es diurética.

—El Openvas también —dijo Saulo—. Pero ahora mismo no siento necesidad.

En el baño olía a perfume. No a canela, como algunos de los productos de limpieza que, precisamente, se utilizan para limpiar lavabos y tazas.

—Nunca te lo he preguntado. ¿Qué perfume usas? —inquirió Pedro a Ander mirándolo a través del espejo. Estaban uno al lado del otro, lavándose las manos—. Yo, Paco Rabanne. De joven me ponía un perfume corriente, pero en Francia me enseñaron a ser más seductor.

Hablaba ¡up! ¡up! Había expulsado de su mente los pensamientos insuflados por Azazel.

Se vio a sí mismo en el espejo. Sin pelo en la cabeza, con la nariz chata, su cara tendía a la redondez. Afortunadamente, los ojos, negros, grandes, tenían brillo. Sus bíceps y tríceps denotaban fuerza.

—Yo uso el que me regala mi mujer todas las navidades, Burberry. Pero aquí no huele a nada parecido, ni a Paco Rabanne ni a Burberry. Me gustaría saber de qué perfume se trata exactamente. El detalle puede tener importancia.

Aspiraron el aire varias veces.

«Giorgi Perfect Fix Extra Fuerte», pensé.

—Parece el de una gomina para el pelo —dijo Pedro.

Sentí alegría. De un modo u otro, mis mensajes le llegaban.

Ander pidió a Saulo que entrara en el baño.

—¿A qué hueles?

—A la gomina de Franki —dijo Saulo—. Me he dado cuenta cuando he pasado por aquí.

—¿Estás seguro? ¿Cómo lo sabes?

—Es una habilidad característica de los contratistas que hemos estado a punto de ser jesuitas. Reconocemos un olor enseguida, sobre todo el de la gente que nos habla arrimando su cara a la nuestra. Con esa cercanía me ha hablado Franki antes de marcharse a dar su discurso en el cementerio. Quiere que revise las paredes de uno de sus clubes. Al parecer, tiene manchas de humedad.

—Estás intratable, Karpov.

Ander estaba muy contento. Igual que yo. Igual que Pedro y que Saulo. De pronto, todos estábamos contentos.

Aura caminaba con paso inseguro por el sendero que discurría a lo largo de la orilla del río, más abajo del puente. Estaba fumando y la punta de su cigarrillo enrojecía cada quince o veinte segundos hasta adquirir la intensidad del Pantone Red 179. Al ser el aire gris, y el agua también gris, las bocanadas de humo desaparecían sin hacerse notar. Se distinguía, en cambio, el traje blanco de Aura.

Hice algo que nunca se me hubiese ocurrido cuando era un grigori completo, quedarme quieto en el aire y contemplar el paisaje. A aquella hora, 21.40, los ítems habituales ya habían perdido su forma. Apenas si se distinguían los montes poliverdes; los prados, el bosquecillo, los árboles solitarios eran solo sombras. En contraste, la iluminación eléctrica de los pueblos y urbanizaciones de la costa era intensa, y afectaba a una parte del cielo y a casi toda la playa.

Aura los estaba llamando. Se había detenido en un punto del sendero.

—¿Podéis alumbrarme? No sé dónde poner el pie.

Debido a la resonancia del puente, el sonido del agua parecía surgir de una poza profunda, y no del mismo río. Aislaba el molino, lo alejaba del mundo, apagaba las palabras de los seres materiales.

—¡Ahora te ayudamos! —dijo Ander en voz alta.

Saulo encendió la linterna frontal. Desapareció en parte, un 10 %, la oscuridad cercana, y se hicieron visibles algunos ítems vegetales y minerales: hierbas altas, juncos, piedras, guijarros, los rizos de la corriente líquida, las hojas negras de un aliso.

Aura tardó bastante en llegar al puente.

—Pensaba que con la luna me iba a bastar. Gracias, Saulo.

Abrió la palma de la mano y dejó ver la colilla del Winston que acababa de fumar.

—No me he atrevido a tirarla al suelo por miedo a Pedro, pero no sé dónde dejarla.

Saulo apagó la linterna y sacó un paquete de tabaco vacío del bolsillo de su mono.

—Métela aquí —dijo a Aura—. Estaba en el suelo del garaje.

«Camel Filter. Turkish & American Blend Cigarettes», escuché. No me hacía falta aquella información. Después de mis años en el molino, conocía de sobra aquella marca de tabaco. Había visto el camello de una sola joroba de la cajetilla muchas veces.

—Sí, Guillermo fumaba Camel. Probablemente, este fue su último paquete —dijo Aura.

Una frase estándar, pero, por decirlo así, hidratada de tristeza.

«Tampoco te da tanta pena», pensó Ander.

El trato que en la librería Zuloaga había tenido con los clientes le había hecho sensible a todo cambio en la entonación de las palabras, y reconocía a la primera la falsedad del cliente que, por ejemplo, elogiaba un libro sin haberlo leído. Le ocurrió con el comentario que acababa de hacer Aura. Aquel ser material escondía algo, no cabía duda. ¡Qué bien!

Pedro sacó del bolsillo el pañuelo de papel con el que había envuelto las colillas de Winston en el punto A de Urtain.

—Mete también estas dos —dijo a Saulo.

«Probablemente, este fue su último paquete». También Pedro había reparado en el *flatus vocis* de Aura, tan claramente como Ander. Conocía bien, después de haber sido testigo de cientos de ensayos teatrales, lo mucho que costaba a los actores pronunciar una frase de forma creíble. Sin embargo, no le dio importancia. Una cocinera necesitaba de trapos para limpiarse o secarse las manos; igualmente necesitaría trapos, es decir, fórmulas y expresiones vacías, un ser material como Aura, obligado a tratar diariamente con los clientes de la inmobiliaria. La que había utilizado para condolerse de la muerte de Guillermo debía ser la variante de alguna de ellas.

«¡No estás pensando bien, Pedro!», le indiqué. «En ese punto tiene razón Ander. No hay asesinato que valga, pero es verdad que Aura esconde algo».

No sé si le llegó la información. Creo que no.

Me di cuenta de que también Saulo estaba atento. Conocía a Aura, y sabía cómo actuaba en la inmobiliaria y, más concretamente, cómo se había relacionado con él cuando se trataba de encargarle un trabajo, sin concesiones, metálicamente. Recordaba asimismo lo que en la costa se decía de su divorcio, que se había librado de su marido —«mandándolo a la puta calle», habría dicho Azazel— aprovechando que muchas propiedades estaban a su nombre, tanto el piso de 120 m² como el Volkswagen Polo 1300 GL (anterior al Volkswagen Polo GTI). Todas las propiedades, en realidad, salvo la bicicleta; una buena bicicleta, sí, de la marca Pantheon, pero nada más. A un ser material de aquella pasta no le pegaba nada lo de «probablemente, este fue su último paquete». ¿Qué negocio quería hacer Aura con el molino? Con todo, no debía comportarse como un desconfiado *extreme*. El edificio estaba en buenas condiciones. Era un lugar muy bueno para un artista como Pedro.

—¿Cuánto pide el banco por el molino? —preguntó a Aura.

—Las cifras y demás datos, cuando nos sentemos a la mesa.

Aura miró el reloj. Era un objeto elegante, de color oro y plata.

«Certina DS-8 Lady», escuché.

—Son las diez menos cuarto. Si nos alargamos se nos hará tarde para ir a cenar.

—En las terrazas del malecón dan de cenar hasta las doce de la noche —dijo Ander.

Aura se animó de pronto y cogió del brazo a Pedro.

—Ya lo sé, pero no vamos a celebrar la compra en una terraza turística, ¿verdad, Pedro? Te lo digo porque estoy segura de que, al final, vas a comprar el molino.

—Me parece bien —dijo Pedro—. Las ceremonias ayudan al espíritu. Mejor que cenemos en un buen restaurante.

—El mejor está a cincuenta metros de la inmobiliaria. Voy a llamar ahora mismo para que nos guarden una mesa.

—Ese restaurante que dices, ¿tiene reservado? —preguntó Ander—. Si vamos a hablar de la compraventa del molino nos conviene un sitio discreto.

—¿Tú qué crees? ¿Qué los negocios de la inmobiliaria los cerramos rodeados de gente?

—Perdona la pregunta, Aura.

—Supongo que los documentos del molino están en regla —dijo Pedro.

Aura se relajó, y en su rostro apareció una sonrisa de un 40 % de pureza. Estaba claro lo que significaban las últimas palabras de Pedro: «Estoy dispuesto a comprar el molino».

—Tengo todos los documentos en una carpeta. Mientras vosotros elegís el menú, pasaré por la oficina y la recogeré.

—¿Tú siempre cenas lo mismo, Aura? —dijo Ander.

Aura le respondió al tiempo que marcaba un número.

—Esta vez has acertado, Ander. No necesito mirar la carta.

Se alejó unos metros y empezó a hablar por teléfono animadamente, como si el ser material femenino que estaba al otro lado fuera una amiga. Se refirió varias veces al coro *amateur* que había cantado en el cementerio, y repitió riéndose una estrofa de la segunda canción: «"¡Camarero!" / "¿Señor?" / "¡Camarero!" / "¿Señor? / "¿Qué hay para hoy?" / "Solomillo asado con patatas fritas..."». De repente, no tenía prisa. No lo parecía, al menos.

—Vamos a ver el garaje —le dijo Pedro señalando aquella parte del molino.

Aura hizo un gesto afirmativo, y siguió hablando por teléfono.

—¡Cómo cambia el humor de esta mujer! —dijo Ander.

La noche era ya densa, y Saulo echó a andar con la linterna Black Diamond encendida. Comentó, sin volverse, como si tampoco aquel tema le preocupara, que los edificios singulares eran difíciles de vender. La gente prefería vivir en pisos, a poder ser cerca del mar. Quizás fuera esa la razón de que Aura estuviera un tanto excitada ante la perspectiva de la compraventa del molino.

—Dice que ya tiene un comprador: Franki —dijo Pedro—. Pero, por lo visto, no se lo quiere vender a él.

Ander le dio unos golpecitos en la espalda.

—También ha dicho que el paquete de Camel de Guillermo le daba pena. Al menos, lo ha dado a entender.

Llegaron a la puerta del garaje. Saulo apagó la linterna.

—¿Por qué no se lo quiere vender? —dijo.

—Dice que Franki lo utilizaría para poner un prostíbulo. Al parecer, quiere ampliar el negocio.

—Podría ser una razón —dijo Saulo entrando en el garaje y encendiendo las luces, tres bombillas de ochenta vatios colocadas en el techo, cinco metros entre una y otra.

Mi clarividencia volvió a mejorar, y, como los seres materiales cuando toman mescalina, mi visión fue más intensa que nunca: vi con toda precisión lo que iba a ocurrir en el garaje. Me llegó una serie de flashes —¡flash! ¡flash! ¡flash! ¡flash! ¡flash! ¡flash! ¡flash!— que, como en un teatro, iluminaron siete escenas.

Las siete escenas del garaje

Primera escena. Ocho golondrinas revoloteando alrededor de las tres bombillas del techo, con el pico abierto, angustiadas, dando vueltas en un espacio de 480 m³ de aire con sus cabecitas de color negro y rojo (Pantone 187 C), y los ojos alerta, y su corazón latiendo con fuerza en el pecho.

Segunda. La misma escena, con Pedro debajo de una de las bombillas, con los brazos abiertos, dirigiéndose teatralmente a las golondrinas: «Tranquilas, no os pongáis nerviosas, que soy amigo. Todas vosotras, las que en Arroa

Goia sois *enarak* y en Tarragona *orenetes*, sois mis socias espirituales».

Tercera. Las ocho golondrinas quietas, posadas de nuevo en el cable cercano a los nidos, y Pedro: «Mejor así. Tranquilas, nos marcharemos enseguida y podréis seguir durmiendo. Y mejor que lo hagáis, porque mañana tendréis que volar de un lado para otro a una velocidad de diez metros por segundo».

Cuarta. Pedro con el frontil del buey Jaun, sacudiéndolo para quitarle el polvo acumulado en los flecos, y Saulo, a su lado, contándole lo que había sucedido en la apuesta. Lo habían atiborrado de anfetaminas y, al final, tras escapar al bosque, el pobre animal había acabado muerto en la hoya de un río.

Quinta. Saulo, acercándose a la Lambretta Li 150: «¿Sabes andar en moto, Pedro? Si compras el molino la moto será para ti». Pedro: «No soy aficionado al arte futurista, pero me gusta bastante más que el Cristo de Dalí». Ander, repasando los dos lados de la moto: «Solo tiene unos rasguños».

Sexta. Saulo y Pedro al fondo del garaje, inspeccionando el interior de un armario viejo. Ander, por su parte, afanándose las dos ruedas de la Lambretta con un trapo. En su mente, un pensamiento: «Si hubiera rastros de aceite o de cualquier otra sustancia parecida, quedaría claro que el accidente fue preparado y que Franki tiene razón. Estaríamos ante un asesinato». Dobla con cuidado el trapo y lo guarda en el bolsillo.

Séptima. Pedro sosteniendo en la mano una de las varas talladas que estaban guardadas en el armario. Las figuras, hechas a punzón o a cuchillo, patos, pájaros, liebres, son muy bonitas. «Por lo que veo, si al final compro el molino seré el segundo artista del lugar». Saulo: «Yo creo que esta mujer te lo dejará a buen precio. Está deseando venderlo». Pedro vuelve a dejar las varas talladas en el armario y se acerca al cable donde están las golondrinas. Siguen puestas en fila, tres mirando a un lado, cinco al otro. «De acuerdo. Si el precio es bueno seguiremos adelante.

No quisiera separarme de estas amigas». «¿Y de los demás?», dice Ander. «Ya sabes, Pedro. Mientras mi mujer siga en Bruselas trabajando para el partido institucional minoritario, yo andaré por aquí. Tendrás que ponerme una habitación». Está completamente desacediado. El trapo manchado que guarda en el bolsillo le galvaniza.

Mi visión —¡flash! ¡flash! ¡flash! ¡flash! ¡flash! ¡flash! ¡flash!— no captó todo lo que ocurrió en la realidad, porque quedó fuera el comentario que había hecho Pedro cuando ya estaban en la puerta:

—Las monjas del hospital donde estuvo internado Van Gogh no le daban ningún valor a su pintura. Decían que eran «caca de golondrina».

—¿Dónde has leído eso? —le preguntó Ander.

—En un libro de Zavattini.

Se detuvieron un instante y trataron de abarcar el garaje con la mirada, como si quisieran analizarlo y calcular su superficie.

«En total, 144 m²», escuché.

—El estudio lo podría poner aquí —dijo Pedro.

—Las ventanas son estrechas. Tendrías poca luz —dijo Saulo.

—Un punto negativo, si pintara con luz natural —señaló Ander.

—En invierno será bastante frío. Malo para pintar —dijo Saulo.

—Pero para eso están las estufas —dijo Ander, de nuevo—. Algunas empresas de por aquí hacen unas estufas de hierro buenísimas. Orbel, Guaixe, Salmen... Una pequeña calentaría todo el garaje.

Saulo sonrió abiertamente: pureza, 80 %.

—Pedro, a la hora de negociar el precio acuérdate solo de los puntos negativos. Y una cosa importante: que este amigo nuestro no abra la boca.

—¡Jesuita! —exclamó Ander.

Aura les llamó desde el puente.

Saulo apagó la luz del garaje y salió fuera. Encendió la linterna de la cabeza.

—No hace falta —le dijo Pedro.

Tenía razón. La luna había cobrado fuerza e iluminaba con claridad el puente, el prado y los árboles. Los montes, ahora, eran de color negro, no poliverdes o poliazules.

Pedro no se detuvo a contemplar el paisaje. Tenía en mente una pregunta, y la quería hacer antes de reunirse con Aura.

—Saulo, ¿cuánto vale este molino?

—Más de seiscientos mil euros —susurró Saulo. Tenía a Aura cerca, a menos de veinte metros—. Tú ofrece quinientos mil. La última cifra, quinientos veinte mil. Lo aceptará.

—Sigo sin entender por qué no quiere vendérselo a Franki —dijo Ander, también él en un susurro—. Es raro. ¿Qué le puede importar a una inmobiliaria el uso que el cliente haga de la casa? ¿A quién le asusta un prostíbulo hoy en día? A nadie.

Saulo se rio.

—En el pasado tampoco.

Dieron doce pasos más y llegaron donde Aura.

—Perdonad que os haya llamado. Pero si queremos cenar tranquilos, mejor que nos movamos.

Saulo bajó la cremallera de su mono y dejó al descubierto la camisa que llevaba.

«Lloyd's Black & White, 100 % Cotton», escuché.

—Vamos al Antera, ¿no? ¿Me admitirán con esta camisa?

—En esta parte de la costa no somos tan clasistas —dijo Aura.

—Seguro que no —respondió Saulo, y echó a andar hacia la furgoneta Nissan Frontier. Ander le siguió.

—De modo que me dejáis solo con la agente de la inmobiliaria —dijo Pedro.

Ander y Saulo se despidieron sin girar la cabeza.

Habría podido llegar al restaurante en un segundo, y esperar allí curioseando en la cocina o entre las mesas, pero decidí no adelantarme. Tras el accidente de Guillermo o, más aún, desde el momento en que contemplé el fin de la transformación física y química de Urtain, mi deseo de estar junto a Pedro era muy fuerte. Semiyazza lo expresaba bien: «Así como los huevos del avestruz enterrados bajo la arena necesitan la acción del sol para reanimarse, también los seres inmateriales necesitamos un poco de calor de vez en cuando, porque resulta molesto vivir siempre con frío». Era lo que me ocurría a mí en aquel momento, aunque, contra lo que habría podido pensar Semiyazza, el calor que buscaba era el de Pedro, un ser material. Cuando él entró en el Volkswagen blanco de Laura, yo le seguí.

Nada más llegar a un alto, vimos a lo lejos, fuera del alcance de las luces eléctricas de la costa, la llanura líquida del mar. Daba la impresión de que en aquel espacio vacío surgirían de golpe otras luces, chorros de luz, igual que la lava y el fuego —así lo habría expresado Semiyazza— desde el interior de un volcán; pero no, el mar estaba en calma, y la luna se posaba en la *tenebra* del agua creando una mancha amarillenta, triste, bella, espectral.

Pedro pensaba en aquel color. Si algún día se decidía a pintar la llanura líquida utilizaría el tono *spectra yellow* de la paleta. Mientras —marchaban por una zona de la carretera llena de curvas—, miraba con laxitud los ítems polimorfos que los focos del Volkswagen alumbraban a su paso, e imaginaba que en los tallos de las hierbas había insectos durmiendo, arañas, saltamontes, mantis, y que en los árboles se escondían los pájaros nocturnos, lechuzas, autillos, búhos, todos ellos con los ojos abiertos. Sin embargo, su pensamiento voló de nuevo hacia la llanura líquida, y de allí, a uno de los últimos cuadros de Ricardo Baroja: una marina, un barco a punto de hundirse. ¿Cuál era el título? *¿Yo?* Creía recordar que aquella única sílaba figuraba en alguna parte del cuadro. Lo había visto en una de sus visitas a la casa de los Baroja en Vera de Bidasoa. Humor negro, quizás, o la resignación de quien se sabe muy enfermo. Imposible saberlo. ¿Quién puede, entre los seres materiales, descubrir los razonamientos de un pintor viejo y aislado?

Entraron en la autopista, y el ruido del motor del Volkswagen blanco de Aura se hizo suave, un ronroneo que, al pasar a su interior, como un aire que se condensa, se convirtió en recuerdo. Pedro escuchó entonces en su mente la canción que más le gustaba a Beatriu, una composición de Enric Morera sobre un poema —«L'oreneta»— al que Josep Maria de Sagarra había dado un sentido similar al del cuadro de Ricardo Baroja: «L'oreneta diu: jo me'n vaig molt lluny...», «La golondrina dice: me voy muy lejos. Aquí estoy yo con mi bastón en la calle, y ahí estáis vosotras dispuestas a emprender el camino del sur. ¡Ay! Cuando estéis nuevamente de vuelta, yo no estaré aquí». Pedro suspiró: ¡Sagarra! Un hombre tan poco convencional, una personalidad tan fuerte, y sin embargo, ¡cuánto amor por los pájaros! Pedro volvió a pensar en el molino: «Sí, será mejor que lo compre. Traerá un cambio en mi vida. Un cambio radical a mis sesenta y siete años. *Pas mal!*». Al no haber frecuentado a Semiyazza, Azazel o Batraclc, no exclamó ¡up! ¡up!, pero, en cualquier caso, un flash de alegría atravesó la capa oscura de los recuerdos tristes y lo iluminó.

La mezcla de pensamientos y recuerdos lo acompañó durante todo el trayecto, tanto en las sinuosas carreteras estrechas del comienzo como en la autopista, pero ello no impidió que continuara hablando en voz alta con Aura. Al igual que muchos otros seres materiales, también él era capaz de ese desdoblamiento. Así, con la lengua —«con el pico», habría dicho Azazel— habló a Aura de los excrementos de golondrina que había visto en el garaje, y de lo que decían las monjas sobre los cuadros de Van Gogh. Aura le siguió la corriente, y ambos comentaron el triste destino del pintor. El pobre solo había vendido un cuadro durante toda su vida, se habría muerto tirado en la calle de no haber sido por su hermano Theo, y luego, paradoja cruel, reproducciones de sus pinturas en todos los rincones del mundo, y las entradas del museo de Ámsterdam a él dedicado a quince euros por persona, y cuántos artistas como él en el mundo, un día mal y el siguiente peor.

Tras aquella acediosa y vulgar conversación, estando ya fuera de la autopista, parados ante un semáforo en rojo, a novecientos metros del restaurante Antera, Pedro exclamó:

—¡Cuatrocientos cincuenta mil euros!

Aura tuvo un momento de desconcierto a causa del cambio de conversación y, por reflejo, pisó fuerte el acelerador y salió con brusquedad del semáforo, ¡up! ¡up! Los seres materiales que en ese momento paseaban por la acera hicieron gestos de protesta: «¿Adónde vas?». Un momento más tarde, cuando logró poner el Volkswagen blanco a treinta kilómetros por hora, Aura soltó una carcajada:

—¡Ahora me doy cuenta! ¡Ya sé por qué has sacado el tema de los artistas pobres! Para ofrecer cuatrocientos cincuenta mil euros por un edificio que vale más de seiscientos mil. ¡De ninguna manera!

—Te equivocas. Yo soy un pintor bastante convencional, y gano mucho más dinero que Van Gogh.

Aura esbozó una sonrisa.

—Sin contar las máscaras teatrales.

—Sin contar las máscaras teatrales —repitió Pedro.

«La máscara resultó demasiado grande», recordé.

Siguieron adelante por una calle de velocidad regulada por semáforos intermitentes. Las casas de la parte vieja del pueblo quedaban a la derecha; los edificios altos de la orilla del mar, a la izquierda. En el cielo dominaba la luna.

—Si quieres vender el molino por seiscientos mil euros o más, mejor que busques un Picasso —dijo Pedro—. Y si no, un arquitecto de los oficiales. Hoy en día los arquitectos oficiales son los que cuentan con el favor de los políticos.

Rio para sus adentros, y pensó: «Los traficantes de droga también ganan mucho dinero». Lo mismo que pensé yo.

—Este semáforo siempre está en rojo —dijo Aura cuando tuvo que pararse de nuevo.

Un instante más, y el semáforo estaba en verde.

—Quinientos mil euros —dijo Pedro.

Aura se rio.

—Eres un cabrón. Has hablado con Saulo.

—¿Qué querías? ¿Que me enfrentara solo a una mujer implacable como tú?

—¿Quién te ha dicho que soy una mujer implacable?

—Lo sé por experiencia. Con Ander quizás no serías tan implacable.

—No voy a tomar en cuenta ese comentario.

—Mejor. No he estado muy inspirado.

«Olmesartán Normon 40 mg», escuché. El mismo pensamiento que en ese momento Pedro tenía en la cabeza. Íbamos acompasados.

El restaurante Antera, un antiguo caserío renovado, lucía como una excepción en la zona moderna de la costa. Aura llevó el Volkswagen blanco al aparcamiento privado que lo flanqueaba.

—Decidámoslo. ¿Qué cifra te ha dicho ese cabrón de Saulo?

—Creía que el cabrón era yo.

—Los dos.

—Quinientos veinte mil. Es mi último precio. Necesitaré otros cien mil para reformarlo. Por poner un ejemplo, ese cuadro de Dalí hay que sacarlo fuera. También hay que sacar la fotografía de Urtain y Cooper que está colgada en la escalera. Jane Birkin, en cambio, puede quedarse en su sitio.

Trataba de aliviar la tensión que se había ido creando entre ellos, pero Aura no hizo caso.

—Las escrituras, a tu cuenta.

—A partes iguales.

—De acuerdo. A decir verdad, no tengo opción. O te lo vendo a ti, o se lo vendo a Franki, el mánager de todos los prostíbulos de la costa. Pero se quedará sin molino. ¡Que se joda! ¡Kra!

Esta vez fui yo el sorprendido, porque aquel ¡kra! revelaba que, en algún momento, Aura había estado en relación con Azazel o con Batraele. ¿Cuándo?, pregunté al aire. Pero mi clarividencia no fue capaz de encontrar una respuesta.

—Voy a la oficina a buscar los documentos. Menos de diez minutos. Entrad vosotros en el restaurante.

La furgoneta Nissan Frontier de Saulo acababa de llegar al aparcamiento, por eso habló Aura en plural. Al salir del coche, añadió:

—Dile a ese cabrón que al final serán quinientos veinte mil, como él quería.

«Está contenta», pensó Pedro. «¿Por qué?».

Se le acercaron Saulo y Ander, y los tres se encaminaron al restaurante.

—Al final, serán quinientos veinte mil euros. Ella está contenta.

La preocupación que en aquel momento sentía Pedro se manifestó en la forma de pronunciar «ella».

—Tenía ganas de vender el molino, y lo ha conseguido. Eso es todo —dijo Saulo.

—¿Seguro que vale quinientos veinte mil euros?

—El molino vale seiscientos cincuenta mil euros, Pedro. Franki pagaría eso y más —dijo Saulo levantando ligeramente la voz.

—¿Con contenido o sin él? —preguntó Pedro en tono de broma. La seguridad de Saulo le tranquilizaba.

—Sin contenido, más de seiscientos cincuenta mil. Con contenido, depende. Habrá gente que no le haga ascos al cuadro de Dalí.

—Vas a hacer una buena compra, Pedro —le dijo Ander dándole una palmada.

Estaba algo excitado, sin rastro de acedía. Miró a Saulo:

—De todos modos, sigo preguntándome lo mismo que antes. Por qué no quiere Aura vender el molino a un comprador que pagaría seiscientos cincuenta mil euros por él, es decir, a nuestro Franki. Perdona que vuelva a sacar el tema, Karpov, pero no entiendo esa jugada.

—Mejor que se lo preguntes a ella. Ahí viene.

Aura se acercaba a paso rápido por la calle que terminaba en el aparcamiento. Abrazaba contra el pecho algo que ninguno de los tres seres materiales que la esperaban lograron identificar en un primer momento. Yo sí sabía lo que era: una carpeta.

Saulo se dirigió a Pedro en voz baja:

—Se lo he comentado a Ander cuando veníamos en la furgoneta. Cuando terminemos esta reunión vamos a juntarnos los tres en la plazoleta del malecón. Tengo que comentaros una cosa.

—¿Algo relacionado con el molino?

—No, Pedro. Por ese lado, tranquilo.

—De acuerdo. Ahora, concentrémonos en los papeles.

Vieron que lo que abrazaba Aura era una carpeta. Esperaron hasta que estuvo a su altura y los cuatro entraron en el restaurante.

La carpeta clasificadora, de 37 × 20 cm, con veinte fundas de plástico en el interior, era de color naranja (Pantone Orange 021), con un membrete que parecía escrito a mano, «Indi Himalaya Dream», y una cenefa de florecillas. Aura la posó en una de las sillas de la mesa próxima a la que estaba preparada para la cena, y enseguida se hizo con el espacio. Destacaba sobre el resto de los objetos del reservado.

—Era de Guillermo. El Tirolés tenía un toque hippie —dijo.

Saulo asintió con la cabeza.

—Indudablemente. Él y el peluquero fueron los primeros hippies de la zona. Luego se les unió ese cretino, Press. Se pasaban el día fumando marihuana.

Todos le escucharon con atención, como si aquel fuera el tema que los había reunido.

—También yo fui hippie durante una época —dijo Ander—. No me arrepiento. Con esa excusa viajé a San Francisco. ¿Os acordáis de la canción de Scott McKenzie?

Comenzó a cantar por lo bajo: «If you're going to San Francisco, be sure to wear some flowers in your hair...».

A partir de ese momento la conversación se volvió fatigosa, puro bla, bla, bla, *doxa*, una eyaculación de palabras que, de estar presente, habrían enloquecido de acedía a Semiyazza: sí, bla, bla, hay que reconocer que los hippies trajeron la libertad sexual al mundo bla, bla, bla, empezaron con la marihuana pero luego bla, bla, se pasaron al peyote y a la heroína bla, bla, bla, bla, bla, bla, daba vértigo pasar de la España nacional-católica a los campus de California bla, bla, qué bonita la canción «California Dreaming», y también muy bonita la que Don McLean dedicó a Van Gogh, «Starry, starry night, paint your palette blue and grey», bla, bla y lo de Manson, bla, bla, fue horrible cómo mataron los de la secta de Manson a Sharon Tate, horrible verdaderamente, bla, bla, bla, Gurú Maharishi, bla, bla, George Harrison, bla, bla, «Hare Krishna, Hare Krishna, Hare Krishna...».

Pero no era lo que parecía. Semiyazza, siempre en su alto estilo, nos había advertido sobre el modo en que debíamos comportarnos en situaciones como aquella: «¡Cuidado con las conversaciones aburridas! Debemos mantenernos vigilantes, porque la *doxa* puede esconder mensajes interesantes, igual que la concha de un molusco una perla nacarada».

Tuve presente aquel consejo, y enseguida caí en la cuenta de que Ander, Saulo y Pedro, los tres, estaban fingiendo. El bla, bla sobre el hipismo —la concha del molusco, en los términos de Semiyazza— escondía sus pensamientos.

Ander, el que más hablaba de la mesa, repasaba mentalmente las preguntas que le haría a Aura en cuanto tuviera oportunidad: «¿Por qué no le quieres vender el molino a Franki? ¿Qué opinas de lo que ha afirmado en el cementerio? ¿Crees que lo de Guillermo fue un accidente?».

También Saulo pensaba en la muerte de Guillermo: «¿Habría algún rastro de aceite en el trapo con que Ander había frotado las ruedas de la Lambretta?». Aquel trapo estaba en su furgoneta, dentro de una bolsa de plástico. Lo llevaría a analizar en cuanto se cerrara el asunto de la compraventa.

Pedro pensaba en lo que le había dicho Saulo antes de entrar en el restaurante: «Cuando terminemos esta reunión vamos a juntarnos los tres en la plazoleta del malecón. Tengo que comentaros una cosa».

Aura trataba de adivinar los pensamientos de sus compañeros de mesa. Sin resultados. Habría necesitado mi clarividencia para lograr su objetivo.

Entró en el reservado la dueña del restaurante, el ser material Antera, cincuenta y ocho años, elegante, de rostro limpio, e interrumpió la acediosa conversación en torno al hipismo. Dirigió una mirada a la carpeta de color naranja, como si le sorprendiera verla allí, y les preguntó sobre la cena. ¿Qué querían comer?

De primero, Pedro, Saulo y Ander pidieron sopa de pescado; Aura, ensalada de quisquillas. De segundo, todos —«está en sazón», les informó Antera— bonito con cebolla caramelizada. Cuando les preguntó sobre la bebida, Aura miró a sus compañeros de mesa:

—¿Os gusta cenar con champán?

Todos asintieron. Era una buena idea.

—Traeré el que más le gusta a Aura —dijo Antera anotándolo en su libreta.

«Veuve Clicquot Brut», escuché.

Antes de marcharse, Antera señaló la carpeta color naranja:

—¿Queréis que la ponga en esa otra mesa? Vais a estar solos en el reservado, y miraréis mejor los papeles en una mesa limpia.

No era la primera cena de trabajo que la inmobiliaria organizaba en el restaurante. Aura asintió, y Antera cambió de sitio la carpeta.

La conversación siguió por el mismo derrotero que momentos antes, y yo me concentré en los pensamientos de Pedro. Estaba de nuevo en Aviñón, viendo la representación de *Los pájaros* frente al Palais des Papes, con Beatriu a su lado. Las golondrinas giraban y daban vueltas en el aire a diez metros por segundo. «¡Les orenetes!». Beatriu se dedicaba al teatro, y aquel mismo año había puesto en escena una obra basada en los poemas de Josep Maria Sagarra, entre ellos el que más le gustaba a ella, precisamente «L'oreneta». Llevaba un vestido largo de algodón, color azul turquesa, y un bigotito rubio sombreaba su labio superior. No acostumbraba a usar sujetador, en cambio sí llevaba bragas... De repente, el recuerdo le resultó molesto, y lo arrojó de su mente de aquella manera suya, con asco, como una mosca que se le hubiera metido en la boca. Se giró hacia Saulo y Ander, y dijo:

—De modo que quinientos veinte mil euros os parece bien.

Saulo respondió al instante:

—A mí sí.

Aura rio:

—No es de extrañar, Saulo. Lo raro sería lo contrario. Que no estuvieras de acuerdo con el precio que tú mismo has marcado.

En el reservado apareció un camarero. Traía un cesto de mimbre lleno de panecillos de diferente forma y color. Todos se le quedaron mirando; Saulo, con una sonrisa en los labios: pureza, 80 %.

—Aquí tenéis a Hashim —dijo—. ¿A quién se parece?

La pregunta tenía fácil respuesta, porque Hashim era casi idéntico a Petri. Semejanza general, 85 %; semejanza particular, del rostro, 95 %. Pedro entornó los ojos, como ante una pintura:

—Si no estoy equivocado, este amigo que tenemos delante es del país que construyó doscientos mil búnkeres. Pero él no participó en ese trabajo. Su hermano gemelo sí, pero él, no.

Venía a decir que era igual que Petri, pero más estilizado, sin los bíceps, tríceps y demás músculos de aquel. Tenía razón: uno era, en números, 1,70 m y 80 kg; el otro, 1,70 m y 68 kg.

—Yo me encargaba de servir las comidas a los albañiles de los búnkeres. No tuve necesidad de coger el picachón —dijo Hashim—. Además, me muevo en una Velosolex, y no en bicicleta como Petri. Por eso está él más musculoso.

Parecía tan inteligente como su hermano. Tenía su misma sonrisa.

Aura, Ander, Saulo, el mismo Pedro celebraron el comentario de Hashim. Pero él no se dejó llevar por las muestras de simpatía y, cambiando de tono, con una seriedad acentuada por la camisa roja oscura que llevaba (Pantone Pomegranate), dejó en la mesa el cesto de los panecillos y preguntó si alguien quería agua. Tenía en sus manos una botella de cristal que hasta entonces me había pasado desapercibida.

«Betelu, agua mineral», escuché. «Bicarbonatos, 189; cloruros, 278; sulfatos, 99; sodio, 171; calcio, 82; magnesio, 17,2; potasio, 3,1; sílice, 12,2».

Era una información innecesaria, *spam*. Mi clarividencia volvía a ser errática.

—Yo voy a esperar al champán —dijo Aura.

—A mí ponme un poco —dijo Pedro alargando su vaso.

Saulo también alargó su vaso. Ander negó con la mano.

—Gracias, también yo voy a esperar al champán.

—Ander, tú no has opinado sobre el precio del molino. ¿Te ha parecido bien la cifra? —preguntó Aura.

Lo hizo con ligereza, por *divertimento*.

Ander aprovechó la pregunta para sacar el tema que ocupaba el 70 % de su cerebro.

—No tengo criterio, Aura, no sé a qué precio están las casas. Ahora bien, hay una cosa que me preocupa: ¿por qué no le quieres vender el molino a Franki? La razón que nos has dado antes, lo del prostíbulo, no me resulta convincente. ¿Qué puede importarle a un banco el destino de una propiedad?

Aura le dirigió una sonrisa: pureza, 30 %.

—Yo creía que eras un romántico.

—Yo sí, Aura. Pero los bancos no acostumbran a ser románticos.

Aura recuperó su expresión seria.

—El banco es del Opus. Esa es la razón.

Intervino Saulo:

—Guillermo trabajó muchos años en ese banco. Se hizo rico vendiendo bonos.

—Es una buena razón, no cabe duda —dijo Ander—. El Opus nunca favorecería los pecados contra el sexto mandamiento.

Esta vez fue Saulo el que sonrió abiertamente: pureza, 87 %.

—En teoría, no. Pero, ya sabéis, la carne es débil.

—Haced caso a Saulo —dijo Pedro—. Estudió para jesuita. Es un erudito en este tipo de asuntos.

Yo había oído hablar de la organización llamada Opus en alguna reunión de grigoris, pero no recordaba a favor de quién estaban, si de Luzbel o del Tirano. La clarividencia que poseía en aquel momento no me bastaba para conocer ese extremo.

Hashim trajo los primeros platos, la ensalada de quisquillas y el recipiente de la sopa de pescado, en un carrito metálico.

—Habéis elegido bien —dijo Aura—. Antera me contó que con la sopa de pescado pierden dinero. Por la calidad de los ingredientes, al parecer. Lo que ocurre es que es el símbolo del restaurante y atrae a muchos clientes.

«Símbolo, no. En todo caso, reclamo», pensó Pedro. Pero se quedó callado.

—¿Les pongo un poco de champán? —preguntó Hashim. Todos asintieron.

«Veuve Clicquot Brut», escuché de nuevo.

Ni el champán ni la comida tuvieron efectos positivos entre los comensales, no al menos en grado suficiente como para aliviar la tensión que creaba la carpeta de color naranja, y la conversación volvió a ser vulgar. Cuando empezaron con el segundo plato, bonito con cebolla caramelizada, el bla, bla, la *doxa*, se agudizó: «qué rico», «buenísimo», bla, bla, bla, «está en su punto», «qué maravilla la cebolla caramelizada», bla, bla, bla. A medida que transcurrían los minutos, el color naranja de la carpeta adquirió intensidad, pasando del Pantone Orange 021 al Dark Orange Brilliant, y acabó por adueñarse de la mente de todos los seres materiales que estaban sentados a la mesa. Ocupaba el 80 % del cerebro de Pedro; el 80 %, asimismo, del de Aura; el 60 % del de Saulo; en el de Ander, el 40 %.

Al final, fue Pedro quien desacedió el ambiente. Dijo con tranquilidad, cambiando de conversación:

—Efectivamente, hay cosas raras en el molino. La más rara de todas, esa fotografía de Urtain y Cooper. La cara de Urtain parece la del Cristo de Grünewald. ¿Por qué la colgó Guillermo en la escalera? ¿Lo sabes tú, Aura?

Aproveché el momento para enviarle un mensaje a Pedro:

«El día que enterraron a Urtain, hace veinticinco años, también sucedió algo raro en el cementerio de Arroa Goia. El Tirolés, Guillermo, fue allí con una maza dispuesto a romper la lápida de la tumba, aunque al final no pudo llevar a cabo su acción debido a que la lápida aún estaba por colocar. Todos los grigoris de la escuadra nos reímos al ver el chasco que se llevó, sobre todo Semiyazza. También a Franki le entró la risa, pero le sentó mal, porque se le atragantó el humo del Cohiba que estaba fumando y le dio la tos».

—Yo no sé cómo será el Cristo de Grünewald —dijo Aura—. Pero al parecer no es como el de Dalí. El de Dalí es guapo.

El comentario cogió por sorpresa a Pedro, Saulo y Ander, y los tres bajaron los ojos. No eran seguidores de aquel ser material torturado, Cristo, pero habían sido educados en las escuelas proyectadas por Loyola y otros capitanes del Tirano, y no estaban acostumbrados a que alguien calificara de «guapo» al protagonista de la historia.

Con los ojos bajos, vieron lo que había en la mesa: trozos de pan, restos de bonito y de cebolla caramelizada en los platos, cuatro copas vacías, los tenedores, los cuchillos.

Aura sacó la botella de champán del cubo de hielo, y explicó la presencia de la foto grünewaldiana de Urtain mientras llenaba las copas:

—Conociendo a Guillermo, yo creo que por una cuestión de dinero. Entre otros muchos vicios, tenía el del juego, y es probable que perdiera dinero en las apuestas que se hicieron en la época del combate. Le cogería manía a Urtain. Es mi opinión. Al final, siempre aparece el dinero.

Saulo dio un sorbo al champán, y habló sosegadamente, como un ser material filósofo:

—La hipótesis de Aura me parece plausible. Urtain había ganado más de treinta combates seguidos, y la gente estaba convencida de que iba a tumbar a Cooper a la primera de cambio. ¡Nada menos que a Cooper, que tuvo contra las cuerdas al mismísimo Muhammad Ali! Guillermo perdió mucho dinero, o al menos eso me dijo un constructor. Franki, también, pero Guillermo, más.

Tuve un flash de clarividencia, y supe algo que me sorprendió. En lo referente a la verdad, el grado de pureza de las palabras que acababa de pronunciar Saulo era del 0,0 %; es decir, eran mentira.

Ander levantó su copa de champán:

—Nosotros no perdimos ningún dinero. ¡Brindemos por eso!

No fue una reacción genuina. Grado de pureza, 5 %.

Pedro aceptó el brindis.

—De acuerdo. Pero no nos olvidemos de que estamos aquí para hablar del molino.

—Si queréis, llevamos las copas a la otra mesa y empezamos a mirar los papeles —dijo Aura.

En aquel momento, cuando ya me preparaba para una acediosa sesión sobre la compraventa del molino, un nuevo flash de clarividencia me permitió saber lo que ocurriría en los siguientes minutos. Aura vaciaría una por una las fundas de la carpeta de color naranja (Pantone Orange 021, de nuevo), y mostraría los papeles que habían estado guardados en ellas: las facturas de las obras que en el pasado había mandado hacer Guillermo, los planos del sistema eléctrico del molino, los permisos del Ayuntamiento y de otras instituciones, los contratos de las casas de seguros, los certificados de los impuestos, las referencias catastrales y, en la última funda, los documentos que daban fe de las actuaciones del banco en el periodo de adquisición del edificio.

«Guillermo los tenía en el escritorio de la sala», les diría Aura. «Como podéis ver, todos los papeles están perfectamente ordenados. Dicen que era un maniático del orden, y eso opinan también sus antiguos compañeros del banco. No daba esa impresión, porque en el día a día era lo contrario, un borracho, básicamente, pero era así. En esta carpeta se ve».

Pedro, Saulo y Ander echarían una ojeada a los papeles, asintiendo de vez en cuando con la cabeza.

«Todas las fechas están bien puestas, ordenadas por años», seguiría diciendo Aura. «Y otra cosa: tenéis que pensar que todos estos documentos han pasado por el despacho de abogados del banco, y que no hay riesgo alguno de fraude».

«¿Tú los has repasado?», preguntaría Pedro con una sonrisa: pureza, 30 %.

«Con más atención que nadie», respondería Aura. Y añadiría: «Ahora seré yo quien haga la pregunta, Pedro. No habrá problemas con el dinero, ¿verdad? Necesito que deposites la señal mañana a primera hora. Cincuenta mil euros en la cuenta corriente de la inmobiliaria».

Ander tomaría la palabra: «Esa cantidad es calderilla para Pedro. Con los cuadros que vende en un solo año, le basta y le sobra».

Aura: «De modo, Pedro, que es verdad lo que me has dicho en el coche. Tu caso no es el de Van Gogh. Me alegro».

«Pues yo no tanto», respondería Pedro al instante.

Luego, terminarían de beber lo que quedara del Veuve Clicquot y decidirían la manera de hacer el ingreso de los cincuenta mil euros de adelanto.

Todo ocurrió tal como había adivinado mi clarividencia.

Parecía que la cena y la conversación ya habían acabado, porque ninguno aceptó el postre y los cafés que les ofreció Hashim; pero faltaba vaciar una de las fundas de la carpeta naranja (Dark Orange Brilliant, en aquel momento). Aura sacó de ella diez folios grapados en los que, en renglones, letras y números, se sucedían las anotaciones. Tomándolos en la mano, dijo:

—Señores, esto que veis es el inventario de las cosas que hay dentro del molino.

Pedro, Saulo y Ander se quedaron callados.

—Lo mandó hacer Guillermo para luego entregárselo al banco. Pero ¿qué ha pasado?

Aura hizo un silencio, y se respondió a sí misma:

—Pues que alguien ha andado curioseando en el molino. Esta misma mañana, probablemente. Me he dado cuenta al ver un guante de látex olvidado en la butaca de la sala. Para más inri, la puerta metálica de la segunda planta estaba abierta. No debía estarlo. Así las cosas, si falta algo de lo que figura en el inventario, me lo decís.

Pedro, Saulo y Ander siguieron callados, pero todos ellos respondieron a la pregunta mentalmente:

«Franki ha sido el visitante», pensó Ander.

«En el molino habrán entrado varios, Franki y algún otro», Pedro.

«Los fisgones tienen que haber sido Franki, Bob, Press y algún otro amiguito», Saulo.

Los tres recordaron el olor a gomina —¡Giorgi Perfect Fix!— que flotaba en el cuarto de baño.

—Bob estuvo en el molino, eso seguro —dijo Aura—. Es mi peluquero. Le llaman *hairdresser*.

Como por reflejo, se tocó el pelo, corto, teñido de rubio dorado.

—Lo sé por el guante que he visto en la butaca. Es igual que los que usa Bob.

«Safelyn. Powder-free textured latex gloves. Big size», escuché.

Pedro cogió los diez folios grapados del inventario de manos de Aura y comenzó a repasar los ítems.

Ander se situó a su lado.

—¡Doce sofás! —leyó.

—Así es. Pero, afortunadamente, solo un Cristo de Dalí —Pedro.

También yo me fijé en el inventario, y repasé uno por uno sus doscientos veinticuatro ítems, empezando por las cucharas y los tenedores de la cocina, y acabando con los vodka Smirnoff, ron Cacique y demás bebidas alcohólicas del Tina Corner. Recelé de la lista: allí no estaba todo, había ítems que faltaban, y yo sabía cuáles eran, o mejor dicho, había tenido conocimiento de ellos cuando vigilaba a Guillermo en el molino. Pero en aquel momento, ¡kra!, no me acordaba. De lo que sí me acordaba era de la advertencia que me había lanzado Semiyazza al despedirnos. Mi clarividencia no solo cometería errores, sino que también tendría lapsus.

Los seres inmateriales no solemos sudar cuando nos asalta la angustia; de lo contrario, el sudor habría humedecido mi espalda. ¿Qué era, kra, lo que no figuraba en el inventario?

Pedro me sacó de mis pensamientos.

—¿Qué querían encontrar Bob y los demás en el molino, Aura? ¿Tienes alguna idea? —preguntó.

Aura movió los dedos índice y pulgar como si entre ellos tuviera una moneda.

—Tengo que darte la misma respuesta que cuando he hablado de la rabia que Guillermo le tenía a Urtain: dinero. Y quien dice dinero, dice droga. Pero han perdido el tiempo. No hay droga en el molino. Nosotros no encontramos nada cuando estuvimos comprobando el inventario, y créeme, lo miramos todo.

Intervino Saulo:

—Quizás buscaban la pistola. Tanto Guillermo como Franki consiguieron permiso de armas después de lo de la bomba en el pub. Por lo visto, hacían prácticas de tiro en los cuarteles de la policía.

Nosotros los grigoris tenemos miles de años de experiencia, y apenas si nos asombramos de algo, pero el comportamiento de Saulo se me hacía raro. Seguía mintiendo.

146

—No es una mala hipótesis —dijo Aura.

—No lo es, no —dijo Ander.

Pedro levantó la cabeza, como queriendo ver el aire. Es posible que sintiera mi presencia. En cualquier caso, aquel bla, bla le aburría. Decidió cambiar de conversación:

—Cuando Van Gogh se escapó del hospital se llevó una pistola. Luego se pegó un tiro en la tripa.

Aura puso la mano sobre el brazo de Pedro.

—Si en el molino falta algo, dímelo. Denunciaré a Bob ante la policía.

Pedro asintió, pero siguió hablando de la muerte de Van Gogh.

—Ahora mismo no me acuerdo bien. No sé si se mató con la pistola o con una escopeta.

Hashim había empezado a recoger los platos de la mesa. Pedro se dirigió a él:

—¿Cuál es tu versión? ¿Fue con pistola o con escopeta?

—A mí me parece que la muerte es a veces la mejor opción.

Pedro se le quedó mirando. Lo que estaba pensando lo verbalizó Saulo:

—Los dos hermanos son especiales. Al parecer, en la escuela de Albania aprendían muchos poemas.

—De memoria, además —dijo Hashim con una sonrisa cuya pureza sobrepasaba el 70 %, y siguió recogiendo los platos.

—Invita la inmobiliaria —dijo Aura. Se levantó de la mesa y volvió a meter el inventario en una de las fundas la carpeta.

—Ya hemos cerrado la operación, Aura. Hoy dormirás bien, sin necesidad de las gotas de Sedonat —dijo Pedro.

Aura no contestó. Se acercó a la entrada y dejó sobre el mostrador la carpeta naranja (Pantone Orange 021, de nuevo) y una tarjeta de crédito.

«Santander Gold MasterCard», escuché.

Hashim acompañó a Pedro, Ander y Saulo hasta la puerta. Pedro remató la despedida con una pregunta:

—Hashim, ¿no habría sido mejor tirar la pistola, o lo que fuera, y volver donde las monjas que le cuidaban? Las monjas le eran extrañas, y le harían sufrir con sus comentarios sobre lo que pintaba, pero, al cabo, la cosa no sería tan grave. ¿No te parece?

Sentí el amor que había entre ellos. Todos estaban contentos viendo la confianza con que Pedro trataba a Hashim, y más que nadie Saulo.

Con igual confianza, Hashim puso su mano sobre el brazo de Pedro, a la altura del tríceps.

—He oído decir que las monjas son malvadas. Pero quizás no sea cierto. En nuestro país no había monjas. Búnkeres sí, pero monjas no.

—No hay mucha diferencia, creo —dijo Saulo, y todos se rieron abiertamente.

Aura quiso fumar un cigarrillo nada más salir del restaurante, pero llevaba la carpeta entre los brazos, y no acertaba a sacarlo del paquete de Winston.

—Yo te ayudo —dijo Ander.

—¡Qué bien! ¡Mi hombre romántico ha vuelto! —exclamó Aura pasándole la carpeta. Su sonrisa era, en ese momento, de las mejores de la serie: pureza, 70 %.

—Tendrás que dejarla en la oficina, ¿no? —le dijo Ander—. Si quieres, voy contigo.

Sujetó la carpeta bajo el brazo y encendió con un mechero el cigarrillo de Aura.

«¿Qué juego es este?», pensó Pedro.

Ander se despidió con la mano y se alejó junto con Aura.

Saulo empujó ligeramente a Pedro y le impulsó a ponerse en marcha.

—Vamos a caminar un poco por el malecón.

—Mejor que esperemos a Ander, ¿no?

—No hace falta. He quedado con él dentro de veinte minutos en la plazoleta donde jugamos al ajedrez. Ya te lo he dicho antes de entrar en el restaurante. Tenemos que hacer una reunión.

—¿Andamos con secretos?

Saulo asintió.

—Pues no sé yo si me gustan los secretos.

Escuché los pensamientos que en ese momento pasaron por la mente de Pedro: «Aura tontea con Ander, y Ander le sigue la corriente con sus gentilezas. No tenía por qué acompañarla a la oficina. Además, Saulo le sigue el juego. Hacen planes sin contar conmigo».

Saulo pareció oír aquel pensamiento.

—Tengo que contaros algo que he sabido hace poco. Es un asunto delicado. En más de un sentido.

Envié un mensaje a Pedro:

«Cambia de conversación. No hay que hacer mucho caso a los seres materiales que a toda costa buscan desacediarse. Es evidente que Saulo y Ander padecen el síndrome del detective».

No fue sino un mensaje hueco, un *flatus vocis* igual que el de Aura con motivo del último cigarrillo Camel de Guillermo, una reacción estándar. Pero eran otros los pensamientos que me importaban y que, como serpientes bajo el agua, se movían dentro de mí tras ver los diez folios del inventario sobre la mesa. ¿Qué faltaba allí? ¿Qué se me olvidaba? Había tenido con anterioridad, en los veinticinco años que llevaba en el molino, lapsus de clarividencia, pero el que sufría en ese momento me desconcertaba.

Saulo y Pedro caminaban despacio hacia el malecón. Sentían el rumor del mar, el ir y venir de las olas, pero quedamente, porque la transmisión del sonido, que en lugares diáfanos viaja a trescientos cuarenta y tres metros por segundo, desfallecía al chocar con los edificios de ocho, diez y doce pisos de los barrios nuevos de aquella parte de la costa. Siguiendo quizás mi consejo, Pedro cambió de conversación y empezó a hablar de Petri. Él deseaba empezar cuanto antes con la obra del molino, porque, como ya le había dicho, quería irse a vivir allí antes de que emigraran las golondrinas. Si lo liberaba para aquel trabajo, no necesitaría de más albañiles. Le ayudaría él, y también, probablemente, Ander.

—Petri y su hermano son gente de fiar, ¿verdad? —preguntó.

—Los dos son muy majos. Para construir búnkeres, mejor Petri.

—Es lo que le falta al molino para ser un sitio completamente raro. ¡Un búnker!

Los dos se rieron.

—¿Dónde viven? ¿Lo sabes?

—En un piso de la parte vieja junto con tres compatriotas. Trabajan todos, pero no les alcanza para vivir de manera independiente.

—El caso de muchos jóvenes, ¿verdad?

—El de muchos jóvenes y el de algunos viejos.

Volví a escuchar el pensamiento de Pedro. Deseaba que Petri viniera al molino, pero no solo a trabajar, sino a vivir, al menos durante el tiempo que duraran las obras. Y si a Hashim le gustaba la idea, que viniera también él. Podían preparar cuatro habitaciones en el molino, dos para los gemelos, una para él, y otra para Ander. Porque Ander le visitaría con frecuencia, incluso en el futuro, al menos durante el tiempo que su mujer permaneciera en Bruselas. En un principio, hasta que las habitaciones estuvieran listas, podían dormir en los sofás de la segunda planta, protegidos por los biombos.

La última parte de su pensamiento, la idea de que todos durmieran en los sofás de la segunda planta —el final de su cuento de la lechera— le pareció de pronto estúpida. «¡Qué tontería!». Lo que tenía que hacer con los sofás era tirarlos. Pero no, tampoco aquella era una buena idea. Habría que ver en qué estado se encontraban. Si tenían manchas de semen o de cualquier otra excrecencia, a la basura con ellos. De lo contrario, quizás no.

Pedro manifestó a Saulo la parte del pensamiento que más le importaba. La propuesta que deseaba hacer a Petri.

—No es mala idea. A él le vendrá bien ahorrarse el dinero del alquiler. Y a ti tampoco te vendrá mal. Si se va a vivir al molino trabajará más horas.

—A veces se te nota mucho tu pasado jesuítico.

—Era una broma. Lo que quería decir es que te hará compañía. El molino está algo apartado, y tú no estás acostumbrado a vivir sin gente alrededor. Si además invitas a Hashim, podría coger su Velosolex o la Lambretta y encargarse de los recados. Claro, también podrías encargarte tú, más de las gestiones que de los recados, pero para eso necesitarás un coche. A ver cuándo lo compras. Que te ayude Ander. Parece saber bastante de coches. Acuérdate, identificó el Corvette que estaba aparcado en el cementerio.

Saulo había leído bien los pensamientos de Pedro.

Vislumbraron la espuma blanca de las olas en el estrecho espacio que dejaban dos edificios. El sonido que hacían al caer sobre la arena era ya audible.

—¿Cuánto tiempo necesitaremos para dar un primer repaso al molino?

—Con un mes nos será suficiente, creo.

—El garaje lo dejaremos para el final. Empezaremos allí después de que las golondrinas se hayan marchado.

—Hablaré con Petri y con Hashim. Habla tú con Ander.

—De acuerdo.

Cedieron a la emoción que a veces afecta a los seres materiales, y se estrecharon la mano.

Llegaron al malecón. Había marea alta, y el mar, crecido, golpeaba rítmicamente el muro y las rocas que protegían a los paseantes. Tras el choque, cuando reculaba, el agua gemía —así lo habría expresado Semiyazza—

como un kraken dolorido. A Saulo y a Ander les costaba oírse. Pronto, interrumpieron su conversación.

Pedro miró hacia los surfistas que se movían en el agua. Eran sombras, y, a la luz amarillenta de los focos del malecón, parecían golondrinas que volaban por lo bajo, un desplazamiento hacia la derecha, otro hacia la izquierda, continuamente, sin formar figuras ni dibujos, únicamente una serie, espejo del infinito. Se acordó de algo que había escrito Baudelaire: «Basta con contemplar un par de kilómetros de mar desde la costa para tener una idea de lo que es el infinito». Era verdad, pero el infinito también podía adivinarse en el movimiento de los surfistas o en el de las olas. ¿Y en el de las gaviotas? Quizás también, pero en aquel momento no se veía ninguna. No les gustaba la oscuridad. Nada más hacerse de noche, volaban a refugiarse en los bosquecillos de las colinas cercanas.

De pronto, bajó la temperatura. Mucho: primero a –2 ºC, luego a –5 ºC, –8 ºC, –10 ºC y a –20 ºC. En un primer momento, por saber qué pasaba, miré hacia el mar; luego, a Saulo y a Pedro. Pero las olas no se habían helado, y seguían yendo y viniendo con normalidad, blandamente, formando espuma. Saulo y Pedro caminaban también con normalidad. Saulo llevaba desabrochados los tres primeros botones de su camisa Lloyd's; la camiseta Paul Smith de Pedro se inflaba con la brisa. Hacía calor, no frío.

Todo desapareció de mi vista, y me asusté de la misma forma en que se asustan los seres materiales cuando el avión en que viajan comienza a hacer extraños a trece mil metros de altura o cuando ven correr hacia ellos a los asesinos que portan en las manos fusiles inteligentes homologados de cinco kilos y trescientos cincuenta gramos de peso. Solo podía haber una razón para aquel frío intenso, la presencia de alguna legión semiyazziana. Pero, después de veinticinco años sin dar señales de vida, ¿qué podían querer de mí? ¿Merecía yo, que siempre he sido un ángel

152

militar *mi-cuit*, un grigori de poca importancia, último entre los últimos, ser destruido, justo además en aquel momento, cuando estaba a punto de adaptarme al universo de los seres materiales? ¿Por qué? ¿Por preferir la soledad a la obediencia? Los seres materiales menores, los corderos, se orinan al ver el cuchillo del carnicero. De no ser un ser inmaterial, también yo me habría orinado.

—Ahí está uno de los clubes de Franki —informó Saulo a Pedro.

A pesar del miedo que sentía, logré mirar en la dirección que acababa de señalar Saulo. Estábamos en el extremo del malecón, en la parte en que la playa se volvía estrecha, con una colina al frente y los montes poliverdes, en aquel momento negros, alrededor. A nuestra izquierda, en el lado opuesto al de la playa, se abría una galería de columnas de 40 × 40 m, catorce columnas de cemento en total. Un rótulo colocado en la pared del fondo indicaba en letras rojas (Pantone Fiery Red) el nombre del club: Abraxas. A cada lado de la puerta de entrada, la silueta de una palmera.

El frío arreciaba en la zona de la galería de columnas, −13 °C. Me sentía muy alterado, mi espíritu giraba como un remolino de aire. Sin embargo, el deseo de seguir junto a Pedro era muy grande, y no quise escapar hacia lo alto en busca de paz.

—Le dieron permiso para poner aquí un local poco después de que una bomba destrozara su antiguo club. Una de las tantas ilegalidades que se cometían en esa época.

—¿Estará él ahí? —preguntó Pedro.

—¿Ahora? No creo. Press y Bob, probablemente sí. En cualquier caso, nosotros no vamos a entrar en ese tugurio. Iremos a un lugar más santo.

—¿A una iglesia?

—¿Por qué lo preguntas?

—Porque las capillas de las iglesias suelen ser lugares apropiados para contar secretos como el que, por lo visto, tú nos quieres contar.

Saulo reaccionó riéndose, y los dos comenzaron a subir una escalinata de piedra. Dieciséis peldaños más arriba había una plazoleta, un espacio que se asentaba en las catorce columnas de cemento de la galería, no completamente cuadrado, 40 × 50 m. El suelo también era de cemento, apropiado para los jóvenes seres materiales que querían jugar con un balón; no, en cambio —así se lo dijo Saulo a Pedro—, para las partidas de ajedrez.

—Nos asaríamos de calor si no tuviéramos sombrillas. Afortunadamente, nos las deja la asociación. También las mesas y los tableros. Las piezas, no. Las trae cada cual de su casa.

Saulo se dirigió hacia dos bancos de madera colocados en paralelo. Situados en un rincón, apenas si eran visibles.

—Los trajeron los jóvenes de alguna otra parte. Se pasan las horas ahí apretujados, comiendo pipas sin parar.

—¡Don Facundo! —exclamó Pedro. El nombre de una marca de frutos secos famosa en España.

Señaló los bancos con un movimiento de cabeza:

—Ahí tenemos a Ander, pero fumando, no comiendo pipas.

Justo en aquel instante, la temperatura volvió a su nivel estándar, subiendo de los −13 ºC a los 20,5 ºC habituales a esa hora en la costa, y yo sentí una gran relajación, como cuando en la cima de una montaña la tormenta y los golpes de viento ceden de golpe y facilitan la respiración. Era evidente que los legionarios semiyazzianos andaban cerca, aunque, al parecer, dedicados a vigilar el club Abraxas, dispuestos a azuzar a Press y a Bob. Pero mi antiguo capitán no estaba entre ellos. No habría ningún ataque contra mí. Probablemente, mis próximos veinticinco años serían como los anteriores veinticinco: una vida modesta, acorde con la de todos los *mi-cuits*; una vida solitaria, también; pero ningún cambio brusco. La amenaza de ser destruido se mantendría viva solo como hipótesis. Mientras, seguiría junto a Pedro, en el molino, y no solo con él, sino también con Ander, Petri y Hashim.

Ander saludó a Saulo y a Pedro haciendo tintinear unas llaves.

«Nissan Frontier 2015 Pickup», escuché.

Las llaves eran las de la furgoneta de Saulo.

—La he dejado en el parking subterráneo —dijo.

—Haremos una reunión breve, entonces. Es el parking más caro de la costa.

Saulo trataba de mostrarse alegre, pero estaba preocupado. En la época en que se preparaba para ser un criado del Tirano había sido entrenado para contar mentiras y verdades de forma seductora, empleando para ello el triángulo logos-ethos-pathos; pero aquel sistema, adecuado para dar sermones, no le servía para contar el secreto que guardaba a sus amigos, allí, a la orilla del mar, cerca del Abraxas, después de cenar con Aura en Antera y arreglar la compraventa del molino de Guillermo. Al final, se olvidó del triángulo, dejó de lado los prolegómenos, y confesó la parte más difícil de su secreto:

—Isidora es amiga mía, y lo que os voy a contar lo he sabido por ella.

Tras la crisis provocada por la hipotética presencia de Semiyazza mi clarividencia había renacido, y supe de antemano lo que iba a ocurrir en la plazoleta. A la confesión de Saulo le seguirían los pensamientos, confusos, de Pedro y Ander, y una serie de preguntas igualmente confusas, porque no lograban ubicar a aquella Isidora, el ser material femenino de 1,90 m de altura y 115 kg de peso, en el grupo de prostitutas que se habían acercado al entierro de Guillermo, justo al lado del coro que cantaba «Manda rosas a Sandra». No obstante, su desconcierto duraría poco. Comprenderían enseguida el esfuerzo que estaba realizando Saulo al revelarles un detalle —el más importante, quién era su pareja— de su vida sexual.

Tras la revelación, Saulo les haría partícipes de la información que poseía:

—Si Isidora dice la verdad, y seguro que sí, porque es una mujer muy seria, Guillermo no salió del club en las circunstancias que la gente anda contando por ahí. Cierto que había bebido mucho vodka con lima, cierto también que había esnifado cocaína, pero no salió del club a las cinco de la madrugada. Según Isidora, salió un poco antes de las tres y media. Si, como se dice, el accidente ocurrió a eso de las seis, Guillermo pasó más de dos horas... ¿Dónde? Isidora cree que en la casa de alguna mujer, porque así se lo han asegurado varias compañeras. Pero ellas no saben de quién puede tratarse. Al parecer, no es del club.

Las explicaciones que dio Saulo coincidieron punto por punto con lo que yo sabía. Sentí una alegría especial. La información de Isidora era buena. Guillermo había salido del club a las tres y media de la madrugada. Lo de las cinco de la mañana era una invención de quienes se habían dejado llevar por el síndrome del detective.

Tras las palabras de Saulo, un calambre de placer recorrió la espina dorsal de Ander.

—Lo de Guillermo ha sido un asesinato. Cada vez estoy más seguro —dijo.

A causa, quizás, de mi influencia, Pedro acogió la hipótesis con escepticismo:

—Antes de asegurar nada, mirad si en las ruedas de la Lambretta había aceite.

Dijo aquellas palabras en tono heteróclito, sin que faltara en él la broma —45 %— (consecuencia de su escepticismo), la curiosidad —15 %— (porque el misterio de la muerte de Guillermo también a él le resultaba entretenido), el enfado —10 %—, la preocupación —10 %— y la incomodidad —20 %—. La preocupación y el enfado eran de mayor intensidad de lo que era lo normal en él (20 % en total). En cuanto a la incomodidad, tenía su origen en las cáscaras de pipas. Formaban una capa entre los dos bancos de madera, y pisarla le daba asco. En realidad, también aquella capa era heteróclita: una mezcla de cáscaras, colillas de tabaco, bolsitas de plástico y deposiciones de los seres materiales perrunos.

—El trapo está en la furgoneta. Mañana mismo lo llevaré a analizar —dijo Ander en un tono en el que dominaba el deseo de escapar a la acedía.

—Ya lo llevaré yo, no te preocupes por eso —dijo Saulo.

Pedro miró hacia el faro que lanzaba destellos desde la cima de uno de los montes, y luego hacia la zona del mar donde había visto a los surfistas. No distinguió ninguna figura. Solo la espuma de las olas al caer sobre la playa, una línea blanquecina. La marea estaba bajando.

Suspiró. Estaba algo cansado.

—En cualquier caso, no resulta extraño que a Guillermo le diera un vahído después de todo lo que había tomado en el club. Y si le ocurrió cuando iba en la Lambretta, pues adiós muy buenas.

Ander no hizo caso del comentario. Tenía otra idea en la cabeza.

—Al escuchar que Guillermo se fue donde una mujer, ¿en quién habéis pensado? Yo, en Aura.

—Yo también —dijo Saulo.

Pedro se rio.

—Ahora entiendo el comportamiento hipócrita que habéis tenido durante la cena dándole la razón en todo a nuestra agente inmobiliaria. Queréis que ella no sospeche de que vosotros sospecháis de ella. Que no se ponga alerta y os estropee la investigación.

—Estás en lo cierto —reconoció Ander—. Y por esa razón la he acompañado a la oficina antes de reunirme con vosotros. Para que no pensara que sus compañeros de cena iban a empezar a criticarla nada más despedirse de ella.

—Si solo ha sido por eso no voy a ponerme celoso. Aura me ha parecido hoy más deseable que nunca. El traje masculino blanco, los ojos verdes, el pelo muy corto y dorado..., un conjunto estupendo.

—En eso estamos todos de acuerdo, Pedro —dijo Saulo—. Pero sobre el otro asunto, ¿qué piensas? ¿Accidente o asesinato?

—Sigo pensando que fue un accidente. Las motos tipo Lambretta no están diseñadas para seguir el ritmo de un vals tan *pompier* como «El Danubio azul». *Així m'ho diu la meva veu interior.*

Era una de las fórmulas que al hablar utilizaba Beatriu. «En bona part, la teva veu interior soc jo», pensé.

Pedro no tomó en cuenta mi pensamiento, y se dirigió a Saulo:

—¿Qué tal te va con Isidora? ¿No te dan problemas las pastillas de Olmesartán?

—Yo tomo Openvas. No Olmesartán.

Ander se rio abiertamente, con una pureza del 90 %. Estaba contento. El accidente de Guillermo y todos los sucesos posteriores a las palabras de Franki en el cementerio hacían que su estancia en la costa tuviera más sentido. De por sí, intrínsecamente, la costa y su mar monocorde eran un puro aburrimiento, salvo quizás, para los surfistas y para los niños. Más aún para él que, por su piel blanca, tenía prohibida la playa durante la mayor parte de las horas del día.

—¿Cuándo empezaremos a vaciar el molino? —preguntó. Y añadió con ligereza—: Me conviene saberlo para ir a Bilbao y traer el mono. Lo tengo guardado en el armario desde las inundaciones. ¡Qué alegría se llevará mi mujer cuando me vea coger la pala de nuevo!

—Mejor que compres un mono aquí. No tienes tiempo de andar yendo y viniendo a Bilbao —le dijo Saulo—. Por la pala, no te preocupes. Ya te dejaré una.

—¿Vamos a empezar pronto?

—Mañana, en cuanto Pedro firme el precontrato.

—Habla por favor con Petri y con Hashim, Saulo. No te olvides.

Ander se extrañó.

—¿También con Hashim?

—Si todo va bien, los dos vendrán a vivir al molino.

Ander no gritó ¡up! ¡up! porque no era esa su manera de expresarse, pero profirió un sonido equivalente.

Saulo pasó a detallar el calendario que podrían seguir las obras («Tengo otros trabajos y no puedo dejarlos»), y, por temor a la *doxa*, a una más que previsible conversación, me alejé poco a poco de la plazoleta. Miré al mar: retrocedía, marea baja, y las figuras de los surfistas se mezclaban con las sombras que creaban los focos eléctricos del malecón. Me situé frente al club Abraxas. No había duda, la legión semiyazziana se había marchado de allí hacia algún otro puesto, la temperatura volvía a ser la estándar de la costa. Me dirigí por fin hacia las colinas y los montes que seguían a la playa, lentamente, aceptando la calma que con la llegada de la noche se había extendido por la zona, y vi que las gaviotas dormían en sus burdos nidos. Luego, tras sobrevolar la carretera que bordeaba la costa, me desvié hacia la que, curva a curva, marchaba en dirección a Arroa Goia. Estaba desierta, sin más vehículo que un tractor que maniobraba para entrar en un cobertizo. Un instante después, vi el molino. La luz de la luna lo rodeaba —así lo habría expresado Semiyazza— como el cáliz plateado rodea la corola de una flor.

La pregunta que me había hecho al ver los diez folios del inventario me acompañó durante todo el recorrido: ¿qué faltaba en la lista? Tuve la impresión de que mi clarividencia necesitaba un incremento del 10 %, no más, para superar el lapsus. Me acerqué al molino con esperanza. Era posible que la visita tuviera un efecto nemotécnico.

Entré en el garaje con la suavidad de una brisa. Las golondrinas descansaban en el cable, tres mirando a un lado, cinco al otro, las ocho en completa paz, dormidas como infantes. Resultaba difícil imaginar que a la mañana siguiente aquellos seres materiales insignificantes se moverían por el aire a una velocidad de diez metros por segundo, o que unos meses después emprenderían el vuelo hacia Australia o África para allí reunirse con sus semejantes de otras partes del mundo; que más tarde, deshaciendo el camino, volverían al punto de origen, las de Aviñón a Aviñón, las de la calle de Josep Maria de Sagarra a la misma calle, las del cable del garaje al mismo cable, a no ser que en el trayecto se perdieran en el desierto o en el mar.

El frontil del buey Jaun seguía en la pared, y sus flecos, verdes y blancos, colgaban sin gracia, estropeados por el tiempo. También seguían allí, pero dentro del armario, las varas talladas por el viejo Guillermo, tan del gusto de Pedro. Ni el frontil ni las varas figuraban en el inventario, pero su ausencia no era significativa. El banco y la inmobiliaria los habrían dejado fuera por inútiles.

Me desplacé hasta la primera planta. La cristalera estaba intacta, y la sala olía bien, no a humo o a quemado. Buena señal. Era posible que la patrulla semiyazziana tuviera el encargo de sugerir a Franki la destrucción del molino: «Si no va a ser para ti, que no lo sea para nadie. Ordena a Press y a Bob que le prendan fuego». Demasiado tarde. La rapidez de la jugada de Aura había dejado a Franki sin tiempo de reaccionar, y a partir del día siguiente el edificio no estaría vacío. Saulo, Petri, Pedro y Ander andarían por allí planificando la obra.

Las imágenes de la pared de la sala seguían en su sitio, en completo silencio: los retratos de Guillermo, la reproducción de *El Cristo de san Juan de la Cruz* de Salvador Dalí, las fotografías de los seres materiales femeninos jóvenes en la playa; más allá, la fotografía coloreada que tanto le había interesado a Ander, una cuadrilla de seres materiales jóvenes de fiesta, con Franki, Guillermo, Bob y el deportista vestido con chándal en la fila superior. Cerrando la serie, los recortes de prensa enmarcados: «Jaun, el buey más bello»; «Los terroristas ponen una bomba en el pub de moda de la costa»; «El campeón de los bonos bancarios». ¿Faltaba algo de allí en el inventario? No, no faltaba.

Subí a la segunda planta. Allí pendía, en el rellano, la fotografía de Urtain y Cooper que tan insufrible se le hacía a Pedro; allí estaba también, pegado a la puerta metálica, *El ángelus* de Millet, tan repugnante como siempre.

Me interné en la planta con aprensión, temiendo que las luces tipo discoteca se pusieran a relampaguear de golpe, algo que siempre me había resultado molesto. Comprendía, claro, el impulso que aquel aparato eléctrico proporcionaba a las orgías, pero prefería cualquier otra guardia a la de los días calientes del molino.

A primera vista, todo estaba en su sitio: los sofás, los biombos, los pósteres de Tina Turner, el de Jane Birkin, la estantería de detrás del mostrador del Tina Corner, las noventa y seis botellas, vodka Smirnoff-vodka Smirnoff-vodka Smirnoff-ron Cacique-ron Cacique-ron Cacique...

Mi clarividencia mejoró de pronto un 10 %. «¡Up! ¡up! ¡up!», exclamé. Y de nuevo: «¡Up! ¡up! ¡up!». Ya sabía qué faltaba en el inventario. Detrás de la estantería y sus noventa y seis botellas se escondía un habitáculo, el rincón secreto de Guillermo durante los veinticinco años que estuve de grigori en el molino. Era, en puridad, una prolongación del Change Room (7 × 3,70 m), separada de él por una pared, y más pequeña (5,50 × 3,20 m). Allí dentro estaban el ordenador de Guillermo + los ítems necesarios para revelar fotografías + treinta sobres de carta + otros objetos. En el suelo, la vi en aquel momento por primera vez, había una golondrina muerta rodeada de hormigas.

No necesitaba de la clarividencia para saberlo. Fuera lo que fuese lo que buscaban Franki, Bob y Press, estaba en aquel habitáculo. Sin embargo, era difícil saber de qué se trataba en concreto. Imposible para quienes, como los seres materiales, carecían de información privilegiada.

Salí del molino y llegué enseguida a la plazoleta. Pedro, Ander y Saulo ya se habían marchado. Estaban en el parking subterráneo.

—Os dejaré en casa —dijo Saulo abriendo la puerta de la furgoneta Nissan Frontier.

«En la segunda planta del molino hay un habitáculo secreto de 5,50 × 3,20 m», comuniqué a Pedro.

Afortunadamente, esta vez sí, sus pensamientos y los míos se fusionaron. Nada más sentarse en el asiento del copiloto, dijo:

—En el molino tiene que haber un escondrijo.

—Con un tesoro dentro —dijo Ander en broma.

—Seguro que sí —dijo Pedro—. Me viene el recuerdo de lo que sucedió en un *chateaux* cercano a Aviñón. Lo compró una gente de la ciudad, y nada más comprarlo lo destrozaron por dentro. Creían que el tesoro de Carlomagno estaba escondido detrás de alguna pared. Es posible que Franki y los demás también quieran encontrar un tesoro.

—Cinco kilos de cocaína, por ejemplo —dijo Ander. Seguía contento.

—Vayámonos a dormir —dijo Saulo. Estaba cansado, y no tenía ganas de seguir con el tema.

—¿A las diez en la oficina de Aura, Saulo?

—Me va bien.

—Si no os importa iré con vosotros —dijo Ander.

—De acuerdo, pero el molino lo compraré yo. Ya veo que el asunto del tesoro te ha emocionado —dijo Pedro, y los tres se rieron.

A mi modo inmaterial, también yo me reí. Pedro y yo íbamos juntos. La soledad que había sufrido hasta entonces estaba a punto de desaparecer.

III

La desgracia siempre llega a la casa de los seres materiales, y fue así que el 27 de septiembre de 2042 comenzó la última transformación de Pedro. Ese día, cumpliendo su voluntad («Dejad que me rinda a este último ataque sentimental»), lo llevaron a enterrar al cementerio de Arroa Goia, justo a la parcela de terreno que había sido de Urtain. No lo iban a dejar allí entero (1,85 m; 94 kg), sino convertido en cenizas, a fin de que los terrones y grumos de tierra se mezclaran con sus restos orgánicos.

Estando con Saulo y con Ander, en el hospital, unos días antes de que comenzara su transformación, Pedro quiso mitigar el lado melodramático de su deseo burlándose de sí mismo y escudándose en una posible debilidad; pero no se trataba de una ocurrencia, ni de un impulso momentáneo. La idea de ocupar la tumba de Urtain venía de atrás, y había adquirido aquella parcela de terreno nada más terminar las obras del molino, veinticinco años antes, en julio de 2017.

—¿A qué se debe ese capricho? —le había preguntado la secretaria del Ayuntamiento (1,72 m; 70 kg; cuarenta y ocho años), de nombre Eukcnc.

Pedro y ella se habían entrevistado varias veces en el curso de las gestiones relacionadas con el cambio de propiedad del molino, y se tenían cierta confianza.

—Urtain era un ser material de buen corazón —dijo Pedro.

A veces, utilizaba mi léxico, y en lugar de decir «persona» decía «ser material».

—Hay gente que no opina lo mismo.

—Guillermo, uno de ellos.

—Si lo puedo decir así, los dos se fueron de este mundo de forma poco común.

—En el caso de Urtain fue normal. Se hizo demasiado famoso, y le ocurrió lo que a los actores que llevan una máscara muy pesada. No pudo sostenerse. Pasa más veces de lo que la gente cree.

El maquillaje que aquella mañana se había puesto Eukene seguía fresco y la pintura rosa fucsia de sus labios, a juego con las mechas del pelo, acentuaba su sonrisa en un 20 %.

—Hoy tengo mucho trabajo, y no puedo seguir hablando contigo, pero ya me explicarás lo de la máscara en otra ocasión.

—Ven un día al molino. Tomamos un café, y te lo explico.

«Estaré presente», pensé. «Ese tema me interesa mucho».

—Mejor una menta-poleo. No tomo café.

—¿Y vodka? Te lo digo porque tengo un montón de botellas de vodka en el molino.

—De vez en cuando. Algún que otro sábado.

—Pues asunto arreglado. Vienes un sábado al molino y hablamos.

El cementerio de Arroa Goia seguía siendo reconocible. Lo rodeaban los mismos quince montes de 2017, aunque ahora no eran poliverdes, sino polirrojizos, en una gama cromática que iba del Pantone Orange Ochre al Pantone Red 18-1454 TCX. Otro era asimismo el aspecto de su interior, aunque las modificaciones no llegaban a ser decisivas. Había ocho tumbas menos que veinticinco años antes, dieciséis menos que cincuenta años antes, y el terreno estaba salpicado de trechos vacíos. En cuanto al columbario, parecía, debido a los huecos, un armario al que le faltaran cajones. También estaba cambiado el panteón que guardaba los restos de Guillermo, porque ahora tenía un nuevo ocupante, Franki, y dos bonsáis adornaban el segundo escalón de la entrada, uno a cada lado de la puerta. Además estaba manchado de grafitis: «Capone», «Poned aquí una bomba», «Hijos de puta», «¿Qué culpa tenía la madre?».

El mayor cambio, con todo, afectaba a la tumba que había sido de Urtain y ahora iba a acoger a Pedro. Justo allí, formando un círculo en torno a la tierra recién removida (3,20 × 1,80 m), había ahora veintitrés seres materiales, sentados todos en sillas plegables. Merced a la clarividencia, supe enseguida quiénes eran.

Lista de los seres materiales que se acercaron al entierro de Pedro

Ander, la pareja de Ander (Natalia), Saulo, Isidora, Petri, la pareja de Petri (Alejandra), los hijos de Petri y Alejandra (Luam y Deli), Hashim, Eukene, el dueño de un taller mecánico que se cubría la cabeza con una gorra blanca («Vintage Cycling KAS Team», escuché), el responsable de una galería de arte, dos pintores profesionales, un pintor amateur, dos coleccionistas que poseían obra de Pedro, el director del Museo Central de la costa, un representante del Teatro Real de Madrid, dos seres materiales jóvenes que portaban una cámara de vídeo Sony DCR-DVD (uno de ellos vestía una camiseta con las letras «ART»; su compañero, una camiseta idéntica pero que decía «RAT»), un representante de Amnistía Internacional y, además, completando el círculo, un ser material atontado por el Tirano al que llamaban «Pepino» por el parecido que tenía su cabeza con la cucurbitácea, famoso por su manía de asistir a todos los entierros que se celebraban en la zona, unos cien al año.

Dirigí la vista hacia los montes polirrojizos. Luego, hacia el aire, donde, como siempre, volaban las golondrinas dando giros sin parar, despreocupadamente, sin dolor. Les envié un mensaje:

«¿Os dais cuenta? Aquel que hasta ayer estuvo vivo, el mismo Pedro que hasta hace un mes se sentaba delante de un lienzo para pintar, para no dejar nunca de pintar, era amigo vuestro, y si fuerais seres materiales sensibles, nobles, abandonaríais el vuelo y formaríais filas en los cables, como acostumbráis a hacer cuando, tras sentir la primera ráfaga de viento frío, os preparáis para el largo viaje. Así deberíais mostrar vuestro duelo».

Pero las golondrinas no son sensibles ni nobles. No se relacionan con nadie. No escuchan. Son seres híbridos, materiales e inmateriales al mismo tiempo, sin más quehacer que el de volar, atrapar insectos y criar a sus descendientes.

Volví a centrarme en el cementerio. Luam y Deli se habían levantado de sus asientos y estaban de pie frente a un piano eléctrico blanco colocado a tres metros del círculo.

«EK EKT Portable. ¡Lithium battery!», escuché.

Salieron al aire las primeras notas de una marcha. Deli, de doce años, interpretaba la música; su hermana Luam, de quince, seguía la melodía moviendo los labios, pero sin proferir palabra. Silenciosa era la tarde.

Art y Rat, los dos seres materiales jóvenes (veintitrés años) comenzaron a moverse por fuera del círculo y a tomar primeros planos de los asistentes a la ceremonia con su Sony. Pepino quiso detenerlos moviendo los brazos como las hojas de una tijera de podar. Escuché su pensamiento: «Dios está aquí con nosotros, y no le gusta que las cámaras entren en los cementerios».

Como era un simple, llamaba «Dios» al Tirano.

Art y Rat aceleraron el paso y se alejaron de él.

Las notas del piano eléctrico blanco flotaban en el aire como briznas inmateriales, y junto a ellas, en el mismo aire, evolucionaban las briznas materiales, en su mayoría hojitas y yerbas secas, detritus que el viento traía de los alrededores vegetal y mineralmente dulces. Los veintitrés asistentes al entierro permanecieron serenos en sus sillas, atentos a las briznas materiales e inmateriales que los rodeaban, mirando a veces hacia abajo y otras hacia arriba. Cuando miraban hacia arriba veían a las golondrinas en su vuelo; cuando miraban hacia abajo, las delicadas telas de las arañas de campo desplegadas aquí y allá, entre las hierbas altas.

Melancólica era la música que surgía del piano eléctrico blanco y, bajo su influjo, los veintitrés seres materiales del círculo trataron de avivar la memoria y de buscar recuerdos. Sin embargo, su esfuerzo resultó baldío. A la mayoría de ellos, al 91 % concretamente, las imágenes de Pedro se les aparecieron como elementos de una mezcla confusa, tal como aparecen las piedrecillas —así lo expresaría Semiyazza— en el ir y venir de los lodos y las arenas movedizas del desierto, solo por un instante, sin tiempo de brillar. Hashim y Eukene fueron la excepción, los únicos que lograron concretar sus recuerdos. En el caso de Hashim, lo primero que se le hizo presente fue la pregunta que sobre la muerte de Van Gogh le había hecho Pedro en el restaurante el día que se conocieron («¿Cuál es tu versión? ¿Fue con pistola o con escopeta?»), y enseguida la conversación que ambos habían tenido sobre Urtain («¿Por qué lo apreciabas tanto?». «El día que coincidimos en el gimnasio me invitó a hacer guantes con él, y al acabar la sesión me dijo: "Para ser de Madrid pegas bastante fuerte, chaval". "Soy de Bilbao, no de Madrid", le respondí. "¡Ya me parecía a mí!". Justo en aquel momento se nos acercó Pedro Carrasco y le dio un puñetazo en las costillas a Urtain. "¿Qué dices tú de los de Madrid, Morrosko?". "Verdades como puños. Que no tenéis media hostia", le respondió Urtain lanzándole un puñetazo de vuelta que Carrasco esquivó con facilidad. Los dos se echaron a reír, y luego me invitaron a cenar. Era el verano de 1970, y ambos eran campeones de Europa. ¡Imagínate cómo me sentí sentado a la mesa con ellos! La pena fue que de allí a pocos meses Urtain perdió el título ante Cooper. Pero aquel día fue maravilloso para mí, yo diría que fundacional. A partir de entonces fui otro»). El recuerdo de Eukene también tuvo que ver con un momento fundacional. Se vio a sí misma hablando con Pedro en el despacho del Ayuntamiento. El deseo de tener una cita con él le había hecho decir que de vez en cuando bebía vodka, una mentirijilla.

Ayudado por la clarividencia, también un poco por la melancolía de la música, mis recuerdos fueron más concretos aún que los de Hashim y Eukene, aunque no tuvieron, en aquel momento, relación con Pedro, sino con mi estreno como vigilante en Arroa Goia: una parte de mi existencia que, si es lícito que un ser inmaterial se exprese así, me provocó bastante sufrimiento. Ciertamente, fue entonces cuando me empecé a sentir como un grigori *mi-cuit*..., y qué angustia al notar que la crueldad no me daba placer, o cuando fui consciente de mi sensibilidad hacia el paisaje; qué tormento cuando Azazel se burlaba de mí llamándome «Miltonchu» por pura envidia, por ser él incapaz de redactar un informe en el estilo claro que se les exige a los seguidores de Luzbel; qué miedo a la soledad cuando Semiyazza me destinó al molino, yo solo allí con Guillermo, sin mucho quehacer, porque Guillermo no necesitaba del apoyo de los seres inmateriales para hacer lo contrario de lo que le habían querido inculcar los sirvientes del Tirano («Me lo paso todo por el forro de los cojones», solía decir él en estilo azazeliano, y un día eran las orgías, otro los chantajes o el odio ciego contra alguien, como el que sintió por Urtain). Además no me acababan de llegar los informes sobre su pasado que me había prometido Semiyazza («¿Alguna vez te ha faltado información? No, ¿verdad? La tendrás, seguro»), y qué malestar también con aquello, porque Luzbel castiga a quienes no cumplen con su cometido. Hasta tal punto me angustié que, cuando me llegó el primer informe de uno de los miembros de la legión de Azazel, tuve un ataque de euforia.

Las notas del piano eléctrico blanco seguían en el aire, al igual que las briznas de yerba y las hojitas yermas de los árboles, y los veintitrés seres materiales que asistían al entierro persistían en su empeño de localizar recuerdos. En aquel ambiente, me resultó reconfortante rememorar el primer informe sobre Guillermo, tan importante para mí en su momento. Como cabía esperar, estaba redactado en el estilo burdo de los azazelianos, con las comas, puntos, mayúsculas y demás elementos ortográficos puestos a la virulé, pero qué importaba. Guillermo no se merecía más.

Un episodio de la vida de Guillermo rememorado por Uzariel el día del entierro de Pedro
Mensaje enviado en su día por un miembro de la legión de Azazel

Miltonchu, miltoncito ¿quieres saber lo que Guillermo necesita que le enseñen? Pues no necesita que le enseñen nada. Él te enseñará a ti no Tú a Él. Es un Campeón. A veces nos dejaba por así decir con la boca abierta, fue la hostia por ejemplo cómo llegó a ser el Rey de los Bonos: Resulta que cuando empezó a trabajar en el banco los Fondos de Inversión MPI estaban ¡up! ¡up! y se chupaba los ahorros de toda la costa ofreciendo el 9 % de rentabilidad y mientras tanto él que era del Eurobanco solo el 3 % no había color y en la primera campaña de los bonos tuvo un fracaso tremendo se pateó los caseríos se pateó los chalets los clubs deportivos las sociedades gastronómicas y casi no colocó bonos y en comisiones ganó una mierda pinchada en un palo y en la segunda fue aún peor porque esa época nuestro Gran Campeón Franki estaba en la cárcel y no le podía echar una mano y tuvo que Recurrir a sus tíos y otros seres materiales de su familia y rogarles que le compraran bonos porque de lo contrario si no llegaba a un mínimo le echarían del banco. Y fue una Humillación, porque los parientes le miraban con desprecio como pensando pero no eras tú el más listo de todos y andas ahora pidiendo sopitas porque lo que pasaba era que en la familia tenía una consideración Top por la notas que sacaba en la universidad, unas notas de la hostia le llamaban «Leontieff», casi nada, y por lo tanto una Humillación, y total para casi nada, por cuatro bonos, y además para más inri ya para entonces estaba enfadado con su padre y no tenía la Opción de ponerse a trabajar en la tienda familiar de Fotografía. Pero, claro. claro, un Campeón nunca deja de ser un Campeón, y Guillermo se olió la tostada, y una semana antes de que su padre le echara de casa robó del laboratorio de la tienda los ítems necesarios para el revelado de fotografías, y además una máquina, una mini-mini Kodack Star, un capricho, una cosita que cabía en la palma de la mano, un gran acierto: solo al alcance de los mejores, robar precisamente la mini-mini y no una Canon impresionante y acojonante, porque aquella mini-mini fue luego objeto mágico, el talismán. Todo empezó de la manera más Tonta: Era su cumpleaños y para celebrarlo decidió gastarse un dinerito extra en un prostíbulo Chic de Biarritz, y se fue para allí con la mini-mini en el bolsillo de la chaqueta, porque tenía esa costumbre hacer fotos a las prostitutas cuando se tumbaban desnudas en la cama sin que ellas se dieran cuenta, cosa fácil con la mini-mini, y hete aquí que nada más entrar en el prostíbulo vio al Subdirector del Eurobanco sentado en un sofá con una *vedette* a la izquierda y otra a la derecha, No se lo podía Creer en un primer momento tuvo la intención de ir donde él y saludarle. Pero entonces con una clarividencia digna de Azazel sacó la mini-mini Kodack Star del bolsillo de la chaqueta y le hizo cinco fotos seguidas ¡flash! ¡flash! ¡flash! ¡flash! ¡flash! Y nada más hacer las cinco fotos se echó a reír porque le vino de golpe a la Memoria un detalle importante, que el Subdirector era un campeón opusiano, organizador de los ejercicios espirituales del banco a lo largo y ancho de la Piel de Toro, campeón también de los Bonos, el que más vendía, debido sobre todo a que era el encargado de atender financieramente a todos los conventos de monjas de la costa —y es que, tiene cojones la cosa— los domingos por la tarde iba al más grande de ellos y daba una charla sobre religión resumiendo el sermón que por la mañana había soltado el obispo en la catedral, y después de la charla a la vez que tomaban café y comían buñuelos les explicaba suave-suave la importancia de invertir en bonos seguros, es decir, en los del Eurobanco, y las monjas le hacían caso y ponían a su disposición su dinero, un dineral, mucho activo circulante. Pues bien, así las cosas, después de ver la cosa Guillermo se marchó del prostíbulo Chic de Biarritz como alma que lleva el diablo, nunca mejor dicho, y no se abandonó a la euforia hasta que rebeló, o reveló, no me acuerdo de cómo se escribe, las fotos. Y entonces sí, comenzó a gritar de alegría ¡up! ¡up! porque las fotos estaban muy bien y la escena se veía perfectamente, el Subdirector y las dos *vedettes* sentados en el sofá, y en la tercera de ellas una de las *vedettes*, la que tenía las tetas más al aire, le daba un mordisquito en el lóbulo de la oreja. Una semana después, cogió Guillermo aquella tercera foto, se la puso tapada al Subdirector encima de la mesa del despacho y le dijo le voy a explicar Señor lo que vamos a hacer, de aquí a dos meses va Usted a pedir el traslado, y durante ese tiempo yo le acompañaré a Usted donde las monjas y les ofreceré una serie de charlas sobre la Economía de Inspiración Cristiana, en plan Leontieff. Cuando pasen los dos meses me presentará ante ellas como su sucesor, quiero decir como su heredero en los asuntos económicos del convento: Y en ese momento, le dio la vuelta a la foto, y cinco segundos después al Subdirector los ojos se le salían de las órbitas como si le hubieran pegado un tiro. Y a partir de ahí todos los vientos soplaron a favor de Nuestro Campeón, porque por ejemplo MPI quebró, y por un lado lo de las monjas y por otro el ambiente que la quiebra dejó en el mercado, favorable a las inversiones seguras, le permitió a Guillermo comerse todo el mercado y de allí en adelante sus comisiones marcharon ¡up! ¡up! y tal como él se decía a sí mismo si algún chivato no me caza en un prostíbulo de Tailandia como yo le cacé al Subdirector en Biarritz andaré maravillosamente, más ahora que Franki ha salido de la cárcel y vamos a poner un Super Pub entre los dos, a beber vodka con lima todo el mundo, margen de beneficio 65 %. Era un campeón Guillermo, Frío y Caliente al mismo tiempo, un verdadero Campeón.

Los dos seres materiales jóvenes, Art y Rat, levantaron su Sony justo hacia el punto del aire donde yo estaba, y el gesto me sacó de mis pensamientos, empujándome a prestar atención a lo que sucedía en el cementerio. Deli había dejado de tocar el piano eléctrico blanco; Ander, Saulo y Petri se habían levantado de sus sillas y caminaban hacia la parcela rectangular que iba a recibir los restos de Pedro: Ander cojeando, ayudándose de un bastón de caña; Saulo, llevando en las manos la urna con las cenizas; Petri, con una azadilla.

Saulo esparció las cenizas cuidadosamente, como a cámara lenta; Petri, también cuidadosamente, las mezcló con la tierra moviendo la azuela de atrás hacia adelante y de adelante hacia atrás. Cuando terminaron, tres minutos después, Ander se probó la garganta y trató de tomar la palabra, pero observó que Pepino lo miraba mal, moviendo además los brazos y haciendo muecas como una cucurbitácea de dibujos animados, y no se animó. Quería que aquel momento fuera puro, que hubiera una paz total, las golondrinas volando en el cielo, las briznas de yerba y las hojitas yermas yendo y viniendo por el aire, los seres materiales del círculo en completo silencio y humildemente sentados, una buena imagen de Pedro en todas las mentes. De no ser así, prefería callar.

Afortunadamente, intervino el representante de Amnistía Internacional. Pasó el brazo por el hombro de Pepino y le habló al oído. Pepino asintió con la cabeza, y se quedó rígido.

—Hace unos días, estando con él en el hospital, Pedro nos pidió que adornáramos su tumba con una berza —comenzó Ander—. Como sabéis, sentía una atracción especial por las berzas, y tenía la costumbre de ponerlas en el primer plano de sus cuadros, cosa que, como también sabéis, le dio bastante fama. Teníamos el propósito de cumplir ese deseo suyo, pero más tarde se echó atrás...

Se emocionó, y perdió la voz durante cinco segundos.

—... se echó atrás. Lo de la berza le pareció de pronto una tontería. Por lo tanto, hoy no habrá berza.

Volvió a quedarse mudo. Esperaba, quizás, que la serenidad de los montes polirrojizos llegara hasta él y le ayudara a hablar, pero no ocurrió, y siguió sin voz. Fue un momento de crisis en la ceremonia. El resto de los seres materiales del círculo, veintidós, optaron por recogerse en sí mismos, cada cual con sus pensamientos. Yo también. No estaba de acuerdo con lo que acababa de decir Ander.

Era cierto que Pedro, sobreponiéndose a la debilidad física de sus últimos meses, tenía la costumbre de acercarse a la huerta en su silla de ruedas para hablar un rato con los que la cuidaban —Natalia, Isidora, Saulo—, diez, quince o veinte minutos; también era cierto que aquel septiembre (septiembre es el mes en que los seres materiales vegetales de la especie *Brassica oleracea* están ¡up! ¡up!) se quedó un momento mirando las berzas y luego exclamó: «¡Qué belleza! ¡Por favor! ¡Adornad mi tumba con una de estas maravillas!». Hasta ahí, de acuerdo, hubo deseo. Pero no arrepentimiento. Lo de que poner una berza en la tumba le había parecido una tontería no era cierto. Lo que ocurrió en realidad fue que Ander, que no quería perder el control de sí mismo delante de los asistentes a la ceremonia, se había prometido hablar lo más brevemente posible. Sabía que, de alargarse, sus ítems interiores empezarían a moverse y acabaría llorando. Sometido como estaba a esa presión («¡Habla poco!»), no dijo tonterías (por ejemplo, «acabó por reconciliarse con la Iglesia católica, y por eso aceptó ser enterrado aquí, en el cementerio de Arroa Goia. Lo de ocupar el lugar de Urtain fue una excusa»), pero se equivocó en los matices.

«Lo de la berza le pareció de pronto una tontería». No. Todos los temas que Pedro trató con Ander y Saulo después del ingreso en el hospital llevaban en su mente mucho tiempo, meses y años. En ningún caso respondían a improvisaciones. Un ser material como él, que se había hecho con el terreno de la tumba de Urtain nada más comprar el molino, con veinticinco años de anticipación, ¿cómo iba a dejar al azar un asunto tan importante? De ninguna manera.

—Ya sabéis. Dentro de poco la luna me buscará en vano. Disculpad que cite a Omar Jayam.

Así fue como Pedro saludó a Ander y Saulo cuando los vio entrar en la habitación del hospital. Lo hizo con una sonrisa amplia: pureza, 90 %.

La habitación era la 501, individual, con una gran ventana rectangular. Al otro lado del cristal, en la parte de arriba, se veía el cielo; en la parte de abajo, edificios modernos; al fondo, el mar.

—Así pues, hagamos un repaso antes de que la luna fracase en su intento.

Por reflejo, Pedro giró la cabeza hacia la ventana rectangular. Pero aún era de día, y no había luna.

Supe de antemano lo que acto seguido se iba a decir en la habitación, por clarividencia y por lo mucho que conocía a Pedro, Ander y Saulo. Pedro les haría saber que sus mejores cuadros, los mejores de los últimos años, estaban en el arcón metálico del garaje, y que cada uno llevaba escrito, en la parte de atrás, el nombre de quien debía recibirlo. Dejando aparte los que eran para los seres materiales de casa, nueve, había dos más, uno para Eukene y otro para el grupo de Amnistía Internacional. «Supongo que estarán firmados», le diría Ander. «Sí. Vino mi agente con un cuchillo y me amenazó. Tuve que firmarlos».

La respuesta aludía a un rumor que se había extendido en la costa años antes. Una pintora famosa había caído enferma, y su marido la había presionado de forma inclemente para que firmara los cuadros («Sin tu firma no valen ni la cuarta parte, Maruja»). De hecho, la pintora había muerto en el trance.

Después del asunto de los cuadros, Pedro comenzaría a dar información sobre los documentos relacionados con el molino y, principalmente, con la herencia. Petri y Hashim serían los beneficiarios principales; ellos, Ander, Saulo, tendrían el usufructo, es decir, el derecho a estar en el molino siempre que quisieran, igual que hasta entonces, pero con la posibilidad de pasar en él largas temporadas, sobre todo —Pedro sonreiría en ese momento: pureza, 55 %— en la época de preparar la huerta... Sí, sería maravilloso que la comunidad que se había ido consolidando en aquellos veinticinco años tuviera continuidad, lo mismo que la asociación artística de Art y Rat. «No os olvidéis de pasarles la ayuda anual», diría para acabar. «No te canses, Pedro», le diría Saulo. «Sabemos dónde está la copia del testamento y los demás documentos. No te preocupes». Pedro: «No conservéis todos los papeles. Los del proyecto Van Gogh tiradlos al contenedor de la basura».

Se trataba de un proyecto que había presentado al Ayuntamiento central de la costa y a otras instituciones públicas: la conversión del molino en una residencia de artistas, una estancia de tres meses cada artista, sin gastos, con Petri, Alejandra y Hashim al cuidado de todo a cambio de un modesto sueldo. Pero, al cabo (tras doce reuniones, sesenta horas de trabajo preparando el informe y la documentación, cinco reuniones presenciales, siete retrasos —uno por cada elección política—), nada, cero. «Cero patatero», en expresión de Alejandra.

En el rostro de Pedro aparecería una nueva sonrisa —pureza, 40 %—: «Si alguna vez se da el caso de que un proyecto de cierta altura consiga superar las trabas administrativas y salir adelante, me avisáis, por favor. Difundiré la buena nueva entre los habitantes del más allá».

Ander y Saulo asentirían con una sonrisa de idéntica pureza, y volverían a pedirle que no se esforzara. Ya tendrían oportunidad de seguir hablando los días siguientes. Se arrepintieron de sus palabras nada más decirlas. Pedro era viejo, estaba muy enfermo, pero su cabeza seguía tan ¡up! como siempre. No necesitaba consejos. Tampoco mentirijillas, aún menos.

La conversación de la habitación 501 discurrió por donde yo había previsto. Lo único que no vi, que Pedro estaría todo el tiempo vigilando la ventana. Pero aquel día, 24 de septiembre de 2042, la luna tardaba en aparecer.

Un médico entró en la habitación. Era alto, con gafas. En un ojal de la bata blanca llevaba uno de los símbolos del Tirano, una pequeña cruz de oro.

«¡Atento, Pedro! ¡Cuidado!», pensé.

Mi mensaje le llegó con claridad.

—No quiero saber nada de ese asunto —dijo al médico, señalándole la crucecita del ojal—. Si quiere que hablemos de pintura, adelante. ¿Le gusta la pintura?

El médico tardó un par de segundos en responder:

—El Cristo de Velázquez me gusta.

Tenía una voz bonita, y una manera suave de mirar.

—Menos mal que no le ha mencionado el de Dalí —dijo Ander.

Pedro se animó.

—¿El de Velázquez? ¿No es un tanto falso? Esteticista, quiero decir. No es lícito anteponer la belleza a la verdad, me parece.

«A Unamuno le gustaba», pensó el médico, pero se mantuvo en silencio. No quería perder su autoridad hablando de un tema que no era su fuerte. Ander señaló a Saulo:

—Si quiere hablar de religión hágalo con este hombre. Estuvo a punto de ser jesuita.

El médico soltó una carcajada: pureza, 70 %.

—¡Ni que hubiera entrado aquí con una cruz de cinco metros!

Agarró la crucecita del ojal con los dedos índice y pulgar de su mano derecha.

—Es casi invisible —dijo.

«No para nosotros», pensé.

—Me alegra mucho su buen humor —concluyó el médico—. Discúlpenme ahora. Tengo que examinar a Pedro. Mejor que nos dejen solos.

—¿Qué fármaco me va a poner? —preguntó Pedro al ver que el médico cambiaba el frasco del gotero.

—Oramorph, para que descanse bien.

Ander y Saulo se levantaron de sus sillas.

—Hasta mañana, Pedro. Ya sabes, esta noche te acompañarán Petri y Hashim. Llegarán pronto.

—Muy bien —dijo Pedro. Estaba cansado, su voz era débil—. No falléis mañana. Hay un par de cosas importantes que os quiero decir. Si me veo mal, se las transmitiré a Petri y a Hashim.

—Yo creo que mañana estará igual que hoy, y que podrán hablar —dijo el médico.

Antes de salir de la habitación, Ander y Saulo estrecharon la mano de Pedro. Luego, en el ascensor, pensaron «¡Qué poca fuerza! ¡Qué fría la mano!». Pero no verbalizaron sus pensamientos.

Hasta ahí llegó la visita de Ander y Saulo, no hubo más palabras en la habitación 501. Ni una mención a la berza que, supuestamente, había que poner sobre la tumba.

Antes de que el medicamento, Oramorph, empezara a hacerle efecto, los pensamientos de Pedro lo llevaron a Aviñón. Vio allí, en el aire que rodeaba el Palais des Papes, una veintena de golondrinas que volaban a una velocidad de diez metros por segundo. Beatriu estaba sentada a su lado. «¡Les orenetes!», exclamó. Enseguida, una segunda visión, aún más agradable. Beatriu en el escenario de un café, cantando un poema de Sagarra sin apartar los ojos de él: «L'oreneta diu, jo me'n vaig molt lluny...». La hipnosis producida por el Oramorph hizo entonces su efecto. La escena quedó trabada en su mente como en un caleidoscopio estropeado, y la canción interpretada por Beatriu («L'oreneta diu: jo me'n vaig molt lluny...») siguió resonando en él hasta que, con un movimiento de cabeza, se libró de la hipnosis y le asaltó un nuevo recuerdo. Beatriu y él en un salón de juegos, mirando ambos hacia una pantalla dividida en dos partes, Espace-Extra-espace; en la pantalla, una nave espacial blanca, el Discovery. Beatriu: «Si el enemigo te acosa y ves la nave en peligro, aprieta el botón rojo y ponte a salvo en el extraespacio. Pero ten cuidado. Si aprietas el botón rojo muchas veces la nave se incendiará, y *game over*».

Con todo, a pesar de ser consciente del riesgo, Beatriu recurría una y otra vez al extraespacio, y su Discovery acababa a menudo en llamas. No le importaba, y cada vez que le ocurría, recitaba, como un mantra, el aforismo de Jack London: «Prefiero ser un meteoro maravilloso, con todos sus átomos incandescentes, antes que un planeta somnoliento». «Mussolini decía cosas parecidas, ¿no?», le replicó un día Pedro. Beatriu no hizo caso de la crítica. El aforismo de Jack London era su lema en la vida, y el juego Espace-Extra-espace, su modelo.

—¿Qué tal, Pedro? —le dijo Petri. Hashim, que estaba a su lado, le cogió la mano.

Se alegró al ver a los gemelos. Levantó ligeramente la mano que sostenía Hashim; con esfuerzo, extendió la otra hacia Petri. Quiso trasladarles el pensamiento que acababa de formarse en su mente:

«También yo viví muchos años en el extraespacio de Beatriu, los dos estuvimos viviendo allí, y fueron muchas las veces que tuvimos que apretar el botón rojo para ponernos a salvo; pero la consecuencia de nuestra manera de proceder no fue la que esperábamos, la explosión del meteoro, sino la falta de niños en nuestra casa. "Nos libramos de ir a ver a los payasos. Un aspecto positivo de la cuestión, sin duda", respondía Beatriu cuando yo me quejaba de aquel vacío. Luego, a la vez que el molino, llegasteis vosotros, Petri, Hashim, y ahora sois mi familia. Llenasteis el vacío maravillosamente».

Aquel pensamiento no se tradujo en palabras. El Oramorph le inmovilizaba la lengua.

Traté de enviar el pensamiento de Pedro a las mentes de Petri y de Hashim. No les llegó, y se pusieron a hablar de Luam y de Deli, los hijos de Petri. El curso estaba a punto de comenzar, y ambos temían que les tocara un profesor cruel al que apodaban «Décima» («Una décima separa el aprobado del suspenso», decía aquel ser material, probablemente azazeliano). Sin embargo, también tenían motivos para estar contentos. Art y Rat les habían pedido que participaran en un vídeo a favor de la escuela pública.

Decidí marcharme del hospital, y me dirigí hacia lo alto, atravesando el cristal de la ventana de la habitación 501, arriba y arriba, cada vez más arriba, hasta ver ante mí todas las luces de la costa, y el mar oscuro, y en aquel mar oscuro un barco carguero de ciento cincuenta metros de eslora y cuarenta de manga, de cuatro mástiles. Luego, subiendo aún más arriba, contemplé la luna nueva.

«Dentro de poco sufrirá un eclipse, concretamente el próximo 29 de septiembre», escuché, y sentí cierta ternura hacia aquel ser supermaterial, porque también yo, Uzariel, antiguo miembro de la escuadra de Semiyazza, estaba aislado —«más colgado que un jamón», diría Azazel—, a merced de cualquier eclipse. Lo acababa de comprobar, una vez más, en la habitación 501. Pedro reunía sus pocas fuerzas y extendía la mano hacia Petri y Hashim; a mí, en cambio, no me tomaba en cuenta. No me veía, no me oía, no me podía querer. Nuestra comunicación no había mejorado con el tiempo, tal como creí que ocurriría en algún momento de euforia. Tenía que resignarme a ello.

No obstante, era verdad que mis mensajes le llegaban. De forma imperfecta, defectuosamente, pero le llegaban.

Dejé de lado los recuerdos y me concentré en lo que sucedía en el cementerio. Ander daba explicaciones a los seres materiales colocados en círculo. No habían traído la berza, pero sí una bolsa con semillas de flores, semillas de capuchina sobre todo, y las habían mezclado con la tierra de la tumba y las cenizas de Pedro. Tendrían una floración larga, de abril a octubre.

—Las capuchinas no se comen, como la berza, pero tienen colores bonitos —dijo Ander, y añadió—: Si alguien quiere decir o leer algo, este es el momento. No tenemos prisa. Eso sí, Pedro nos hizo una petición...

Guiñó un ojo involuntariamente, no acababa de controlar los músculos de la cara. Le costó seguir.

—Sí, una petición. Que no le dedicaran elogios. En otras palabras, que no deseaba una ceremonia tópica.

Dudó, no sabía cómo seguir adelante. Por suerte, uno de los seres materiales del círculo levantó la mano y se puso a hablar:

—Soy Carmelo. Y este amigo que ha venido conmigo es Juan. Los dos somos pintores profesionales, y hace unos años hicimos una exposición conjunta con Pedro.

Era un ser material pelirrojo (Pantone Rouge 094-07), de complexión fuerte, elegante en los movimientos.

—La cuestión es que ayer mismo, mientras hablaba con Juan por teléfono sobre cómo venir al entierro, me acordé de aquella exposición y de la charla que, con una copa de Rioja en la mano, tuvimos con Pedro.

Carmelo y su amigo Juan intercambiaron una mirada cómplice.

—¡Adivinad de qué nos habló Pedro! ¡Pues de las berzas! De por qué razón le gustaban más que los nenúfares y las rosas. Poco después nos envió por carta un pequeño texto que en su día escribió el escultor Manolo Hugué. Y, lo que son las cosas, decidimos traer la carta y leerla en homenaje a nuestro amigo. Viene a cuento, como veréis.

Se puso unas gafas de montura fina y sacó una hoja del sobre.

El silencio de los veintitrés seres materiales que rodeaban la tumba se hizo un 30 % más profundos. Los pocos movimientos que sobresalieron de la quietud fueron casi imperceptibles: Eukene se secó las lágrimas con un pañuelo; Saulo se ajustó bien las gafas, más sólidas que las de Carmelo; Ander sujetó mejor su bastón de caña; Deli se rascó la nariz.

Carmelo dio un paso adelante.

—Voy a leer la carta.

La carta que Pedro envió a Carmelo y a Juan

Carmelo, Juan, amigos, leed este texto y comprenderéis mejor mi manía. «Las flores son muy bonitas, pero no exageremos», dice Manolo Hugué. «La misma berza, sobre todo por las mañanas, con el rocío y con esas protuberancias

183

carnosas y frescas, es tan bonita como las flores. La gente cree lo contrario. Cree que las flores poseen una belleza ideal y desinteresada, solo por el hecho de que no valen para comer. ¡Eso es ingratitud!».

Nada más terminar Carmelo, habló Juan, en tono neutro, como si estuviera en un bar y no en un cementerio. Era un ser material delgado, de rostro afilado, y llevaba una barbita de color gris y blanco.

—Fui a visitar a Pedro al hospital, no esta vez, sino la anterior, durante su primer ingreso, y me dijo una cosa que me llamó la atención: «A ver si no me muero el día del eclipse de luna. Quedaría muy *pompier*». Se ha librado por poco, ha tenido suerte.

Todos los que estaban en el cementerio, con la excepción quizás de Pepino, sabían que dos días más tarde iba a haber un eclipse de luna, porque se había anunciado una infinidad de veces con mensajes telefónicos y avisos al ordenador. No obstante, levantaron la cabeza y miraron al cielo buscando la luna. Vieron golondrinas, no el eclipse. Los pequeños seres materiales de la familia *Hirundo rustica* seguían en el aire.

Después de tomar imágenes de Carmelo y de Juan, Art y Rat dirigieron una vez más la Sony hacia mi punto de observación, como si me sintieran, y luego, en un segundo movimiento, hacia los montes de alrededor. Seguían siendo polirrojizos, pero ahora, a causa de una nube que obstaculizaba el paso de los rayos de sol, tenían una tonalidad oscura (Pantone 1615).

Pepino volvía a estar nervioso. Se removía en la silla, como si no pudiera encontrar la postura. También estaba nervioso el ser material que estaba junto a Carmelo. Quería decir algo, pero le costaba empezar.

—Soy pintor, como estos dos amigos míos, pero no profesional. «Leo» me llaman muchos en esta parte de la costa —arrancó al fin—. Conocí bastante a Pedro, pero, la verdad, no puedo aportar gran cosa. Con todo, trataré de decir algo.

Escuché el pensamiento que le pasó por la cabeza. Estaba arrepentido. Se arrepentía de no haber dado el último paso para convertirse en pintor profesional. Había dado todos los anteriores, la escuela de arte + concursos + exposiciones colectivas + ilustraciones para los libros de los poetas amigos, pero sin ir más allá, sin negarse al ofrecimiento de ser el responsable cultural de una entidad bancaria, sin tomar en cuenta el reproche que, oblicuamente, le había hecho uno de aquellos poetas amigos: «Cuando tú hablas del destino, ¿a qué te refieres exactamente? ¿A la sucursal bancaria que te han asignado?». Se arrepentía, sentía vergüenza, allí, en el cementerio de Arroa Goia, teniendo al lado a dos pintores como Carmelo y Juan. ¿Y Pedro? ¿Qué opinaría Pedro sobre él?

Ahuyentó aquellos recuerdos. La Sony de Art y Rat lo estaba enfocando. A pesar de sus noventa años poseía aún la capacidad de enfadarse consigo mismo. Y el enfado era bueno. Lo fortalecía.

—Sea como fuere, recuerdo una reflexión de Pedro que quisiera compartir con vosotros —dijo en voz alta—. Tiene que ver con Urtain, la persona que hasta hace veinticinco años estuvo enterrada aquí mismo.

Se calló de pronto, obligado por las voces de Pepino. Torciendo su cucurbitácea cabeza, agarraba del brazo al representante de Amnistía Internacional y le interpelaba chillando:

—¡Yo quiero rezar! ¡En este entierro no reza nadie! ¿Cuándo es mi turno? Y otra cosa: ¿dónde está el cura?

«¡Calla, idiota! ¡Los sirvientes del Tirano nos sobran!», grité. Inmaterialmente, por desgracia.

—Pronto podrás hablar, ten paciencia —le dijo el representante de Amnistía Internacional al escandaloso Pepino.

Ander se dirigió a Leo, el pintor no profesional.

—Continúa, por favor.

—Gracias. Seré breve. Pues bien, era tiempo de carnaval, y el Ayuntamiento organizó un taller de máscaras con la vista puesta en los niños de la escuela. Eukene, tú fuiste una de las organizadoras, ¿no es verdad?

Eukene asintió.

—Pedro vino a ayudar, y allí anduvimos los dos perfilando las máscaras que habían hecho los niños y tratando de mejorarlas. Lo digo así, «tratando de mejorarlas», porque no se me olvida, como tampoco a muchos de vosotros, lo que afirmó Picasso: «Mi objetivo es aprender a pintar como un niño». Pues bien, Pedro se puso en la cara la máscara que había hecho uno de los niños, y me preguntó: «¿Quién soy yo?». «Pluto», le respondí, porque ese era el motivo de la máscara, el perro aquel de los dibujos animados. No sé si os acordáis de él, pero en su día fue un personaje popular. Pedro se quitó la máscara y me dijo: «Si Pluto no hubiera aparecido mil veces en las pantallas, no tendría existencia, porque toda existencia es social. Cuanto más se repite una imagen o un nombre en la televisión, en los periódicos, en las fotografías, en los cuadros, donde sea, mayor es su grado de existencia. Vete al Museo del Prado. ¿Qué serían los reyes y los cardenales sin los retratos que se exhiben allí? Nada, gente del montón».

«Se me está cargando la cabeza», escuché. Era Pepino, que acababa de levantarse de la silla. Carmelo y Juan le obligaron a sentarse.

—Sigue, Leo —le pidió Carmelo al pintor no profesional dándole un golpecito en el brazo.

—Disculpadme, me estoy alargando mucho. Pero enseguida termino. Os resumiré lo que aquel día escuché sobre José Manuel Ibar Azpiazu. Pues, según Pedro, después de entrar en el boxeo, su figura empezó a aparecer en todas partes, volviéndose una estrella mediática, y su máscara, la máscara Urtain, comenzó a hacerse grande, muy grande.

Pero él no era Pluto. Él no era un personaje de dibujos animados, y los autores de su máscara no eran dibujantes ni guionistas, sino los *avida dollars* al estilo de Salvador Dalí. Al final, la máscara era gigantesca, monstruosa, y, como sabéis, él no fue capaz de sostenerla. Perdonad, me he extendido demasiado, pero quería compartir esto con vosotros.

El representante del Teatro Real y el director del Museo Central de la costa pidieron la palabra con un gesto de la mano, con ánimo, quizás, de completar lo que había contado Leo, y yo me puse alerta. Quería escuchar su opinión para acabar de entender lo de las máscaras, entender sobre todo el porqué de los diferentes destinos. Era evidente que algunos de los que alcanzaban un alto grado de existencia, una máscara, acababan mal, con dolor y sufrimiento, en tanto que otros, los cardenales y los reyes representados en el Museo del Prado, por ejemplo, se pasaban la vida entre expediciones de caza y francachelas. Pero fue imposible. Pepino estaba de pie y gritaba a todo gritar:

—¡Padre nuestro, que estás en los cielos, santificado sea tu nombre...!

Le envié un mensaje: «¡Calla, majadero, no digas estupideces!».

Fue inútil. Era incapaz de recibir nada. En su espíritu bobo, de poco volumen, solo cabía una inquietud, la misma de antes, la de siempre: ¿a qué clase de entierro había venido? Era, en lo que iba de año, su entierro número 52, y en ninguno de ellos había faltado el responso dirigido por un cura. Pero allí, aquel año de 2042, en el cementerio de Arroa Goia, no había curas. ¿Por qué no? ¿Qué estaba pasando?

Le pusieron delante la Sony de Art y Rat. Pepino, que no conocía bien los programas de televisión de la Global Church, abrió los brazos, miró directamente a la cámara, y siguió rezando:

—Venga a nosotros tu reino, hágase tu voluntad...

Algunos de los seres materiales del círculo acompañaron a Pepino (¡a la cucurbitácea!) en el rezo. Eukene, desde el principio; Saulo, Isidora, el director del Museo Central de la costa, el mecánico que llevaba la gorra Vintage Cycling KAS Team y uno de los coleccionistas, a partir de «santificado sea tu nombre».

El padrenuestro fue un punto de inflexión en la ceremonia. Pepino, más tranquilo, se sentó. También Ander, que, un par de segundos después, hizo una señal a Deli y a Luam. Deli empezó a tocar el piano eléctrico blanco, Luam a cantar: «L'oreneta diu: jo me'n vaig molt lluny. No la sents piular des del teu finestró, frisosament...?» Vi que Eukene estaba de pie, con la mano alzada, y temiéndome lo peor, un discurso encomiástico a favor del Tirano, quise gritar: «¡Seguid hablando de la máscara de Urtain!». Pero, ya se sabe, a los que hemos sido grigoris no se nos concede la gracia de la voz. No importa que tras perder, quizás para siempre, el apoyo de los legionarios de mayor rango, nos esforcemos en adquirir los defectos y las cualidades de los seres materiales. No hay premio para nosotros.

Luam dejó de cantar; Deli, de tocar el piano eléctrico. En cuanto a Eukene, continuó un rato con la mano levantada. «¿Por qué razón?», pensé. «Todos están callados, no hay necesidad de llamar la atención a nadie».

Eukene miró directamente a Pepino, Leo y Saulo. Le iba bien el papel de maestra de ceremonias. Tenía en aquel momento setenta y tres años, y estaba más delgada que cuando Pedro y ella se conocieron, y un poco mermada (1,70 m; 64 kg). Mechas azuladas sombreaban su pelo blanco. Vestía de forma elegante. Llevaba un vestido maxi de algodón de la casa Minimil, de color gris. Su voz era grave, de las que nunca se oyen en televisión.

En sus manos apareció una carta. Sacó de ella un par de hojas.

«Tipografía, Garamond 14», escuché.

Carezco de voz, pero poseo la clarividencia. Irregular, intermitente, interceptada por los lapsus, pero superior a la de todos los seres materiales. ¿Cuántos de ellos no preferirían la clarividencia a la voz? Muchos.

Eukene se puso a hablar.

—Ander nos ha pedido que no hagamos discursos ditirámbicos. Cumpliré ese deseo y me limitaré a leer una de las cartas que Pedro me envió. Ya sabéis que cogió esa costumbre, la de escribir cartas al modo antiguo, nada más ponerse a vivir en el molino, y esta que me envió hace bastantes años me parece especialmente apropiada para esta ceremonia. En ella habla en contra de la religión, como hacía siempre...

Saulo, Isidora, Ander, Natalia, Petri, Hashim, Carmelo, Juan, el mecánico que llevaba una gorra Vintage Cycking KAS Team, los dos coleccionistas, todos ellos sonrieron abiertamente al oír aquellas palabras, con una pureza media del 60 %.

—Como también sabéis, al menos algunos de vosotros lo sabéis, Pedro y yo discutíamos mucho por ese motivo. No continuamente. Una vez cada diez días, más o menos.

Esta vez sonrieron todos los seres materiales del círculo, a excepción de Deli y Luam. Ellos no estaban atentos, tenían la mente 100 % relajada.

—En una de aquellas discusiones, Pedro me dijo: «Estoy en contra de la religión porque me gusta mucho Francisco de Asís». «Tendrás que explicarme eso», le respondí. Una semana más tarde recibí la explicación en esta carta que ahora os voy a leer.

Pepino se puso a aplaudir abriendo y cerrando los brazos como en un ejercicio de gimnasia, y el escándalo de sus palmadas hizo que un pájaro de cuatro colores —amarillo, verde, blanco y negro, un carbonero— saliera volando de un árbol polirrojizo (Pantone 1615) y se dirigiera al otro extremo del cementerio pasando por encima del panteón de Guillermo y de Franki. Las golondrinas, indiferentes, siguieron girando en el aire a una velocidad de diez metros por segundo.

Yo sabía perfectamente que la carta que Eukene se proponía leer en voz alta no tendría otro objetivo que el de homenajear al Tirano, y reaccioné marchándome hacia la rama que el carbonero, el pájaro amarillo, verde, blanco y negro, acababa de abandonar. Para mi alegría, Art y Rat dirigieron su Sony hacia aquel punto. Era evidente que sentían mi presencia. Pero no podían seguir con aquel enfoque. Eukene estaba a punto de comenzar su lectura.

—Francesco... —dijo en voz alta.

Empezó a leer. No podía impedir que lo hiciera.

Primera parte de la carta que Pedro escribió a Eukene

Me preguntaste por la religión, pidiéndome las razones del desprecio con que yo suelo hablar de ella. Permíteme este breve comentario, después de que el otro día viera con Ander y con Natalia *Francesco*, la película de Rossellini. Estas letras son un eco de lo que pensé durante la proyección.

Francesco está tumbado en el suelo, en un bosque, la noche es negra, en la oscuridad apenas si se ve su rosto, da la sensación de que la luz de la luna le llega de alguna parte e ilumina tristemente sus mejillas. «Dio», escuchamos. «Oh, Dio». Está rezando.

En la oscuridad, en el silencio —la oscuridad y el silencio parecen la misma cosa—, empieza a oírse el sonido de una campanilla. Es regular. Un paso, un tintineo.

Francesco se levanta y trata de averiguar quién viene. Pero está muy oscuro. La luna está en el cielo, pero las nubes la tapan. Se ve su aureola.

En el silencio, en la oscuridad, la sombra de alguien que se acerca caminando. Un paso, un tintineo.

La luna sale de entre las nubes y proyecta toda su luz en el camino del bosque. Hay más claridad. La sombra adquiere consistencia. Por un momento vemos sus facciones, porque se ha percatado de la presencia de Francesco y se ha detenido, atento. Si su mirada no fuera tan enfebrecida, pensaríamos que se trata de un payaso al que le han robado su ropa y viste con andrajos. Pero no. La blancura de su rostro es viscosa, su brillo es falso. Conocemos el título de ese capítulo de la película —«Come a notte Francesco pregando nella selva incontrò il lebbroso»—, y sabemos que quien camina en la soledad de la noche es, efectivamente, un leproso. Al parecer, la enfermedad ha afectado a sus mejillas. Basta ver las úlceras para sentir el olor a podrido de la carne. Además, cojea.

Francesco ha comprendido, es plenamente consciente de la situación, y empieza a lamentarse y a llorar: «Oh, Dio! Oh, Dio!». Marcha torpemente tras el leproso, alterado, como si no supiera qué hacer. Acaba por adelantarle y ponerse frente a él.

Vemos de nuevo el rostro del leproso. Mira con desconfianza a Francesco y, bruscamente, sigue adelante, cojeando, haciendo sonar la campanilla.

Me acuerdo ahora: los leprosos estaban obligados a avisar de su presencia. Se pensaba que la enfermedad era extremadamente contagiosa.

Eukene dejó de leer y acercó a su pecho las hojas de la carta, como si fueran pañuelos perfumados, objetos preciosos. Se volvió luego hacia el lado donde estaba colocado el piano eléctrico. Deli entendió el gesto y se puso a tocar «L'oreneta»; Luam, a cantar: «L'oreneta diu: jo me'n vaig molt lluny... No la sents piular des del teu finestró, frisosament?... Però tornarà, com torna cada any, les ales esteses, la nina eixerida... Però jo me'n vaig i no torno més, porto el teu esguard com una estrella al pit, calladament me'n vaig poc a poc, el bastó a la mà... Ai, adéu, fins a la mort! Ai amor, adéu!».

Aproveché la pausa musical para prestar atención a los pensamientos de los veintitrés seres materiales del círculo. ¿Qué les sugería el ambiente que había creado Eukene con su lectura y la canción? «¿Otra vez?», le había dicho ella a Pedro al ver que se disponía a poner de nuevo el disco de Emili Vendrell donde estaba incluida «L'oreneta». «Ya lo has puesto tres veces. ¿Pasa algo?». Pasaba que una llamada desde la masía de Tarragona le acababa de comunicar que Beatriu se había despedido del mundo escuchándola. Pedro respondió con una evasiva. No quiso compartir aquella noticia con Eukene. Pero Eukene entendió.

Miré a los coleccionistas. Al más joven «L'oreneta» le resultaba ajena, y desentendiéndose de ella, tenía en mente un documental sobre Eric Burdon. En un determinado momento el mánager le decía al cantante: «Un roquero vale más si está muerto». El vocalista de los Animals le plantaba cara: «No vuelvas a decir eso». El coleccionista joven sabía que, a veces, ocurría lo mismo con los pintores, porque después de muertos ya no pintaban más cuadros, como es natural, y los que llevaban firma subían de precio. ¿Sucedería eso con los cuadros de Pedro? El Museo Central de la costa solo tenía una pintura suya, y quizás fuera el momento de que comprara otra, para luego publicitar la operación en la prensa y en la televisión. Por otra parte, ¡qué bien vendría un premio *post mortem*! Hablaría del tema con alguien de la administración. Eukene podría ayudar, seguramente. Formar un jurado presidido por ella sería un gran paso. Aquella mujer impondría su punto de vista, no le cabía duda.

Los pensamientos del galerista eran una variante de los del coleccionista joven. Tenía ocho cuadros de Pedro, tres comprados en firme y cinco en depósito. ¿Le convenía comprar aquellos cinco? Tenía que ir con cuidado. Los ricos y sus descendientes eran cada vez más groseros, gente que, igual en el siglo xx que en el xxi, le hacía acordarse de los cerdos de Grosz. Allí mismo, en la costa, había mil viviendas de alto nivel, y no llegarían a cuarenta las que tenían un cuadro decente colgado en la pared.

El segundo coleccionista, el de más edad, se esforzaba en recordar. Tenía dos cuadros de Pedro, pero ¿figuraba alguna berza en ellos? No lo tenía en la memoria, y la ausencia le incomodaba. Pero no podía salir corriendo del cementerio para ir a casa a comprobarlo. Se resignó a su situación y trató de centrarse en la canción de Deli y Luam: «Però tornarà, com torna cada any, les ales esteses...».

Los pintores profesionales, Carmelo, Juan, escuchaban la canción sin esfuerzo, dejándose llevar, y lo mismo hacían otros tres seres materiales del círculo, el mecánico que llevaba la gorra Vintage Cycling KAS Team blanca, el representante de Amnistía Internacional y el director del Museo Central de la costa. En cuanto a Saulo, no atendía a la canción, ni a los árboles polirrojizos de alrededor, ni a las golondrinas del aire, porque necesitaba toda su atención para vigilar a Pepino. Aquel idiota no hacía sino frotarse las manos, como si las estuviera limpiando con agua y jabón, y cuando terminaba con aquel absurdo lavado empezaba a mover los pies y a golpear la tierra con el talón. Además hacía muecas formando con la cara diferentes cucurbitáceas. Pero Saulo no tenía de qué preocuparse. No habría escándalo. A Pepino la ceremonia se le estaba haciendo larga, y quería marcharse del cementerio de Arroa Goia. Eso era todo. Escuché su pensamiento: «Tengo hambre, por lo tanto es bastante tarde, por lo tanto si sigo aquí me perderé el funeral que esta tarde-noche ponen en la catedral, por lo tanto me voy». Se levantó de la silla y marchó hacia la puerta del cementerio dando grandes zancadas.

Leo, el pintor no profesional, reía para sus adentros. Había acudido a su mente el recuerdo de una anécdota que leyó en un libro de cine. Dos cómicos de edad muy avanzada acuden al entierro de un amigo. Después de la ceremonia, camino de la puerta del cementerio, uno de ellos le dice al otro: «¿Tú crees que nos merece la pena volver a casa?». Pensó que se lo iba a contar a Carmelo y a Juan, y se sintió mejor.

Natalia miraba a Ander. ¿Superaría el golpe que acababa de recibir con la muerte de Pedro? Lo mismo pensaba Isidora con respecto a Saulo. Saulo era un ser animoso, pero no andaba bien de salud, y lo que acababa de ocurrir lo había debilitado. En los meses siguientes andaría justo de ánimo.

«Lo están haciendo bien», pensó Petri. «Están a punto de acabar», pensó Alejandra. Eran conscientes de lo mucho que les había costado a Deli y a Luam preparar «L'oreneta», sobre todo por tener que interpretarla en una lengua que no hablaban. Pero, al final, lo habían hecho sin fallos. Podían estar tranquilos.

Me llegó el pensamiento de Hashim. Volvía a ver, en su memoria, la imagen del *lebbroso* de la película, el brillo de su rostro blanco.

Deli y Luam dieron por terminada la canción. El silencio se adueñó del cementerio, aunque de forma incompleta: las arañas que esperaban a los insectos con sus telas extendidas entre las hierbas no hacían ruido; tampoco las hormigas que caminaban por el suelo; sí, en cambio, las golondrinas que se movían por el aire. No habían entendido, claro está, lo que decía la canción: «No la sents piular des del teu finestró», pero parecía que sí, y que querían demostrar lo contrario. Silbaban continuamente, con fuerza, como si el quehacer de toda la jornada no las hubiera fatigado.

Eukene iba a seguir con la lectura de la carta de Pedro. Más tranquila ahora, con Pepino ausente. Todos los seres materiales sentados cerca estaban concentrados: Ander, Saulo, Petri y Alejandra miraban al suelo; Hashim, hacia arriba; Natalia, Isidora, Luam y Deli, hacia delante, pero sin ver nada concreto, ni siquiera —único cambio en el círculo— la silla que Pepino había dejado libre. La historia del leproso salió de nuevo al aire.

Segunda parte de la carta que
Pedro escribió a Eukene

... el leproso trata de huir de Francesco, pero este no le deja, y allí mismo, en aquel paraje donde no hay nadie, en medio de una oscuridad que la luna apenas aclara, trata de abrazarlo. En un primer momento, da la impresión de que el abrazo no se va a consumar, y que el enfermo lo va a rechazar por segunda vez; pero al final cede, hay aceptación. Los dos hombres se abrazan con fuerza. No hay palabras, la unión se produce de forma callada. El leproso sigue luego adelante, cojeando, la campanilla vuelve a sonar. Diez pasos después, se gira y mira a Francesco. Es la despedida.

Como te he dicho al principio, Eukene, escribo esta carta después de ver *Francesco* junto a Natalia y Ander. La del *lebbroso* es una de las estampas que Rossellini recogió en su película. Por lo visto, escribió el guion con Federico Fellini. Tonino Guerra no andaría lejos. François Truffaut la elogió sin reservas, y es normal, tenía esa sensibilidad, por eso filmó *L'enfant sauvage*.

Posdata: he mirado en el libro *Las florecillas de san Francisco*, y no aparece esa estampa. En el capítulo veintiséis, Francesco cura a un leproso. También aparece un leproso en el capítulo cuarenta y seis, pero el personaje principal es el «fratte Bentivoglia». Es posible que Rossellini se hiciera eco de una historia oral, redondeada por la sociedad campesina a fuerza de contarla una y otra vez, tal como redondea, y singulariza, las melodías que se cantan en las ceremonias de la iglesia. Otra posibilidad, que esa historia no pertenezca a las *Fioretti*, sino al libro *Vita di Frate Ginepro*, que yo no conozco.

¡Kra!, pensé, ¡kra! Como todos los líderes locales que trabajan para el Tirano, Eukene se aprovechaba de la situación, era una ventajista, una manipuladora, y utilizaba una carta personal, la reflexión de un momento aislado, para dibujar una imagen falsa de Pedro; para dejar entrever que también él, a su manera, había sido súbdito del Tirano, un ser material semejante a los agnósticos, sujetos tan cobardes como falsos.

Escucha, Eukene, si puedes: él no fue como tú pretendes hacernos creer. Pedro escribía esa clase de cartas para tranquilizarte y, de paso, demostrarte que no ocurría nada, ni dramático ni trágico, por dejar de lado la propaganda sobre la bondad del Tirano, su enorme máscara. Además, no lo puedes negar, el capellán Downey era de los vuestros, lo mismo que el hijo de Enola Gay Tibbets, igual que Robert, igual que todos, los que concibieron y parieron a Little Boy. Si me apuras, Harry no, Harry, The Cruel Champion, era seguidor de Luzbel; pero todos los demás, sí, en cuerpo y alma. Y si necesitas datos de lo que ocurrió en aquella ciudad japonesa, lee lo que escribió uno de los vuestros, Arrupe. Aquel soldado de Loyola estaba en el punto donde explotó Little Boy el día 6 de agosto de 1945, y, además de detalles, dio datos: 260.000 muertos, 50.000 de los cuales fueron niños pequeños, ya que, como dice la canción, eran las ocho y cuarto de la mañana, cuando todos los párvulos iban a la escuela; desaparecidos, 163.293. Así son las cosas, pero tú, Eukene, nos pones como *front man* a aquel Francesco que abrazó a un leproso.

Quise expresar mis pensamientos de forma que Eukene y los demás del círculo me oyeran, y lamenté, una vez más, la falta de voz. En ese aspecto, soy inferior a todos, incluso a Pepino.

Los pensamientos de Ander eran parecidos a los míos. Se acordaba de lo que un día les había comentado Pedro a él y a Saulo, mientras los tres paseaban por el malecón:

—He estado hablando con Eukene. Le preocupa mucho mi falta de fe. Ya sabéis, es una católica acérrima, y el único extraespacio que admite es el de Dios. Piensa que el resto de ítems caben en el espacio normal. Beatriu era lo contrario. Solo le interesaba el extraespacio.

Me encontraba cerca de ellos, y pensé: «El Tirano rebaja la capacidad imaginativa de sus súbditos, no sea que empiecen a tener dudas».

De alguna manera, Pedro recogió la idea:

—¡No sé cómo una mujer tan inteligente como ella puede ser tan cerrada! Quizás no tenga desarrolladas todas las potencias de su mente. La imaginación, por ejemplo.

—Es posible que a mí me pase lo mismo —dijo Saulo.

—Más que posible —rio Ander.

Art y Rat dirigieron su Sony hacia la parte alta de la puerta del cementerio, porque allí se acababa de posar el carbonero con sus cuatro colores, amarillo, verde, blanco y negro. Pero no era fácil filmar al pájaro, no se paraba quieto.

Una atmósfera dulce se extendió en el cementerio después de que Eukene leyera la carta. Los veintidós seres materiales que aún seguían en círculo empezaron a dedicarse sonrisas puras y a darse besos, abrazos, apretones de manos, una escena similar a la que había tenido lugar veinticinco años antes en aquel mismo sitio, el día que Ander y Pedro conocieron a Petri y bromearon con Saulo a cuenta del ajedrez («¿Qué tal, Karpov?»)... ¡Y qué miradas aquel día de Aura a Ander! Porque Ander era en aquella época un ser material bello, más aún con la camiseta Basoko Mari... ¡Y qué tristeza Pedro al darse cuenta de que los restos orgánicos de la bolsa de plástico eran de José Manuel Ibar Azpiazu! («Primero fue Manuel. Luego le hicieron una máscara y se convirtió en Urtain. Pero la máscara resultó ser demasiado grande, y su peso lo tiró al suelo»...).

¡Y qué recuerdos de la época en que los dos hacían guantes en un gimnasio de Madrid! Era amor, amor entre seres materiales, y yo, Uzariel, igual entonces que ahora, estaba fuera, despreciado. Más ahora que antes, si cabe, porque el único ser material que a veces recibía mis mensajes, Pedro, iba camino de convertirse en mineral.

Ander tomó la palabra:

—Si alguien quiere decir algo, adelante. Si no, lo dejamos aquí.

Nadie hizo ademán.

—Bien. Ahora, una cosa. En el aparcamiento de delante del cementerio el restaurante Elizalde Mountain ha puesto una carpa. Los camareros nos servirán un piscolabis.

Se enfadó consigo mismo. ¿Cómo podía utilizar una palabra como «piscolabis»? «Hoy no estoy en voz», solía decir en ciertas circunstancias Blas de Otero, uno de los amigos de Pedro en la época de Madrid. Lo mismo le pasaba a él en aquel momento.

—Vayamos al aparcamiento y bebamos algo en honor a Pedro —continuó tras una pausa—. Comamos algo, también. El catering del Elizalde Mountain es muy bueno. Fue deseo de Pedro. No quería lamentos, quería una fiesta.

«Me expreso horrorosamente», pensó.

El recuerdo de las palabras de Blas de Otero reavivó mi angustia. Yo nunca estaba en voz. No podía hablar. En consecuencia, sobraba en aquella celebración. Tendría que quedarme al margen, no solo aquel día, sino durante todo el tiempo que tuviera que permanecer en el molino, ciento veinte años, según me había dicho Semiyazza. «¿Cuántos años tendré que estar solo, Semiyazza?». «Ciento veinte, pongamos».

«No debería obsesionarme con la falta de voz. Y tampoco con la soledad», me dije.

«¡Tampoco con la soledad, kra!», repetí. Como diría Azazel, «¡Joder! ¡Ya vale de voces y soledades!».

Tenía que aceptarlo y ser fuerte. Después de haberme acercado tanto a un ser material como Pedro, no había camino de vuelta para mí, no podría integrarme de nuevo en el grupo de los grigoris. Serían mil doscientos años de soledad, o doce mil, no solo ciento veinte.

Ascendí en el aire, y conté, mientras subía, el número de golondrinas que volaban por encima del cementerio, treinta y dos, y seguí subiendo hasta que tuve delante de mí la luna, que todavía no era amarilla, sino del color del humo. Parecía tranquila, indiferente incluso, sin miedo al eclipse que pronto iba a sufrir. Así era yo antes, cuando era un verdadero grigori.

Descendí a tierra, más calmado, y vi enseguida, de pie junto a la carpa que el restaurante Elizalde Mountain había instalado en el aparcamiento, a los veintidós seres materiales del círculo que hasta entonces habían estado sentados en torno a la tumba de Pedro. Moviéndose entre ellos, tres camareros latinoamericanos ofrecían jamón, croquetas, patés y tortillas, y también vino Remelluri de la cosecha de 2037. Por turnos, mientras comían y bebían, los veintidós del círculo hablaban entre ellos con energía, casi alegres: «Pedro solo tiene un cuadro en el museo, ¿verdad? ¿No debería tener otro? Carmelo, Juan, Zumeta, Gentz del Valle, Lazkano, Azpilicueta, Aliseda, Jiggy, todos ellos tienen al menos dos». «Sí, lo incluiré en el programa de 2043, a ver si el Gobierno no nos reduce la ayuda, ya sabes que están pensando en poner un nuevo sistema de seguridad en toda la costa, y eso será mucho dinero, a ver si queda algo para comprar cuadros. Ya veremos, ya veremos». «Pedro fue un artista comprometido. De vez en cuando venía Ander y me traía una aportación suya». «También ayudaba a Amnistía. Cuando el Kra-Power llevó a Guantánamo IV a los diez mil de Vermont, se implicó mucho». «Practicaba la caridad. En ese sentido, era un ejemplo para los católicos. Para mí también». «Usted ha dicho que las flores no son como las berzas, porque no se pueden comer, y que lo mismo pasa con las capuchinas. Pero no es verdad. El otro día hicimos una ensalada de capuchinas en la escuela». «Es cierto lo que dices, pero en la época de Manolo Hugué no lo sabían». «A Manolo Hugué lo que le gustaba era el pan». «A mí también». «¿Y las croquetas?». «Las croquetas me gustan lo que más. El paté, no tanto. El vino, nada. A mí hermana, tampoco». «Pues este Remelluri está buenísimo. Lo que vosotros no queráis lo beberemos Juan y yo». «Me ha impresionado lo que Pedro escribió sobre la película de Rossellini. Recuerdo que la vieron en casa, pero ese día Petri, Alejandra y yo nos fuimos a una ceremonia en memoria de nuestro otro hermano, Sabah, que murió cuando aún era niño. Me ha impresionado, sobre todo, el color blanco viscoso de la cara del *lebbroso*, consecuencia de las secreciones de la carne podrida. Me ha traído a la memoria un cuento de un escritor del siglo pasado. Trataba de un rey que obligaba a sus súbditos a llevar siempre una máscara, no me acuerdo del título». «No, tampoco me viene a la memoria. ¿Tú te acuerdas?». «Perfectamente. Pero no tengo mérito. Hace muy poco hicimos una exposición de máscaras, y pusimos una de oro». «¡Ah, sí! *¡El rey de la máscara de oro!*». «Ahora mismo no me viene el nombre del autor». «Tampoco a mí. Ya se sabe, con la vejez se pierde la memoria». «Prefiero vino blanco, gracias». «No, yo no quiero alcohol. Tengo que volver a Madrid esta misma noche». «¿Marcel Svevo?».

«¡Marcel Schwob!», exclamé.

«Perdonad que me meta en la conversación. El autor fue Marcel Schwob. Tenemos intención de hacer un vídeo que titularemos "Máscara y enfermedad"».

Me alegré al oír aquello. Art y Rat recibían mis mensajes. Confirmé la impresión que había tenido instantes antes en el cementerio. Aquellos dos seres materiales jóvenes podrían, quizás, ocupar el lugar de Pedro.

El cielo iba cambiando. En su superficie se veían ahora manchas redondas, nubes en forma de media espiral, líneas onduladas; secreciones celestes de colores cálidos, malvas, verdes, y rojos (Pantone Rubine Red).

«¡El cielo de Van Gogh!», pensé.

Recordé lo que Pedro le había contado a Aura veinticinco años antes, cuando ambos iban en el Volkswagen Polo GTI al restaurante Antera. Las monjas del hospital donde estuvo internado Van Gogh no le daban ningún valor a su pintura. La consideraban «caca de golondrina».

Recordé asimismo lo que se dijeron a continuación:

—Quinientos mil euros —dijo Pedro.

—Eres un cabrón. Has hablado con Saulo.

—¿Qué querías? ¿Que me enfrentara solo a una mujer implacable como tú?

—¿Quién te ha dicho que soy una mujer implacable?

—Lo sé por experiencia. Con Ander quizás no serías tan implacable.

—No voy a tomar en cuenta ese comentario.

—Mejor. No he estado muy inspirado.

«En cierto modo, Eukene fue una ayuda para Pedro», pensé. «No consiguió que se olvidara de Beatriu, pero lo apartó de Aura».

Carmelo, Juan y Leo (tres pintores, sumando profesionales y no profesionales) estaban de nuevo en el cementerio. Caminaban lentamente, Leo ayudándose de un bastón, hacia el lugar donde se habían transformado Franki y Guillermo. Unos minutos después se encontraban junto al panteón, observando los bonsáis.

—¿Qué clase de pino es?, ¿*insignis*?

— No, no. Son de la especie *pinus halepensis*.

—¿También sabes de esto, Leo?

—Cuando trabajas en la fundación de un banco acabas aprendiendo de todo. Lo que no haces es pintar. Como sabéis, soy un artista fracasado.

—Nosotros, lo que se dice pintar, ya pintamos. Lo que no hacemos es vender. No es difícil pintar un cuadro, lo difícil es venderlo. Pedro era una excepción. Vendía bien.

—Cuando yo era el responsable, la fundación compraba bastante. Luego pusieron de director a uno de esos yanqui-yuppies, y ahí se fastidió la cosa.

—¿Qué pone ahí? No lo veo bien.

Carmelo se puso las gafas y acercó la cabeza al muro del panteón.

—«Capone»... ¿Y aquí? ¿Qué pone aquí?

—«Bomba».

—Ah, sí: «Poned aquí una bomba». ¿Y aquí? ¡Joder! Tengo que darme una vuelta por la óptica.

—Pone «Hijos de puta». Y en la línea de abajo: «¿Qué culpa tenía la madre?». Yo los ojos los tengo bien. Algo sorprendente después de todos los años que pasé trabajando en el banco. Las piernas, en cambio, cada vez peor.

—Yo no he traído bombas. ¿Tú, Carmelo?

—Yo tampoco, Juan.

—Entonces, aquí no pintamos nada, valga la expresión. Volvamos a comer una croqueta en esa carpa del aparcamiento. Supongo que habrán dejado alguna.

—Con tal de que quede vino, yo conforme.

—Yo he bebido chacolí. Ese Etxaniz-Get está muy bueno. Cuando trabajaba en el banco no bebía chacolí, porque me daba sueño. Ahora, en cambio, muchas veces.

Como siempre que el estómago se hace dueño de la conversación, la de Carmelo, Juan y Leo se volvió aburrida, acediosa: «Bla, bla..., bla, bla, bla, aquí en nuestra costa el chacolí tiene mucha tradición, bla, bla pero también en Bizkaia hay buen chacolí bla, bla, bla. ¿Y en Araba? El de Araba no está nada mal bla, bla, bla... A ver si ha quedado alguna croqueta, yo tengo un aparato digestivo infantil y las croquetas me encantan bla, bla, bla...».

—Tomad la delantera, por favor. Si seguimos a mi velocidad para cuando lleguemos no quedará nada —dijo Leo.

No aceptaron la sugerencia y continuaron juntos. Marchaban por la calle central, entre tumbas. Las dos torrecitas cónicas blancas de la carpa del Elizalde Mountain sobresalían tras el muro del cementerio. Me temí lo peor. Lo más probable era que aquellos tres seres materiales se pusieran a hablar de tortillas, «la de setas es buena, pero la de jamón quizás sea mejor, bla, bla, aunque la clásica de patatas es a veces insuperable, bla, bla, con cebolla o sin cebolla, esa es la cuestión, bla, bla, bla».

Afortunadamente, Juan cambió de tema, y desacedió el ambiente:

—«¿Qué culpa tiene la madre?», decía el grafiti, pero sin especificar. ¿La madre de quién no tenía culpa, Leo? ¿La de Franki o la de Guillermo?

—Hubo un rumor en torno a la madre de Guillermo. Que fue amante de Urtain y tal y cual. ¡Para Guillermo fue una cosa jodida! Jodida de aguantar, quiero decir. No jodida de joder.

«¡Bravo! Parece que este ser material se anima», pensé. Carmelo y Juan se rieron con una pureza del 90 %. El alcohol del Remelluri 2037 sembraba alegría en sus venas.

—El rumor se extendió en la época en que yo trabajaba en el banco. Decían que por ese asunto se fue a pique la tienda de fotografía que tenía la familia. Sin mucha razón, creo. Los líos de esa familia venían de antes. Desde el día en que el viejo Guillermo se suicidó. No superó lo ocurrido a su buey. Se llamaba Jaun aquel buey.

El pintor no profesional, Leo, empezó a dar explicaciones sobre el caso, pero su momento dinámico ya había pasado. Lo hizo de forma vacilante, con circunloquios, en la forma acediosa que le caracterizaba. Carmelo y Juan se pusieron un tanto nerviosos por miedo a perder la última croqueta y el último vino.

—Ya nos contarás la historia del buey mientras tomamos algo —le dijo Carmelo tomándolo del brazo y ayudándole a caminar.

—Hablar del buey es hablar de las fotografías de Guillermo, y de los negocios que luego hizo con Franki precisamente con las fotografías. Pero sí, mejor, ya os lo contaré cuando estemos sentados.

El 70 % de los seres materiales que había acudido al entierro de Pedro seguía en el aparcamiento, aunque en grupillos dispersos, alejados un tanto de la carpa del Elizalde Mountain. Carmelo pidió dos remelluris, uno para él y otro para Juan, y un Etxaniz-Get para Leo. Un camarero les acercó tres sillas.

—Se está mejor sentado —dijo Leo. Luego continuó con su historia—: Guillermo, cuando era joven, o bien podríamos decir niño, porque a veces no es fácil diferenciar ambas etapas, eso depende de la cultura de cada nación, pues tenía una gran afición a la fotografía, una obsesión podríamos decir, algo bastante lógico si tenemos en cuenta que pertenecía a una familia que regentaba una tienda de fotografía, una tienda, por cierto, con bastante nivel de negocio. Y, aunque suene a broma, su primer modelo fue el buey, Jaun. Naturalmente, luego se fijó en otros modelos, en otras, habría que decir, en femenino, sobre todo después de que Franki y él se hicieran amigos, amigos o hermanos, porque funcionaban prácticamente como hermanos. Fijaos ahora, los dos están en el mismo panteón...

Me desentendí de lo que oía. No quería escuchar las acediosas palabras de Leo, tanto menos por cuanto conocía el asunto desde que, cincuenta años antes, había recibido en el molino el informe azazeliano sobre la relación entre Guillermo y Franki y sus negocios con las fotografías. Estaba algo mejor que el que me había informado del modo en que Guillermo se convirtió en «el rey de los bonos», sin circunloquios ni pamplinas.

LAS FOTOGRAFÍAS. HERMANDAD ENTRE
GUILLERMO Y FRANKI
Informe de un azazeliano, recordado por Uzariel en las
inmediaciones de la carpa del Elizalde Mountain

El chico ese Guillermo siempre llevaba fotos del buey
Jaun en la maleta de la escuela y se las enseñaba a sus compañeros cada vez que podía muchas veces estaba Orgulloso
de que su Abuelo tuviera un Animal tan Enorme en el
Molino, un ser material mamífero de mil doscientos kilo-
gramos y más orgulloso aún de las fotografías que sacaba
con su cámara canon lens, con qué precisión las sacaba, y
en una de ellas Primer Plano de Jaun se veía con claridad
un moscón azulado, una Caliphora vomitoria en la frente
del buey, y Franki se metió con él y le dijo ¿esto es lo que
querías sacar?, ¿una cosa tan fea? Y el buey también es muy
feo, calla idiota, yo idiota y tú cabrón, y entonces los dos
empezaron a darse de hostias, hostia por aquí hostia por
allá, los dos empezaron a sangrar por la nariz y Entonces
dijo Franki oye ya que los dos estamos sangrando por qué
no hacemos un Juramento de Sangre ahora mismo y nos
convertimos en socios para toda la vida y le respondió
Guillermo me parece bien porque si tú y yo nos unimos
seremos los Putos Amos y dominaremos a todos, de acuerdo Guillermo, y ahora te voy a proponer nuestro primer
negocio, tú técnico y yo promotor: trae la canon a la escuela y si alguien nos pide una foto nosotros negativa, de primeras respuesta negativa, revelar una foto cuesta un hue-
vo, y si Luego se nos acerca una Tía Buena, a ella que sí,
pero que mejor que un retrato una foto en un charco de la
playa con el objeto de que se suba las faldas y enseñe los
muslos, y le hacemos dos fotos, una para ella en plan souve-
nir y otra para nosotros para el álbum, y si un día nos toca
alguna chica un poco tonta le pedimos que se ponga en
cueros como las artistas. Y ya te traeré yo alguna de las Revistas Pornográficas que tiene mi padre en casa para que

aprendan a posar, y luego se las ofrecemos a los Hombres Maduros y ya verás: ganaremos dinerillo. Pensándolo mejor no haremos dos fotos haremos más, Franki hagamos enseguida el Juramento de Sangre, creo que los dos vamos a hacer buenos negocios, viva nosotros, viva la legión.

Los Campeones nunca dejan de ser Campeones y Franki y Guillermo pronto se dieron cuenta que lo de las fotos de las chicas desnudas no era tan buen negocio porque a los seres materiales maduros les daba miedo hacerse con aquellas fotos crudas por las cuestiones legales, tiene cojones ¡kra! y de allí en adelante Guillermo solo sacaba fotos a las chicas que andaban por la playa en bikini y le decía Franki aprovecha cuando salen del agua y están mojadas en plan erótico para que los maduros se hagan pajas por un precio módico, y Guillermo hacía diez copias de cada foto en el laboratorio del sótano de la tienda, una para la modelo, otra para el álbum, y ocho para vender, y se vendían como rosquillas ¡up! ¡up! ¡up!, y una de aquellas noches cuando estaba en el laboratorio de revelar, o rebelar, que nunca me acuerdo de cómo se dice, pues Guillermo le llamó a Franki, oye Franki, ven corriendo al laboratorio, Urtain y otros de su cuadrilla le han llevado a la muerte al buey Jaun y hay un follón de la hostia Ahí Arriba, y Ahí arriba era el piso donde él vivía con sus padres, primero estaba el sótano, encima del sótano la tienda, y encima de la tienda el piso, y vino Franki corriendo y se pusieron los dos con la oreja pegada a la puerta aunque no hacía falta por los gritos que daban dentro y le decía el padre de Guillermo a su padre, o sea, al viejo Guillermo, cómo puede ser que hayas querido enterrar al buey en la hoya del río para que se vaya pudriendo allí en lugar de vendérselo a un Carnicero, él lo hubiera sacado de la hoya, y además nos hubiera dado un dinero Y Por Otra Parte habríamos pedido una indemnización a Urtain y a esa gente y entonces la madre de Guillermo: No digas nada en contra de Urtain, Urtain no ha tenido ninguna culpa, ¿ah, no? ¿Y quién te lo ha dicho? ¿Él? Y si ha sido él, ¿a ti qué te importa? Callad de una vez, para eso has ido en mi busca, cría cuervos que te sacarán los ojos, llévame enseguida al Molino, ¡kra! ¡kra! ¡kra! ¡kra! pidió el viejo, es decir, el abuelo del joven Guillermo llorando gritando suspirando, fue una gozada ver aquello, entonces Franki, un campeón de verdad le dijo a su Hermano de Sangre Guillermo: no tienes a mano una foto de Jaun no aquella con el moscón Caliphora vomitoria sino una bonita un primer plano tierno pues tráela pronto y dásela al viejo diciéndole esto para ti abuelo para que la guardes como recuerdo de tu bello animal, y dices eso y te vas corriendo, ya verás, y verás qué buena operación con esta gente de otros tiempos hay que actuar así, y qué Clarividencia, qué Clarividencia la de Franki, no tan poderosa como la nuestra pero extraordinaria, y se cumplió lo que él decía, fue una operación buena de verdad, el viejo se suicidó de allí a poco y el Molino se lo dejó en herencia a su nieto al joven Guillermo, y pasaron unos años y Franki y él abrieron un pub, y les iba de puta madre, y luego abrieron un prostíbulo, y mejor aún, les iba de primerísima, y Franki le decía a veces a Guillermo, en las ocasiones especiales, en la cena de la víspera de navidad, después de beber una botella entera de champán, ay Tirolés, Tirolés, tendrías que estar agradecido a Urtain, te dio el Molino a cambio del buey, No le odio por eso, Franki, es por mi madre, ya sabes ella como muchas otras en el mundo era una putona y quería que Urtain la follara como solo pueden follar los forzudos, y se burlaba de mi padre, ¡kra! lo torturaba le decía contigo la Marilyn de verdad sería frígida, y luego cuando mi padre también se suicidó la gente decía, todas las ratas chismosas decían que lo llevaba en la sangre, que también el Abuelo se había suicidado después de lo de Jaun, pero nada de eso, yo llevo la sangre de ellos y sí, me quiero Suicidar pero tomando Vodka con lima, con eso y con las rayitas, No empieces a filosofar Tirolés, querido Tirolés, un amiguito me ha pasado una información, por lo visto hay una gente que tiene la intención de poner una bomba en nuestro pub, pero no pongas esa cara, nosotros no estaremos dentro, y después de la bomba, a ver si la ponen pronto, seremos ciudadanos honorables, seguro que nos dan una medalla al mérito, y a vivir, no me mires con esa carita, Tirolés, un abrazo hermanito. Guillermo sabía que cuando Franki empezaba con diminutivos, lo mejor era dejarle en paz, y lo abrazó, los dos se abrazaron, estaban unidos por un juramento de sangre, estaban juntos para todo, como dos legionarios.

Sentado bajo la carpa del Elizalde Mountain, Leo seguía con su explicación. Carmelo y Juan lo escuchaban aburridos.

—Claro, eso es lo que pasaba, que a los bueyes les daban anfetaminas, y no solo a los bueyes, un día habrá que escribir la historia de nuestro deporte, es posible que más de uno tenga que ir a la televisión y decir que sí al igual que Lance Armstrong ante la pregunta de Oprah Winfrey: «Sí, me dopé, me drogué, fui un tramposo, un deportista corrupto, lo confieso...».

Hashim, Luam y Deli estaban junto a él, tranquilos, disfrutando de la paz que se había extendido en el aire tras el entierro de Pedro. A ellos no les molestaban los circunloquios de Leo.

Miré hacia los seres materiales que formaban grupillos en el aparcamiento: Isidora, Natalia, Alejandra y Eukene en uno de los lados, cada una con su cerveza 0,0; Petri y el mecánico que llevaba la gorra Vintage Cycling KAS Team, cerca de ellas, sin tomar nada; Art y Rat algo aparte, mirando hacia donde yo estaba, aun cuando el tema de su conversación no era yo, mi presencia, ni la de las golondrinas, sino las formas geométricas de las nubes del cielo, que en ese momento ya eran granates o de color esmeralda, manchas desvaídas o borrosas, de contornos difuminados, pinturas al pastel sobre las que se hubiese pasado un paño.

—¿Te gusta ese *sfumato*? —dijo Art.

—Es perfecto —Rat.

Me asusté, de pronto. ¿Dónde estaban Ander y Saulo? No los veía ni dentro ni fuera de la carpa del Elizalde Mountain. ¡Kra! ¿Dónde estaban?

Solo fue un instante. Vi que los dos caminaban hacia el punto A de Urtain, Saulo con la espalda encorvada, Ander ayudándose del bastón de caña. Me situé enseguida junto a ellos, atento a su conversación:

—Pedro y yo hicimos este camino el día que vaciasteis la tumba de Urtain.

—Sí, fue el día del entierro de Guillermo. No sé si te acuerdas. Franki lo despidió cantando «Manda rosas a Sandra».

—Cantó «Manda rosas a Sandra» y luego puso en duda la versión del accidente de Guillermo. Ese día conocí yo el molino. Todavía me acuerdo de la angustia que le entró a Aura cuando vio el guante de látex en la butaca de la sala.

—Señal de que alguien había andado husmeando. Acuérdate del olor a la gomina de Franki en el servicio.

—De lo que más me acuerdo es de las luces de la segunda planta. Eran como las de una discoteca. Un disparate. Cuando se lo comenté a Natalia, no se lo creía: «Ander, ¿seguro que no estuviste en una discoteca de verdad?».

Estaban en el último tramo de la cuesta, y por un rato, durante dieciocho segundos exactamente, permanecieron en silencio. Al igual que veinticinco años antes, los pájaros pasaban de un lado del camino al otro buscando un lugar donde descansar; a lo lejos, los montes polirrojizos tenían rasgos metálicos (Pantone 20-0063 TPM Bronzer).

—Has leído la confesión, supongo —dijo Saulo.

Aquel era otro tema. No un recuerdo de veinticinco años antes, sino la referencia a la carta de la que Pedro les había hablado en el hospital. La había titulado, precisamente, «Confesión».

Ander asintió.

—No ha dejado nada fuera.

Ander asintió de nuevo.

—No sé qué deberíamos hacer.

—Yo tampoco.

—Nadie conoce la carta. Solo nosotros dos.

«En eso te equivocas, Saulo», pensé. «Conozco la carta línea a línea. Yo se la inspiré a Pedro».

—Tenemos que analizar la cuestión con cuidado.

—Consúltalo con Natalia, si te parece. Lo digo porque es abogada.

Los dos sonrieron: pureza, 20 %. Muy por debajo de su media. Estaban preocupados.

—No sé si conviene que la guardemos. Como diría Pedro, dentro de poco la luna nos buscará en balde.

—Es mejor que la cosa quede entre nosotros.

Estaban en lo alto de la pendiente, cerca ya del punto A de Urtain.

—Estoy jodido, Saulo. Me cuesta creer que ya no veremos más a Pedro.

—Todos estamos jodidos. Petri y Hashim lo han sentido muchísimo.

Reparé en lo que estaban pensando. Como si se hubiesen puesto de acuerdo, la mente de ambos se había trasladado a la habitación 501 del hospital, a lo que vieron y oyeron allí dos días antes, 25 de septiembre, la víspera de la última transformación de Pedro.

—Escuchadme bien, amigos. Tengo que daros una información —había dicho Pedro—. Mirad, en mi habitación del molino hay dos carpetas. En el primer cajón de la mesilla de noche. En una de ellas encontraréis un par de cartas que escribí a Eukene y que se quedaron sin mandar. Se las dais, por favor. En la otra carpeta...

Pedro cerró los ojos y permaneció unos instantes callado. Estaba muy débil.

—La otra carpeta contiene una memoria.

Volvió a cerrar los ojos, pero los abrió enseguida.

—La he titulado «Confesión». Hay dos copias, una para cada uno. Tranquilos, no es un regalo envenenado.

Sonrió con una pureza del 80 %, pero con muy poca intensidad.

—¿Aparecemos nosotros? —preguntó Ander.

—Cómo no.

—¿Alguna sorpresa?

«Por supuesto que sí», pensé yo.

Pedro asintió. Ander celebró la respuesta con un aplauso callado.

—¡Estupendo! Esa confesión tuya me vendrá muy bien para ahuyentar la acedía que siento en esta última revuelta del camino.

«Acedía». También Ander había aprendido la palabra.

—Espero que hayas incluido algún crimen. Si no hay crímenes, Ander se aburre —dijo Saulo.

—No soy el único en el mundo. Según dijo la televisión el otro día, se han presentado setecientos mil originales al premio Bezos Black Star Superglobal de novela negra, con un total de dos millones ochocientos cincuenta mil crímenes a resolver.

Pedro cerró los ojos.

—¿Queréis que os cuente un chiste? A Beatriu le hacía mucha gracia.

—Adelante —respondieron Ander y Saulo a la vez.

—Os lo contaré en mi mal catalán. Es un tendero, un *botiguer*. Está en el hospital, en las últimas. No es capaz de abrir los ojos, como yo ahora, y pregunta: «Es que estás aquí, meu fill Pere?». «Si, pare, jo soc aquí». «Y tu, el meu fill Joan, es que estás aquí?». «Si, pare, jo també soc aquí». «¿Y tu, Cirici?». «Si, pare, soc aquí». «Enton, quí está a la tenda?!».

Las risas llenaron el aire de la habitación 501. Justo en ese instante, entró una enfermera.

—¿Qué les has contado, Pedro? —preguntó en tono alegre. No hubo respuesta. Pedro se había dormido.

Confesión
Carta a Ander y Saulo

Leí en un libro de Kipling lo que le ocurrió después de que se marchara a vivir a una mansión de los Estados Unidos. Todo eran desgracias y problemas. Él atribuía todos los males a un espíritu hindú cuyo nombre, muy largo, de unas quince sílabas, no recuerdo, pero que al parecer era de la clase de los residenciales, es decir, de los que viven adscritos a un edificio. Bastó que se mudara a otro lugar para que su suerte cambiara.

Al principio de comprar el molino temí que, al igual que Kipling, tendría que enfrentarme con algún fantasma similar, tan cenizo como el hindú. Han pasado años desde aquel 2017, pero os acordaréis, supongo, de aquellos comienzos. Nada más empezar con las labores de limpieza, justo al día siguiente de la compra, estábamos llevando las cosas que nos sobraban al container —Petri y Hashim, el Cristo de Dalí; tú, Ander, *El ángelus* de Millet; yo, la foto grünewaldiana de Urtain— cuando apareció la policía. Venían bastantes, en tres coches eléctricos: del primero bajaron cuatro seres materiales; del segundo, dos; del tercero, dos seres materiales más y el perro, un labrador *retriever*.

—Vienen en busca de droga —dijiste tú, Ander.

Pensé que estarías en lo cierto. Al cabo, no hay en nuestro entorno nadie que lea tantas novelas policiacas como tú, y sabes mucho de crímenes. Bajaste la voz y nos informaste de que los labradores *retriever* son los perros favoritos de la policía cuando se trata de buscar droga.

El policía al mando vino directamente donde mí. No por mi aspecto de nuevo propietario, sino porque habían pasado ya por la inmobiliaria y Aura les había dado la información. Ya sabéis: «Lo reconocerán enseguida. Se trata de un tipo alto, fuerte, bien parecido, con una calvicie que le hace aún más interesante, etcétera».

—Dejen los cuadros en el suelo, por favor —dijo.

Apareciste tú, Saulo. Te habías ido a la parte trasera del container, porque para esa época ya tenías problemas con la próstata y estabas obligado a hacer una decena de micciones al día.

—Muéstrenos la orden de registro, si no le importa —exigiste. El hecho de ser dueño de una empresa de construcción te da autoridad y, en general, la utilizas bien.

El jefe de policía sacó un teléfono móvil de gama alta del bolsillo de su chaleco acolchado, y puso la pantalla frente a tus ojos.

—Como ya sabrá, ahora no es como antes. No se necesita una orden particular del juez. Basta con una general.

Ander, tú actuaste con prudencia:

—El propietario tiene derecho a ser testigo del registro.

Al jefe de policía no le incomodó la petición.

—Si no les importa aburrirse, adelante. Esto llevará su tiempo.

Estuvieron tres horas dentro del molino. Además del labrador *retriever* se valieron de un robot, y lo revisaron todo, lo de arriba y lo de abajo, totalmente concentrados y sin asombrarse de nada, ni siquiera al ver los biombos y los sofás de la segunda planta. Únicamente reaccionaron al examinar el Change Room, cuando vieron las bragas negras Yummy Waterfly en un gancho del colgador.

Uno de los policías se rio:

—¿Un recuerdo? —dijo.

—Hemos preguntado en todas partes, pero aún no hemos dado con la posible propietaria —le respondí.

Soltó una carcajada. Sus compañeros también se rieron. No hay como decir cosas groseras para que las autoridades se alegren.

—¿Vamos a dejarlas ahí? —preguntaste tú, Saulo, cuando los policías se marcharon a escudriñar otros rincones del molino.

—Ya las retiraremos cuando acabemos la obra —respondí—. Mientras tanto, que sigan ahí como recordatorio de la vida que antiguamente tenía este edificio.

A ti, Saulo, la idea te pareció una tontería. O quizás no, quizás percibiste que la visión de las bragas negras me había turbado, mejor sería decir «galvanizado», y que deseaba dejarlas allí. Pero no abriste la boca. Tú, Ander, dijiste en broma:

—A mí me parece bien. Normalmente, al acabar una obra se pone un ramo de laurel en el tejado, pero nosotros pondremos las bragas. Hay que renovar la tradición.

Cuando la policía dio fin al registro y salimos fuera, sonó mi teléfono. Era Aura.

—¿Qué? ¿Han encontrado la cocaína? —dijo.

—Dos sacos.

—Ya se lo dije al jefe de policía. Que no iban a encontrar nada que no estuviera en el inventario.

—Perdona, Aura, pero yo creo en los tesoros y todavía no he perdido la esperanza. Y lo mismo Ander. Está seguro de que acabaremos encontrando alguna cosa. Ya sabes cómo es.

—No, no lo sé. No me ha dado la oportunidad de conocerle.

La respuesta me pareció un golpe bajo. En más de un sentido. Era evidente, Ander, que tú eras su preferido, pero aquella verdad no llegaba al fondo de mi conciencia y aprovechaba cualquier oportunidad para atraerla. Sin éxito, como sabéis. Como decía Alejandra, tú la cortejas y ella te da cortes.

Todos teníamos en mente la posibilidad de que el tesoro que se guardaba en el molino fuera una droga cara como la cocaína, pero, así lo pensé luego, fueron las circunstancias las que nos llevaron a esa hipótesis. Las circunstancias: Franki, Bob y Press. Percibimos su presencia ya la primera vez que entramos en el molino, el perfume de la gomina de Franki en el baño y el guante de látex olvidado en la butaca de la sala, y, aunque no los conocíamos mucho, ya nos imaginábamos qué clase de seres materiales eran. La forma en que murió Guillermo también nos ponía sobre esa pista, porque todo el mundo sabe —y no solo los que leen novela negra, como Ander— que quienes andan metidos en la mafia de las drogas acaban teniendo accidentes raros.

Aquellas hipótesis fueron perdiendo fuerza. Por una parte, no apareció aceite en la muestra que recogimos de las ruedas de la Lambretta, y eso indicaba —tal como yo defendí desde el principio, perdonadme la arrogancia— que, efectivamente, se había tratado de un accidente. Si bebes, y además tienes la nariz espolvoreada con cocaína, no conduzcas. Por otro lado, un registro como el que habíamos presenciado, con perro y robot, tenía que haber dado algún resultado. Y no hubo tal. La hipótesis de la droga también era errónea. No obstante, tenía que haber algún otro tesoro en el molino. Muy bien guardado, lejos del alcance de perros, robots, policías y mafiosos. Guardado en una habitación secreta del molino, para decirlo con más claridad.

Decidimos actuar como las cuadrillas que salen en busca de un ser material perdido en el bosque, repartiéndonos la tarea y tomando cada cual su sendero. Petri, Hashim y tú, Saulo, aprovecharíais vuestros trabajos de albañilería para examinar a fondo el molino y tratar de descubrir el escondrijo que el viejo Guillermo, o algún antepasado suyo en la época de las Guerras Carlistas, hubiera podido construir allí. Por nuestra parte, Ander y yo «saldríamos a pasear por la costa» con el objeto de recabar cualquier información relacionada con el molino. Particularmente, pensé incluso en preguntar a Aura si disponía del historial de las obras que se habían hecho en la vivienda, pero por aquellos días conocí a Eukene, y me pareció mejor preguntárselo a ella. Por su trabajo de secretaria del Ayuntamiento, tenía fácil acceso al catastro, y poseía mejor información.

Los primeros pasos fueron inútiles, supongo que os acordáis. Pasó una semana, y tú, Saulo, andabas siempre con cara de mala uva.

—En la zona del garaje no hay huecos. En la de la cocina, tampoco. Yo pensaba que sí, porque lo normal es que los escondrijos estén en la planta baja, como sótanos de doble fondo. Petri y Hashim pensaban igual, porque así pasa también en Albania. Los búnkeres, arriba en el monte, y los escondrijos, en los sótanos. Pero nada.

Por nuestra parte, tampoco avanzamos mucho. Ander, tú acudiste donde el *hairdresser* Bob con la excusa de cortarte el pelo, pero lo único que trajiste a la vuelta fue el dolor de cabeza que te provocó su bla, bla, bla sobre el hipismo. La revisión del catastro también fue frustrante. El molino estuvo en manos de la familia del viejo Guillermo hasta el día en que el banco se lo quitó al Tirolés. Con todo, Eukene nos dio una buena información. Relativa al campo de la psicología, podríamos decir. Al parecer, el viejo Guillermo recibió un golpe anímico muy fuerte cuando perdió el buey; por el buey mismo, pero también debido a la bronca que, por una cuestión económica, siguió a la muerte del animal. El Tirolés heredó el molino a causa de aquella riña, porque el viejo Guillermo desheredó a su propio hijo en su favor. Eukene, como no podía ser de otra manera, puntualizó la explicación en su estilo:

—Luego hizo algo que un cristiano nunca debería hacer. Se suicidó. Como Judas, pero sin tener la culpa de aquel traidor. Además, enseñó el camino a su hijo, que también acabó suicidándose. Imperdonable.

Como sabéis, Eukene es muy severa a veces. Aquel día, yo le contradije:

—¿No predica vuestra Iglesia la necesidad del perdón? ¿Por qué no perdonar al suicida?

Ella contratacó:

—¿Cómo sabes tú lo que predican los católicos? ¿Vas alguna vez a la iglesia?

—Tienes razón, Eukene. Me callo.

Una decisión sensata, por mi parte. Si le contara todo lo que pienso se enfadaría conmigo de verdad.

—No creo que el escondrijo esté en la primera planta —dijo Petri en una de las comidas que hacíamos al aire libre, en la mesa grande que pusimos en el umbral del molino.

Lo diré de paso: ¡qué hermosos eran aquellos momentos, cuando todos nos sentábamos tranquilos y bebíamos sidra, y comíamos el queso albanés que Hashim calentaba en el horno! ¡Qué bien lo pasábamos! ¡Mejor que ahora! Yo sí, al menos, porque desde que enfermé no me dejan comer nada salado, ni siquiera el queso albanés de Hashim.

—Yo no he tirado a la basura todas las fotografías de Guillermo. Me he quedado con aquella de las fiestas que colgaba en la pared de la sala —dijiste tú aquel día, Ander, llevando la conversación a otro terreno.

Sacaste de debajo de la mesa un cuadrito de unos 18 × 25 cm y lo pusiste sobre la mesa, en un gesto que me recordó el de los titiriteros que hacían juegos de manos en las calles de Aviñón. Enmarcaba una fotografía coloreada que al menos yo casi había olvidado: una pandilla de amigos que fumaba puros y bebía cubalibres en vasos de plástico.

—¿Quién es este? —te preguntó a ti, Saulo, señalando a uno de los seres materiales de la fotografía.

Se trataba del que vestía un chándal. Llevaba una cruz cristiana colgando del cuello y, además, una medalla deportiva, redonda y dorada. Estaba de pie junto al trío que formaban Franki, Guillermo y Bob.

—Se me hace conocida la cara —respondiste, ajustándote las gafas y mirando de cerca la fotografía.

Se te acercó Hashim. Miró él también y nos sorprendió a todos:

—Es Albizu, el mecánico.

—¿Lo conoces?

—Cada dos por tres me arregla la Velosolex.

Tú, Saulo, casi diste un grito.

—¡Es verdad! Corrió en el equipo Kas, y ganó algunas carreras. Forma parte del grupo de cristianos de Eukene.

—Es muy *bukur*—dijo Hashim.

En aquella época, Hashim llamaba *bukur* a todos los seres materiales agradables. La lengua de su país de origen seguía viva en él.

Como quizás recuerdes, Ander, los dos fuimos al taller de Albizu con la excusa de una revisión de la Lambretta. Llevamos con nosotros la fotografía coloreada de las fiestas y, nada más encontrarnos con él, citamos el nombre de Hashim para que nos ubicara y no se mostrara desconfiado. No hubo necesidad de muchos prolegómenos. Enseguida entramos en materia.

—De modo que tú eres el nuevo propietario del molino —dijo Albizu, mirándome a los ojos—. Espero que no le des el uso que le daba Guillermo.

Se refería a las orgías, claro. Su gesto y su forma de hablar eran los de un hombre serio, poco dado a las efusiones. Me pareció, además, un hombre humilde: en las paredes del taller apenas si había recuerdos de su época de ciclista profesional. Solo un cartel del equipo Kas del año 1978 y un retrato suyo de cuando era joven, subido a una bicicleta, con la camiseta del Kas, sin gorra.

—Los mafiosos de la costa —añadió, tomando en la mano la fotografía que le habíamos llevado. Señaló con el dedo a Guillermo—: Este se volvió loco.

Lo que Albizu explicó a continuación me ayudó a entender un par de cuestiones relacionadas con Guillermo. La presencia de la fotografía grünewaldiana en la escalera del molino y su intento de romper la lápida de Urtain el mismo día del entierro.

—Guillermo era muy religioso de joven, un fanático. Llevaba siempre una imagen de la Virgen cosida en la ropa. Un día que le pregunté sobre su relación con Franki me respondió diciendo que intentaba llevarle al buen camino. Pero las cosas cambiaron cuando se difundió el rumor de que su madre iba al hotel de Urtain con las bragas en la mano. Por lo que contaron, al principio no quiso creérselo, pero luego, un día, encontró una foto en la mesilla de noche de su madre, aquella famosa en la que Urtain aparecía subido a una báscula sin más ropa que un slip blanco, y se le fue la cabeza.

—Seguramente no era verdad —le dije yo.

—Lo de que las mujeres iban a su habitación con las bragas en la mano lo decía todo el mundo. El mismo Urtain habló de ello en una entrevista en la televisión. En cualquier caso, ¿qué importa? La cuestión es que Guillermo se lo creyó, y que a partir de entonces se convirtió en el Tirolés. Quería matar a Urtain. Y yo me pregunto: ¿qué culpa tenía Urtain? Ninguna. Pero así son las cosas. El loco no es capaz de seguir el rastro de la verdad.

En su forma de expresarse, incluso en su carácter, Albizu se parecía mucho a Eukene.

Tú, Ander, siempre pensaste que la muerte de Guillermo fue un asesinato, relacionado además con el asunto de las orgías y con el escondrijo, y antes de salir del taller volviste a insistir en ese punto. En el trío de amigos, el papel de Franki estaba claro: él era el Capone de la costa. Pero los otros dos, Bob, Press, ¿qué papel tenían?

—Según he oído, era Bob el que se encargaba de reclutar gente para las orgías —dijiste a Albizu.

—Eso no lo sé. A mí no me lo propuso nunca.

La sonrisa que en aquel momento mostraba Albizu era de una pureza del 90 %.

Ander, tú le preguntaste por Press, y él lo definió con una sola palabra:

—Es un mierda.

Señaló la Lambretta.

—Llevadla al molino. Ya sé que no le pasa nada. Y llevaos también la fotografía. No me hace falta.

Albizu no era un cualquiera. Dicho sea de paso, he observado que los cristianos de ahora, quizás por estar en minoría, se plantan ante el mundo con más firmeza que los de antes.

Albizu nos habló de la fotografía que la madre de Guillermo guardaba en la mesilla de noche, y eso me da pie para dar comienzo a la parte más difícil de mi confesión. Ya sabéis lo que escribió Rousseau en *Les Confessions*: «Ce n'est pas ce qui est criminel qui coûte le plus à dire, c'est ce qui est ridicule et honteux». Es verdad: cuesta mucho más confesar las cosas ridículas y vergonzosas que las maldades cometidas. Ahora mismo, tengo dudas sobre si debo seguir o no. Pero es necesario, la verdad está en los detalles.

No fuiste tú, Ander, el único que se guardó alguna de las fotografías de la sala. Tú, la de las fiestas; yo, las de la playa. Ya os acordaréis, las chicas saliendo del agua en bikini, con los pezones marcados en la tela. Imaginad la situación. Por una parte, la necesidad de tomar Olmesartán, algo parecido a tomar bromuro, y la consecuencia: ausencia de erecciones, falta de capacidad sexual. Por otra parte, la libido más arriba que nunca.

Es odiosa la manía que tiene la naturaleza de jugar a su favor, tratando a toda costa de perdurar, de expandirse: un ratón, veinte crías al mes; una mosca, cien en un solo día; nosotros, si las circunstancias nos ayudaran, quinientos seres materiales al año. Una tremenda multiplicación. Esa fuerza —a la que bien podríamos llamar *élan vital*— acaba con todos los frenos. Al principio, yo creía que la pintura, no el teatro pero sí la pintura, quedaba fuera de los empujones básicos de la materia y que, al cabo, los pinceles me permitirían seguir viviendo como un niño. Pero no. Me equivocaba.

Poco después de que guardara la fotografía de las chicas en bikini, en la época en que vosotros buscabais el escondrijo, Petri vio hormigas en la zona del Tina Corner y, al estar yo cerca, hojeando catálogos de muebles sentado en un sofá, me llamó para que fuera a verlas, por nada en especial, solo para que observara el fenómeno. Las hormigas, en caravana, pasaban por detrás del mostrador y desaparecían en la base de la estantería de las bebidas. Había allí, a ras del suelo, unas cuantas botellas de Bénédictine, una de ellas abierta. Pensé entonces que algo de la sustancia del licor se habría derramado en el suelo, y que las hormigas —«probablemente alcohólicas», dijo Petri— trataban de succionarlo. Se agachó Petri, apartó las botellas, pasó el dedo aquí y allí, lo remiró todo con la linterna del teléfono, y levantó las cejas asombrado:

—Las hormigas pasan al otro lado.

Pensé de inmediato que acabábamos de desvelar el secreto que llevábamos tiempo persiguiendo. El escondrijo del molino debía estar forzosamente detrás de la estantería de las bebidas. Saulo, tú te sorprendiste cuando te lo contamos, porque ya habías examinado toda la zona del Tina Corner, sacando las botellas de la estantería y repasándolo todo por si había algún artilugio escondido o algún pestillo, y no habías visto nada sospechoso; pero cuando supiste lo de las hormigas, subiste a la segunda planta, tomaste las medidas del Tina Corner, luego las del Change Room, y te pusiste furioso.

—Efectivamente, está aquí. Hay un espacio de cinco o seis metros cuadrados ahí detrás. No sé cómo no me di cuenta.

Nos pusimos eufóricos. Tú, Ander, diste un mal pago a los inocentes insectos. Cogiste una escoba y deshiciste la caravana de hormigas (Francesco no te lo hubiera perdonado). Hashim y Petri bajaron las botellas y las amontonaron en el mostrador.

—Por lo que parece, la gente que anduvo por aquí prefería el vodka al ron —dijo Hashim con la sonrisa de costumbre.

Las botellas de la marca Smirnoff eran cuatro veces más que las de ron Cacique.

Volvimos a examinar la estantería, esta vez con linternas potentes, en busca de alguna manija disimulada o de un pulsador. Nada de nada. Nuestra sorpresa fue a más.

—¿Qué dijiste que hicieron aquellos de Aviñón que querían encontrar el tesoro de Carlomagno? —me preguntaste con sorna, Saulo.

—Tiraron las paredes a base de picachón.

—Estamos de suerte. Ahora mismo hay unos martillos neumáticos buenísimos.

Nos dimos un plazo de quince días. Si no encontrábamos una manera de entrar en el escondrijo recurriríamos al martillo neumático. El destrozo lo podíamos hacer nosotros, sin compartir el secreto con nadie. Te teníamos a ti, Saulo, experto en tirar paredes.

Ander, Saulo, todo lo que he referido hasta ahora ya lo sabíais. No con los detalles precisos, quizás, porque ha pasado mucho tiempo, pero lo sabíais. Es posible, además, que algunos hechos los recordéis vosotros mejor que yo. Sin embargo, ignoráis completamente lo que os voy a contar a continuación, en la segunda parte de esta carta. En la medida de lo posible, lo haré sin reservas, a pesar de que, de nuevo, algunos hechos os parecerán *honteux*.

No tuvimos que esperar quince días. Fui yo el que, contra todo pronóstico, encontró la forma de entrar en el escondrijo limpiamente, sin tener que romper paredes. Ya os acordaréis, no había cena de amigos en la que yo no hiciera broma con lo de mi descubrimiento («Los artistas somos listos. ¡Muy listos!»). Os daré ahora los detalles de cómo sucedió.

Hacía tiempo que las fotografías de las chicas en bikini que tenía en mi habitación no me resultaban excitantes. Pero la naturaleza, por decirlo así, seguía insistiendo. Una noche, poco después de que las hormigas nos mostraran el camino al escondrijo, me desperté de pronto con la imagen de aquellas bragas negras Yummy Waterfly que colgaban en el Change Room. Coincidió que aquel día, por olvido, no había tomado mi pastilla de Olmesartán, lo que ayudó a que, por primera vez en mucho tiempo, tuviera una erección. Mi excitación fue a más cuando pensé, o imaginé, que aquellas bragas estaban usadas y sin lavar. Tuve ganas de levantarme de la cama y de ir a buscarlas, pero resistí la tentación y traté de conciliar el sueño. No lo conseguí, y lamenté no tener a mano las gotas de Sedonat que tomaba Aura para relajarse. En ese momento, la naturaleza me tendió otra de sus trampas, trayéndome a la memoria un libro que me había regalado Beatriu, las memorias de Adamov, y lo que en sus páginas contaba aquel autor teatral sobre su fetichismo: nunca se iba a la cama sin antes besar y abrazar una veintena de zapatos de mujer, única manera de que luego pudiera conciliar el sueño. De modo que, fueran zapatos o fueran bragas, no era una cosa tan rara. Me levanté y fui al Change Room. Encendí la luz, alargué la mano para coger las bragas del colgador, y el gancho se movió, como si no estuviera bien fijado. Me extrañó, porque era metálico, y parecía firme. Tiré de él para comprobar si, efectivamente, estaba mal colocado. Suavemente, con bragas y todo, el gancho cedió y se separó de la pared unos diez centímetros. Me puse alerta. No sucedió nada. Observé los ganchos del colgador. Eran diez, el que había cedido era el sexto de la fila. Tiré del primero. Nada. Tiré del segundo. Nada. Tiré del tercero, y cedió, se separó diez centímetros de la pared. El cuarto, el quinto, el séptimo y el octavo estaban bien sujetos. Tiré del noveno y, enseguida, en cuanto se movió, sentí un sonido similar al que hacen las puertas de un ascensor al abrirse, y al mismo tiempo un tintineo de botellas. Salí del Change Room y me acerqué al mostrador del Tina Corner. La estantería de las botellas estaban ahora divididas en dos partes, con un espacio vacío entre ambas de aproximadamente 2,10 × 0,60 m.

Encendí la lámpara de encima del mostrador; luego, la bombilla del escondrijo. En el suelo había una golondrina muerta, con el pecho y el pico tocando el suelo. Las hormigas subían y bajaban por sus alas, ciegas, enloquecidas, empujadas a ello por la necesidad de subsistir, la segunda fuerza más poderosa de la naturaleza. En un primer momento, el escondrijo me pareció una minioficina, *un bureau petit et mignon*; cuando miré mejor, una minioficina y un estudio de fotografía. Si el ordenador, las carpetas, los sobres, las cubetas de plástico, los líquidos de revelado hubiesen sido mini, habría pensado en un lugar de juguete; pero no, los objetos eran normales. Entre el ala del tejado y el muro de piedra había un hueco de unos ocho centímetros. La golondrina había entrado por allí, y luego no supo salir. No era una de las que vivían en el garaje. Había visto a las ocho aquel mismo día.

Os informé del hallazgo al día siguiente, aunque con mentira de por medio, diciéndoos que el insomnio no me dejaba dormir, y que, dándole vueltas al asunto, había llegado a la conclusión de que las bragas negras del colgador eran una señal, y que de ahí había venido todo. Vosotros aceptasteis la versión («Hay que reconocerlo, Pedro es el más listo de nosotros», dijiste tú, Ander), y yo acepté vuestros elogios. Luego, subimos los tres a la segunda planta y nos sentamos en un sofá para analizar el contenido de las carpetas. «Mirad, la bacanal de Rubens», comenté ante una de las fotografías, particularmente grotesca.

Todas las imágenes provenían de las orgías celebradas en la segunda planta. Como recordaréis, se veía de todo, *fellatios*, penetraciones, ítems sexuales diversos, y lo peor de todo, algunos seres materiales más feos que yo bailando desnudos en la alfombra ABBA Dancing Queen. No faltaban los primeros planos. Al parecer, Guillermo siempre llevaba consigo su cámara mini-mini, y tomaba las fotos sin problema ninguno, debido a que las luces tipo discoteca disimulaban los flashes de la máquina.

Saulo, tú enseguida identificaste a algunos de los protagonistas de las estampas. Todos gente con posibles, un conocido empresario de la costa entre ellos. Lo señalaste con el dedo:

—¡Un tesoro para cualquier chantajista! ¡Cuánto habrá pagado este por sus fotos! ¡Cuánto habrán pagado los demás!

—Lo que no se sabe es si la entrada era con invitación —me burlé.

—Estos dos no la necesitarían. Las ventajas de los seguratas —dijiste tú, Ander, enseñándonos la fotografía en la que Bob y Press aparecían en el mostrador del Tina Corner con una bebida en la mano. Para entonces ya habías adquirido la costumbre de visitar el taller de Albizu sin necesidad de excusa, y tenías la información: Bob y Press se encargaban de que nadie se desmandara en las orgías, no solo del reclutamiento de los seres materiales que asistían a ellas. Se hablaba de que siempre tenían una pistola a mano, pero a Albizu le parecía un rumor peliculero. «A los folladores no les convienen los follones», te dijo. Un juego de palabras que nunca esperarías de un exciclista católico al modo de Eukene.

—Franki no aparece en las fotografías. Eso indica algo —dijiste tú, Saulo, y estuvimos un rato hablando de aquella ausencia.

—Este material le vendría de perlas a Franki, le permitiría seguir con el negocio del chantaje durante años. Por eso vino a registrar el molino nada más morir Guillermo —dijo uno de nosotros, no recuerdo quién.

La hipótesis parecía correcta, pero en aquel momento no la tomamos en cuenta. Teníamos otros quehaceres más urgentes. Había que limpiar el escondrijo: quemar las carpetas, las cartas, los papeles y, antes que nada, las fotografías. El ordenador lo tiraríamos a la basura después de romperlo, porque, además —ya hicimos algún intento—, desconocíamos la clave de acceso y nos resultaba inservible. Lo único que guardé de todo lo que había en el escondrijo fue el instrumental para revelar fotografías.

Ander, tú no estuviste del todo de acuerdo. Querías conservar algunas imágenes. Sobre todo la del grupo de los que bailaban desnudos en la alfombra ABBA Dancing Queen.

—Cualquiera de los que aparece aquí podría ser el asesino —dijiste, tras lamentar que no hubiese aparecido aceite en las ruedas de la Lambretta.

—Cualquiera no, Ander —corregiste tú, Saulo—. Entre las mujeres hay de todo. Algunas de ellas son profesionales.

—En cualquier caso, yo sigo con la hipótesis del asesinato. Según la información que te dio Isidora, Guillermo salió del club a las tres y media de la madrugada, y fue a las seis cuando se dio la noticia del accidente. Hay una brecha de tiempo ahí. Ya hablamos de eso.

Creo que tú, Saulo, te enfadaste un poco cuando Ander sacó a relucir el nombre de Isidora nada más referirte a las profesionales que acudían a las orgías del molino, pero no dijiste nada y pasaste a leernos algunas de las misivas que Guillermo enviaba junto con las fotografías. Eran ejemplos insuperables de cinismo. En todas ellas se hablaba de «bonos»: «Le envío este bono con la seguridad de que me lo comprará a precio de mercado. Si necesitara más no dude en pedírnoslos, porque aún quedan bastantes, todos a buen recaudo. Uno de nuestros agentes se pondrá en contacto con usted a fin de resolver los asuntos pecuniarios».

Veinticuatro horas después volvimos a analizar la situación. Como recordaréis, asumí la responsabilidad de destruir todo el material encontrado en el escondrijo, las pruebas del polichantaje.

—A veces no queda otro remedio que moverse por el extra-espacio.

Vosotros me respondisteis un poco en burla:

—No se lo digas a Eukene. La conocemos poco, pero no parece que las cosas del extraespacio le vayan a gustar mucho.

—Le diré que he enterrado la golondrina muerta. Algunas cosas del extraespacio sí le gustan.

¿Qué otra cosa podíamos hacer con las pruebas del polichantaje? ¿Recurrir al espacio estrictamente legal y llenar el molino de policías? ¿Con qué utilidad? Guillermo estaba muerto, y Franki era un mafioso con muchas conexiones en todas las esferas. No era una buena opción, los tres lo sabíamos.

—Me gustaría quedarme con una de las misivas. Por tener un recuerdo.

Fue tu petición, Ander. A Saulo y a mí nos pareció bien.

Estoy seguro de que, hasta este punto, mi confesión no os habrá resultado del todo sorprendente, porque también vosotros tomasteis parte en la búsqueda del escondrijo y en todo lo que siguió. Pero, perdonadme, amigos (o, como diría Alejandra «perdonadme, muchachos queridos»), hay cosas que nunca os he contado y vosotros no sabéis. Por esa razón, debo seguir con las explicaciones y dar fe de toda la verdad, aun cuando para ello, nuevamente, tenga que confesar algunas cosas que son *ridicules et honteuses*.

El día que encontré el escondrijo no me acosté enseguida, sino que me senté en un sofá y empecé a mirar las carpetas una a una. Pronto, tras abrir la segunda, me topé con una serie de fotos de Aura. En una de ellas aparecía tumbada en un sofá, como una maja desnuda; en varias, agarrando la verga de un ser material; en otras más, follando con diferentes seres materiales. Confieso ahora lo más vergonzoso: cogí aquella carpeta y me la llevé al dormitorio. Para la ciega fuerza de la naturaleza, las fotos de Aura eran mucho más excitantes que las bragas negras o las imágenes de las muchachas en la playa. Aquella en que se mostraba como una maja desnuda, en especial. La foto tenía calidad. Aparte de todo, el Tirolés era un profesional.

Un punto quedaba claro ahora. ¿Por qué no quería Aura que el molino pasara a manos de Franki? Pues, evidentemente, porque Franki y sus secuaces podrían actuar como los que buscaban el tesoro de Carlomagno, y no parar hasta dar con el escondrijo y las carpetas. Esta posibilidad la aterraba. Por esa razón pude yo comprar el molino a buen precio, no por los reparos que pudiera tener el banco ante un posible prostíbulo. Los cuentos, cuentos son.

Empecé a dormir mal. Mis acciones anteriores habían sido quizás *honteuses*, pero lo de guardar las fotografías de Aura me ponía en un plano similar al del Tirolés o al del mismo Millet. Porque Millet —el de Cadaqués tenía razón en este punto— pintó a la mujer de *El ángelus* como una mantis y al hombre en actitud sumisa con la intención de sugerir una escena de amor caníbal, aunque luego se la vendiera a la Iglesia, y a los feligreses, como una escena piadosa. ¡Cosas veredes!

Mi insomnio fue a más, y volví a acordarme del somnífero que solía tomar Aura. Sedonat. Miré en la red en busca de información, y supe que no se necesitaba receta médica para obtenerlo en las farmacias. Me llamó la atención una de las características del medicamento: «Debe tenerse en cuenta que las bebidas alcohólicas acentúan el efecto de Sedonat, y que su mezcla puede afectar seriamente a la conducción de vehículos».

Fue como si todas las luces de mi mente se me hubieran iluminado de golpe, ¡flash! ¡flash! ¡flash! ¡flash!...

Ander, Saulo, voy a contaros ahora cómo terminó aquel episodio, aunque sin explicar en detalle todos los vaivenes que mi ánimo sufrió en ese periodo. Ya está bien de detalles, ya os he dado todos los que os hacían falta y más. Además, supongo, ya imagináis qué sucedió.

Llamé por teléfono a Aura y le pedí una cita en la oficina. «Quiero entregarte unos documentos», le dije. Al otro lado del teléfono, ella se puso *en garde*. No hizo ningún comentario en el sentido de que, para la inmobiliaria, la venta del molino estaba cerrada y no necesitaba ningún otro papel. Yo creo que adivinó de qué se trataba. Cogí su carpeta, y pedí a Petri que me acercara a la inmobiliaria en la Lambretta.

Eran las ocho de la tarde cuando llegué. Aura me había citado a esa hora. A primera vista, parecía que la oficina estaba vacía, o mejor, que todos los empleados se habían marchado dejando una luz encendida.

—¡Adelante! —escuché nada más abrir la puerta. Las cámaras de vigilancia delataban mi presencia.

Aura estaba en su despacho, sentada muy derecha, y en un primer momento, quizás porque seguía con Millet en la mente, me pareció que su postura era la de una mantis, los codos apoyados en la mesa, las dos manos unidas frente a la boca como si estuviera rezando en silencio, un poco apagado el brillo de su pelo corto y dorado; en un segundo momento, al estar su mesa casi completamente vacía, sin papeles, sin ordenador, sin su paquete de Winston, solo con una lámpara de luz suave, su figura me recordó a la de una vidente dispuesta a echar las cartas del tarot. Observé su rostro en busca de algún signo de inquietud o de miedo, pero su espíritu había traspasado aquellos sentimientos y lo único que expresaban sus ojos verdes era laxitud. De encontrarse Eukene en su lugar, habría dicho: *Consummatum est*.

Aura mantuvo un momento la misma postura. Luego, se quitó de la muñeca su bonito reloj Certina Lady y lo posó en la mesa con mucho cuidado, como si fuera un objeto frágil. Se preguntaba qué le diría, y cómo se lo diría. El silencio circulaba por la oficina como una corriente de aire. En el despacho donde estábamos se volvía más intenso.

—El inventario de las cosas del molino no era exhaustivo. Faltaban una serie de ítems. Te los he traído. Son para ti.

No hizo ademán de moverse. Abrí la carpeta y le puse delante las fotografías. En primer plano, visible, aquella en la que aparecía en un sofá como una maja desnuda; la última, debajo de todo el montón, la que me parecía más procaz.

Aura permaneció impasible, con la mirada puesta en el reloj Certina Lady, sin aparente interés por las fotografías. La falta de movimiento, lo que podríamos llamar «hieratismo coreográfico», no me afectó. Tenía en mente su negativa a aceptarme como amante, una idea a la que había dado muchas vueltas en las noches que siguieron al descubrimiento del escondrijo, y la agresividad que me provocaba aquel desprecio (tan orgullosa conmigo, tan servil con los mafiosos) me daba fuerzas para aguantar la presión. Digo «agresividad», no «odio». Según Eukene, son cosas distintas la agresividad y el odio. Dejémoslo así.

Terminé pronto el quehacer que me había llevado a la oficina de la inmobiliaria. Jaque mate en dos movimientos. El primero ya estaba dado. Di comienzo al segundo.

—Te diré cómo ocurrió, Aura. Corrígeme, si me equivoco. Guillermo te chantajeaba con estas fotos. La noche en que iba a morir, salió del club a las tres y media de la madrugada y se fue directamente a tu casa con el objeto de recoger su premio. Por tu parte, tenías Sedonat en un cajón de la mesilla.

Aura abandonó su postura lentamente, como una mantis enferma, y metió el montón de fotografías en la carpeta. Me fijé en su rostro: bajo su pelo corto de color dorado, la frente, la nariz, los pómulos, brillaban de sudor. Volvió a unir sus manos frente a la boca y se puso a hablar bajo, con desgana, como quien recita una oración que le aburre.

—Guillermo me chantajeaba con total tranquilidad, como si fuera la cosa más normal del mundo. Como si

verdaderamente se tratara de un asunto de bonos bancarios. Entró en casa y me pidió una cerveza. Para entonces,
ya iba bastante cargado de vodka. «Solo tengo las de gusto
a frambuesa», le dije. «Tráeme esa porquería». Entonces
me vino la idea. No antes. Pensé que la frambuesa disimu-
laría el sabor del Sedonat. Naturalmente, sabía que el alcohol potencia los efectos del somnífero.

—Yo también. Lo pone en el prospecto.

—¿También tú tomas Sedonat? ¿No te basta con el
gimnasio?

—Últimamente voy poco al gimnasio.

—Le puse unas treinta gotas. Por eso se durmió en la
Lambretta.

Me levanté. Ella no cambió su postura de mantis, pero
me miró atenta.

—Más que por eso, por el cansancio —dije—. Debemos considerar la muerte del Tirolés como un accidente.

Aura se removió en su asiento. Volví a ver sus ojos verdes. Bajó los brazos y puso las manos sobre la carpeta.

—No hay más fotografías —dije—. Todas están des-
truidas. Y el ordenador, también. Aunque le vendiera el
molino a Franki no encontraría nada. Pero no se lo voy a
vender. Estoy muy contento en el molino.

—Me alegro.

POSDATA A LA CARTA DE PEDRO. QUEJA
Escrito de Uzariel

En la época en que aún faltaba un año para el comienzo
de su definitiva transformación, Pedro salía con frecuencia
a caminar por la orilla del río, pues su corazón, aunque
débil, le permitía ascender las pendientes suaves, doscientos pasos, trescientos, cuatrocientos. Yo le seguía con la
atención puesta en sus reflexiones, por ver si se acordaba
de mí y me dedicaba algún momento. Pero no. Repasaba su

vida y en ella aparecían Ander y Saulo, Petri, Alejandra, Luam, Deli y Hashim; Natalia, Isidora, Beatriu, Eukene y Albizu; Guillermo, Franki, Press, Bob y Aura; pero yo no aparecía.

Aura tenía un lugar central en sus repasos mentales. Se acordaba de la forma en que se habían despedido en la inmobiliaria, ella en postura de mantis detrás de la mesa de su despacho, él de pie, tapando la puerta con su cuerpo (1,85 m; 94 kg), con las manos en los bolsillos, no en la zona del pene como el alelado campesino de *El ángelus* de Millet.

—Una última cosa, Aura. Esta zona de la costa no te conviene. Deberías marcharte.

—*Persona non grata* —dijo ella con una sonrisa cuya pureza no llegaba al 5 %.

—Yo creo que seis meses te bastarán para preparar el traslado.

—Me sobran. He comprado un piso en Madrid, en el barrio de Argüelles. Una ganga. Ventajas de trabajar en una inmobiliaria.

Esta vez, la sonrisa de Aura llegó al 60 %. Pero solo fue un momento.

—Pensaba que Ander era el más listo. Pero, al final, has sido tú el que ha descubierto el secreto.

Bajó los ojos y los fijó en el reloj Certina Lady. No estaba del todo tranquila. Le quedaba una duda: ¿cómo había llegado a la verdad aquel ser material que tenía delante?, ¿fue el único en investigar? La luz de la lámpara resaltaba el color dorado de su pelo. Pedro amagó una sonrisa:

—Ander es más listo que yo. Y Saulo no digamos. Pero a ellos no les acompañó la suerte y a mí sí. Tuve una inspiración y encontré la clave del escondrijo gracias a unas bragas de la marca Yummy Waterfly. A partir de ahí, todo fue fácil.

La debilidad del corazón de Pedro afectaba a su cerebro, y los pensamientos que acudían a su mente durante los paseítos por la orilla del río solían carecer de intensidad. Bastaba que la corriente del agua chocara con alguna piedra, o que, en algún salto, cogiera velocidad, para que su sonido me impidiera oír lo que estaba recordando, o los términos de sus reflexiones. Cuando ocurría aquello, mi deseo me llevaba a creer en mentiras. La más grande: que Pedro, justo en aquellos lapsos en que no le oía bien, pensaba en mí y reconocía la ayuda que le había dado: «Hablé de suerte y de inspiración al explicar a Ander y a Saulo mi descubrimiento del escondrijo, pero debería reconocer que el inspirador fue un ser inmaterial que se llama Uzariel. Por otra parte, cuando defendí ante Ander la hipótesis del accidente, declaré que había llegado a esa conclusión gracias a mi buen sentido, pero sé muy bien que, también aquella vez, el inspirador fue Uzariel. Más aún: fue él quien me hizo saber que Guillermo había tratado de romper la lápida de Urtain. Igualmente, los cambios que he observado en mi forma de expresarme, lo de utilizar términos como "ser material" o "polichantaje", así como las onomatopeyas ¡up! ¡up! y ¡flash! ¡flash! ¡flash!, tienen su origen en nuestra estrecha relación, ya que, gracias a la telepatía, el espíritu de Uzariel y el mío se han mezclado como el aire en el aire. Aunque, si lo pienso bien, nuestros espíritus estaban fusionados desde antes, como lo demuestra el odio que ambos sentimos hacia los servidores del Tirano. Esto no lo aceptaría Eukene, pero es verdad».

«Debería reconocer que el inspirador fue un ser inmaterial, pongamos que se llama Uzariel», «por otra parte», «más aún»... ¡tonterías, kra!, ¡ganas de creer en mentirijillas, kra!. No, Pedro no me siente. Mejor dicho: me siente, recibe algunos de mis mensajes, pero si le dijeran que se los envía el río, o esa luna de ahí arriba, lo creería igual, es decir, cero.

Lo acepto: cuando Semiyazza, Azazel y Batraele desaparecieron para siempre, me sobrevino la soledad, porque, aun siendo insufribles, aquellos grigoris hacían ruido, y el ruido, el mero ruido, hace compañía y nos empuja a vivir. Con todo, la soledad que me afecta ahora, en vísperas de la última transformación de Pedro, es mayor. Desaparecerá sin siquiera sospechar de mi existencia. ¿Y qué sucederá entonces? Tengo a veces la impresión de que Art y Rat son dos seres materiales próximos. Pero no sé. Quizás no consiga nada. Es más que probable que también ellos me ignoren. Hace tiempo, en la época en que me movía con Semiyazza y los demás compañeros de la escuadra, los éxitos de los seres inmateriales eran continuos, y yo era testigo de ellos. Me creía entonces uno de los dueños del universo. Bastó sin embargo que me juntara con Pedro para caer en la cuenta de las limitaciones de un grigori *mi-cuit* como yo. Además, estoy muy disminuido. Estuve a punto de no darme cuenta de lo que faltaba en el inventario, la relación de los objetos que Guillermo había guardado en el escondrijo. Y lo del Sedonat, lo de que Aura había puesto gotas de aquel somnífero en la cerveza sabor frambuesa, y que, por lo tanto, el accidente solo había sido tal a medias, ni siquiera lo vislumbré. Sabía que me estaba transformando, pero no que ello me acarrearía, poco a poco, pero fatalmente, la pérdida total de mi clarividencia. Y a cambio, ¿qué? Nada. Los seres materiales carecen de clarividencia, pero tienen voz. No es mi caso.

Protestaré de nuevo: ¡no tengo voz, kra! Cuando Pedro salía a pasear por la orilla del río, la corriente del agua lo llamaba, y él escuchaba las invocaciones, dirigía su mirada hacia el recoveco donde dormían las truchas, o hacia la presa sobre la que volaba una libélula; lo llamaban igualmente los alisos y otros seres materiales vegetales con su murmullo, y él levantaba la cabeza hacia las hojas. Ocasionalmente, acudía un pajarillo a beber, generalmente una lavandera, y él le hacía una foto con el teléfono que siempre llevaba consigo a petición de Alejandra. Luego, cuando regresaba al molino y entraba en el garaje, las golondrinas comenzaban a moverse en el cable o a revolotear, y él las saludaba, incluso con la mano. Muy por el contrario, yo, Uzariel, incapaz de emitir sonidos comprensibles, condenado a esa forma de comunicación imperfecta que el mismo Pedro llamaba «telepatía», no lograba atraer su atención. Me acordaba a veces de lo que le sucedió a la sirena que deseaba abandonar el fondo del mar para ponerse a vivir entre los seres materiales. Consiguió su deseo, pero a cambio de perder la voz. Ella, que se distinguía por el canto, padeció un castigo demasiado duro. Yo tuve ese castigo desde el principio.

Finis coronat opus. Después de la ceremonia del entierro, el cementerio de Arroa Goia volvió a su ser. Silencio y aire, aire y silencio, allí no había más. El terreno quedó libre para los gatos, saltamontes, arañas, lagartijas, lombrices, serpientes y demás seres materiales inferiores. En el aparcamiento, los camareros del Elizalde Mountain desmantelaron la carpa y se pusieron a meter en cajas la comida y la bebida sobrantes.

Todos los que habían formado parte del círculo en torno a la tumba se subieron a los autos: Ander + Natalia + Saulo + Isidora a un Volkswagen Olite 2038 blanco, Natalia al volante; Petri + Alejandra + Luam + Deli a un Fiat Perrone que también era de color blanco, Alejandra al volante; Hashim + Eukene + Art + Rat a un Seat Toledo 2019 azul, Hashim de conductor.

—No es el coche más moderno del mundo, pero es irrompible —dijo Hashim al tiempo que encendía el motor del Seat Toledo—. Su único punto débil son las puertas.

—También Aquiles tenía un punto débil. El talón —dijo Art.

Era un ser material con cara de niño, de pelo rizado negro, bastante fuerte (1,72 m; 85 kg). Su sonrisa era tan clara como la de los gemelos Petri y Hashim: pureza, 70 %.

—¿Qué les pasa a las puertas? —preguntó Rat.

Era un ser material de pequeño tamaño, casi enclenque (1,65 m; 50 kg). Llevaba el pelo rapado al estilo de aquella cantante que se transformó en el año 2023, Sinéad O'Connor.

—No cierran del todo bien, y cuando llueve entra agua.

En el asiento del copiloto, Eukene alargó la mano.

—Sigamos a nuestros amigos.

El Volkswagen Olite y el Fiat Perrone se alejaban del cementerio de Arroa Goia.

Me elevé en el aire y contemplé la tumba de Pedro. La ausencia de la berza y de todo otro adorno no la hacía infrabella. La tierra, recién removida, había adquirido a la última luz del día un tono naranja oscuro (Pantone 20-0058 TPM Copper Skillet). Él habría hecho un buen cuadro con aquel tema.

El Seat Toledo azul comenzó a bajar por la pendiente siguiendo el mismo itinerario que la Lambretta de Guillermo cincuenta años antes, el mismo, también, que Pedro y Ander habían seguido en el Volkswagen de Aura veinticinco años antes, y decidí adelantarme. Un instante después, ya estaba en el molino. Como diría Azazel, insultándome: «primer clasificado, llegada en solitario del pobrecito Uzariel».

Me quedé en la sala de la primera planta a la espera de que llegaran los demás, desplazándome por allí como una mota de polvo oscilante: de la cristalera a la pared llena de cuadros, del sofá y las butacas del centro al escritorio que ocupaba uno de los ángulos, de la alfombra grande azul al techo blanco. De haber sido un ser material me habría movido de puntillas o con zapatillas de tela, a fin de no profanar el silencio que la desaparición de Pedro había dejado allí; pero no había cuidado conmigo. Al igual que las sombras, no hacía ruido. Las golondrinas que en ese momento volaban al otro lado de la cristalera también eran sombras, parecían seres inmateriales.

Una semana antes, un mes antes, un año antes, cuando aún vivía Pedro, la sala era otra cosa. Todos los seres materiales que coincidían en aquel espacio permanecían en equilibrio, entrelazados, en armonía, lo mismo los de carne y hueso que los de madera, de papel o de tela. En cambio ahora, los objetos, sobre todo los de papel y los de tela, estaban crecidos, con un grado de existencia un 20 o 30 % por encima de lo que en ellos era normal, y parecían exclamar «¡aquí estoy!». Escuché la llamada, me acerqué a la pared izquierda de la sala, y me puse a mirar las obras de arte allí colgadas como si fuera la primera vez que las veía: «Sí, ya sé que estáis aquí, y tengo mucho interés en vosotras», pensé dirigiéndome a ellas. «La presencia de Pedro es más fuerte delante de vosotras que en ningún otro lugar del molino. Oigo aún las explicaciones que él daba aquí a los que venían a visitarle». Así era. Por decirlo al estilo de Semiyazza, veía a Pedro como Aquiles el fantasma de Patroclo, tal como era en vida, a mi lado, con su camiseta Paul Smith y sus pantalones Canali, y con su media sonrisa.

Las obras de arte de la pared izquierda y las explicaciones de Pedro sobre cada una de ellas

– Un grabado de Vicente Ameztoy con la imagen de un pastel, un tocinito de cielo, rodeado por una corona de espinas.

La explicación de Pedro a los coleccionistas y otros aficionados al arte que habían venido a visitarle:

«Los tocinitos de cielo le encantaban, pero el dulce era un veneno para él».

– Dos dibujos a tinta china de Jiggy. En uno de ellos, un gato rodeado de rayas; en el otro, el mismo gato rodeado por peces.

«Se aficionó a los juegos de palabras en la época en que cantaba en un grupo de hip-hop, y luego los aplicó al arte. En este caso, la clave hay que buscarla en dos palabras que en vasco son parecidas: *arraia*, que significa "raya", y *arraina*, que significa "pez". Su verdadero nombre es Jone Irazu».

– Un grabado de José Luis Zumeta en el que el color verde es dominante, *Emakume biluzia* («Mujer desnuda»).

«Quería alejarse de la abstracción y, por decirlo así, se entrenaba dibujando los personajes que aparecían en la pantalla de la televisión. Este cuadro es de esa época».

– Un dibujo de Rafael Ruiz Balerdi hecho a lápiz, *Montes vascos interpretados a la manera china*.

«No sé si sabéis lo que escribió Blas de Otero después de viajar a China: "Me fui a China a orientarme un poco". Pues Ruiz Balerdi lo mismo. Se fue a aquel país, y a la vuelta realizó una serie de dibujos como este».

– Una pintura de José Antonio Azpilicueta, un frontón, *Tasiorena*.

«Los frontones le sirven de tema. Le gusta reflejar la manera en que se posa la luz en sus dos paredes y en el suelo. Este que veis en el cuadro lo pintó en homenaje a una película de Montxo Armendáriz, *Tasio*».

– Un dibujo de Erramun Landa, en el que, tras una especie de cortina, se ve a un hombre que alarga desmesuradamente la mano y canta. A su lado, otro hombre toca la guitarra. Una escena de cante jondo.

«Erramun tenía un gato maravilloso, Pesioso. Quería a Pesioso como Saul Steinberg a Papoose, y lo fotografiaba una y otra vez. Desgraciadamente, un perro de esos que están entrenados para atacar atrapó a Pesioso en la plaza del pueblo y lo mató».

– Un pequeño óleo de Juan Luis Goenaga. La imagen de un auto que sube por una carretera de monte un día lluvioso. Manchas amarillas en contraste con ocres y negros.

«Yo llamo a este cuadro *Alkizako bidea*, "El camino de Alkiza". Él vivió casi toda su vida en ese pueblo, y allí dio forma a su universo».

– Un dibujo hecho a bolígrafo de Jon Zabaleta. La estampa de una metrópoli (edificios, trenes elevados, un camión, motos, autos, un avión, gente...), y en primer plano un detective (o un secreta) metido en una cabina y hablando por teléfono.

«Trabajó *gratis et amore* para todo tipo de campañas, asociaciones, grupos buenistas y demás. También hizo ilustraciones para libros infantiles. Le pagaban una mierda».

– Una acuarela de Paco Aliseda, *Vista de Asteasu*.

«Tenía una cita con él y, no sé por qué razón, llegué tarde. Mientras esperaba pintó este paisaje para mí. Regalo, en vez de bronca».

– Un dibujo de Gabriel Ramos Uranga, un toro echado en la hierba.

«Hizo una serie preciosa con los toros, y aquí tenéis un poemita que describe la visión que él tenía del animal: "El toro de Gabriel Ramos Uranga".

"No aquel que fue hecho de estrellas y aparece en el cielo, / ni el que secuestró a una deslumbrante diosa por amor. / Tampoco aquel que se escondía en el laberinto / y fue, por su crueldad, muerto por Ariadna y Teseo. / No el que pasaba por ser el espíritu del grano. / No el que enloquece cada tarde en las plazas de España. / Ese toro, el de Ramos Uranga, es el que vivía entre las amenas / sombras del paraíso, y es tan antiguo como el primer árbol"».

– Una pintura de Alfredo Alcain, *Negro sobre blanco*.

«Cuando los galeristas me preguntan sobre el precio que deben poner a mis cuadros, siempre les respondo lo mismo: poned el que convenga, pero que esté por debajo de los de Alcain. Él es mejor pintor que yo».

– Un dibujo en colores de Jose Enrike Urrutia Capeau, *Martín en la playa de Jururú leyendo poemas de Eliseo Diego*.

«Se marchó de Bilbao y se fue a vivir a una aldea de Cuba, y allí sigue. Escribió una novela corta muy bonita con la vida de la gente de Jururú como fondo».

No quería perder la paz que me llegaba de la contemplación de las obras de arte, pero se encendieron de golpe las luces eléctricas del exterior del molino y perdí la concentración. El paisaje del otro lado de la cristalera cambió. En lugar de las golondrinas y del color gris amarillento del cielo, sobresalía ahora un conjunto formado por el puente + el río + el camino que discurría por la orilla del río + una fila de alisos. Escuché ruidos en la cocina, y vi allí en torno a la mesa a casi todos los seres materiales que habían estado cerca de Pedro: Ander, Natalia, Saulo, Isidora, Petri, Alejandra, Hashim, Eukene, Art y Rat. Luam y Deli se habían marchado al garaje a dejar el piano eléctrico blanco.

Art, Rat y Alejandra comenzaron a poner la mesa, platos pequeños y cucharillas.

—¿Saco las tazas? Tomaremos café, ¿no? —preguntó Alejandra.

—Yo tomaré una menta-poleo. El café me impide dormir —dijo Eukene.

—Voy a sacar la tarta que he dejado en el horno —dijo Isidora.

—Es de zanahoria y chocolate. Muy rica. Desgraciadamente, no puedo probarla. Por el azúcar —dijo Saulo—. Por mi azúcar, no por el de la tarta.

Ander, Petri y Hashim guardaron silencio. No había ni rastro de pensamiento en sus mentes. Estaban groguis, como Urtain la noche que perdió ante Cooper.

—La tarta tiene muy buena pinta, Isidora. Me tienes que pasar la receta —dijo Natalia.

«Ahora vendrá un chorro de *doxa* gastronómica», pensé.

—Es muy fácil. Necesitas tres zanahorias grandes, cuatro huevos, dos cucharadas de azúcar...

Me desentendí de la conversación y volví a mirar las obras de arte de la pared. Después del dibujo de Urrutia Capeau venían las pinturas de Carmelo Ortiz de Elguea, Juan Mieg y Jesús Mansé. Escuché la voz de Pedro diciéndole a Eukene los títulos de las obras veinticinco años antes, en la primera visita que la consumidora de menta-poleo hizo al molino: *Cobres de Almería, TLT, La niebla escribiendo entre los árboles.*

—En cuanto a este dibujo, Eukene —siguió Pedro, señalando una ilustración botánica—, lo hizo Atanasio Echeverría en el siglo xviii con motivo de la Expedición Botánica al virreinato de Nueva España. Como ves, era un dibujante extraordinario.

—*Ruellia amoena* —dijo Eukene. El nombre estaba escrito debajo del dibujo.

Examinó atentamente la planta, como si estuviera interesada en la botánica: las raíces, el tallo, las hojas verdes, dos pétalos rojizos (Pantone Red 198 XGC), uno de ellos con sus pistilos, y una serie de flores y hojas sin color y sin mayor detalle. Leyó luego, con el mismo interés, el texto que acompañaba al dibujo:

RUELLIA AMOENA

«Al ser tantas las plantas desconocidas, solo terminaban de dibujar sus características más importantes —una hoja, una flor, un fruto—, dejando las restantes simplemente perfiladas con tinta china. Sabiendo que la mayoría de los di-

241

bujos se hicieron *in situ*, asombra aún más la finura de muchos de ellos, con detalles que solo se pueden observar con lupa, pues es así como los hacían, con lupa. Según refiere el responsable de la expedición, Martín Sessé, Echeverría terminó en un solo día los dibujos de cuatro plantas y de una mariposa que, de tan encantadora, parecía a punto de salir del papel y echarse a volar» (Asun Garikano, *Erlea* 7, 2013).

—¿Por qué has subrayado esta frase? —preguntó Eukene señalando la primera frase.

—Cada vez se me cansa más la muñeca al pintar, y la forma de actuar de Echeverría y compañía me dio una idea.

—Tú siempre bromeando —le dijo Eukene.

Dieron unos pasos hacia el fondo de la sala. En la pared de aquella parte, entre la puerta que daba a la habitación de Pedro y el escritorio, colgaba un cuadro de Juan Carlos Eguillor. Mostraba una escena urbana: gente detenida en la calle, con la cabeza levantada hacia un ser material, mezcla de ser humano y de insecto.

—*La súbita aparición* —leyó Eukene. Era el título de la obra.

—Me la regaló el propio Eguillor —dijo Pedro.

Había otro cuadro en el trecho de pared que llegaba hasta la cristalera. Era de José Ramón Amondarain: una cuasiestrella negra, amarilla y roja (Pantone Chinese Red 1663) sobre una base de plata.

—También fue un regalo.

—¿Qué tal está? —preguntó tomando el libro que había sobre la mesa y leyendo la portada: *El funeral de la maestra Lucía, y otros cuentos*, Elisabet Irazu.

—Muy bien. Si quieres te lo dejo. Pero, te aviso, no es católica.

—Haré una lectura muy atenta, entonces.

Por primera vez desde su llegada al molino Eukene sonrió abiertamente: pureza, 80 %.

—Esto pertenecía a la tumba de Urtain —dijo Pedro abriendo uno de los cajones del escritorio y mostrando el trozo de lápida que guardaba allí. Tenía grabadas unas golondrinas en vuelo y la cabeza de un buey.

—Eres sentimental. Eso es bueno —dijo Eukene.

—A mí no me lo parece. Pero no lo puedo remediar. Esta vez sonrieron los dos: pureza, 90 %.

Tuve que dejar mis recuerdos de lado. En la cocina, el tiempo de la *doxa* gastronómica había llegado a su fin. Natalia tomó la palabra.

—Como abogada que soy, voy a leeros el testamento.

Todos estaban emocionados. Art, Rat, Hashim, Petri, Alejandra y Ander, en grado alto; Saulo, Isidora y la propia Eukene, en grado medio. Todos sabían, o suponían, cómo iba a resolverse la herencia; mejor que nadie, quienes más habían conversado con Pedro en la habitación 501 del hospital, Ander y Saulo. El molino sería para Petri, Alejandra y Hashim, y para sus hijos y descendientes; el usufructo, la posibilidad de usar el molino como vivienda temporal, un derecho de todos los amigos; en cuanto a Art y Rat, tendrían permiso para utilizar el garaje como taller artístico. A pesar de ello, el momento les resultaba difícil. Tras la lectura del testamento, Pedro pasaría a estar muy lejos.

—De los cuadros que se guardan en el arcón del garaje, uno de ellos, para Amnistía Internacional; otro, para Eukene; los demás, nueve...

En su papel de abogada, Natalia daría muchos detalles relativos al reparto, y aquella *doxa* jurídica sería tan plúmbea como la gastronómica. Volví, pues, a la sala de la primera planta y me puse a contemplar las fotografías que Pedro no le había enseñado a Eukene el día de su primera visita.

En la primera de ellas aparecían Urtain y el propio Pedro en un gimnasio de boxeo de Madrid, Urtain con guantes y culottes rojos (Pantone Red 485 C), Pedro con guantes y culottes negros, los dos riéndose. La foto llevaba una dedicatoria escrita a mano: «José Manuel Ibar al artista Pedro. Buen artista, pero mal boxeador».

En la segunda, Pedro y una mujer joven tomados del brazo en una calle estrecha y mojada de Aviñón, ambos bajo un paraguas. Una dedicatoria: «T'estimo molt. Beatriu».

En la tercera, una escena de teatro: tres seres materiales extremadamente pálidos, ataviados con una suerte de exoesqueleto. Uno de ellos, de ojos desagradablemente rojos (Pantone Oxblood Red), con figura de menina. Al lado, una ficha de 95 × 65 mm escrita a mano con letra liliputiense:

«¿Qué tal, Pedro? Un momento de la obra *Lu eta Le*. Fracaso. Los habitantes de la costa recibieron la obra con cara de pocos amigos. Hubo incluso quien se irritó al modo que se irritan los biencomidos cuando alguien interrumpe su siesta. La programadora de un teatro importante vio la obra y, hablando con un compañero funcionario, exclamó: "Con la de cosas bonitas que podrían hacerse con las canciones de Lete y de Lourdes... ¡Mira que hacer esto!". Solo dos personas valoraron la obra públicamente: el crítico Agus Pérez y el músico Juan Carlos Pérez. ¡Larga vida a los Pérez!».

En la cuarta fotografía, un anfiteatro de Grecia. En primer plano, dos máscaras clásicas: una de ellas alegre; la otra, triste. En medio, bajo el sol, con la cabeza cubierta por una pamela, Beatriu.

En la quinta, Hashim, Luam, Deli, Art y Rat sentados a la puerta del garaje. En la mano de cada uno de ellos, una vara tallada por el viejo Guillermo. Sobre sus cabezas, una sombra: la imagen borrosa de una golondrina que, en aquel preciso instante, salía volando.

En la sexta, Pedro y Ander en la boda de Isidora y Saulo, brindando los cuatro con champán.

Me llegó la voz de Saulo, señal de que Natalia ya había acabado la lectura de la últimas voluntades. Hablaba de una de las ideas de Pedro, el proyecto Van Gogh. Tampoco quería escuchar aquello. La conversación sobre las innumerables dificultades con que en aquella parte de la costa se topaba todo asunto que no fuera oficial sería, como tantas, acediosa. Decidí desentenderme de nuevo, y subí a la segunda planta.

Me situé cerca del Tina Corner, el lugar del molino que, junto con el garaje, más le gustaba a Pedro. Allí estaba la butaca donde, mientras pudo subir las escaleras, hasta los ochenta y cinco años, se sentaba a leer o a mirar catálogos de arte durante dos o tres horas al día, al calor —así decía él— de la biblioteca. Los libros, bien ordenados en las estanterías de las cuatro paredes de la planta, hacían un total de 6.210; de ellos eran suyos 4.440; de Hashim, 660; de Alejandra, Petri, Luam y Deli, 540; de Ander, que los había ido trayendo de Bilbao, 570.

Dejé la butaca del Tina Corner y pasé al habitáculo que había servido de escondrijo. El ordenador de Pedro, un Gogoki Zam 2031, estaba colocado donde Guillermo solía tener el suyo, aunque la mesa era ahora más bonita y tenía la forma de la decimosegunda letra del alfabeto. En las paredes colgaban fotografías de Unai San Martín, Chema Madoz y Ernesto Valverde.

Junto al ordenador descansaba un ejemplar del cuarto número de la revista *Erlea*. Unida a ella por un clip, una carta, un folio escrito a mano. Conocía su contenido, pero tuve ganas de leerlo una vez más. «Dejad que me rinda a este último ataque sentimental», debería decir yo también. Al cabo, el autor de la carta era un Irazu. No solo un Miltonchu como yo, sino también, en lo que se refiere al nombre, un pariente: similitud, 70,15 %.

La carta que Irazu, el responsable de la revista *Erlea*, envió a Pedro

Amigo Pedro: no sé cómo se sentiría el anacoreta del desierto cuando olía el pan que un cuervo le traía en el pico, pero supongo que más o menos como Garikano y yo al leer tu carta. Nos dio mucha alegría lo que dices de la revista. Nos emocionamos, incluso. Compréndelo, no estamos habituados. Han sido doce números y, aparte de mi hermano Ramón y una veintena más de acompañantes (Aranaz, Elzaburu, Altonaga, Elustondo, Sarri, García Trujillo, Iturralde, Bakedano, Izagirre, Pedro Alberdi, José Elorrieta, J. L. Agote, L. Beizama, Miren Belako, Maite Artola, los hermanos Ojembarrena...), nadie nos ha reconocido nada. Todo lo contrario: cada vez que nos quejábamos del tremendo trabajo que suponía «construir» la revista, poníamos el oído y el viento nos traía la respuesta: «¡Que os jodan!». A lo que voy: te agradezco tu disposición a hacer la portada del número trece, porque rimaría bien con las que nos hicieron Juan Sagastizabal, Karen Amaia, Gorka Salmerón, Xabier Idoate, Gonzalo Etxebarria y otros buenos artistas; pero no habrá número trece. Creo que Andrés Urrutia estaría dispuesto a incluir nuestra publicación en los nuevos presupuestos de la Academia de la Lengua, pero, al parecer, vendemos menos de trescientos ejemplares, y —aunque conozco datos de otras revistas del mundo, y no son mucho mejores— me parece mejor dejarlo. Ya continuaremos en la siguiente reencarnación.

Te envío un ejemplar del número 4 de *Erlea* tal como me pedías. Como puedes ver, la portada la hizo Jose Ordorika. Las ilustraciones también son de él. Un artista grande, Ordorika. En todo lo relacionado con la estética, su criterio era excepcional, *antidoxa*. Realizó pocas exposiciones en vida. Una de ellas, fuera de serie, en Bilbao, de la mano de Miguel Zugaza. Yo personalmente le debo un favor. En la época en que vivía en París fue durante días a la

Bibliothèque Nationale y copió a mano las memorias de Kiki de Montparnasse, que estaban fuera de circulación. Al final, no pudimos publicarlas.

Posdata. Este cuarto número incluye algo que te gustará mucho: una foto en la que Urtain, con la piedra esférica al hombro, posa junto al corredor etíope Mamo Wolde, medalla de oro de maratón en los Juegos Olímpicos de México. Los dos sonrientes: pureza, 90 %. La tienes en la página 108.

Segunda posdata. Hablando de Urtain, me viene a la memoria un poema que le dedicó Iñaki Irazu. Te lo traduzco: «Se han alzado los puños / con dureza, en medio de la noche. / Se han abierto los puños / contra la oscuridad, huérfanos. / Se han alzado las hachas / en el zaguán de la casa / el brillo del acero / ha alcanzado tus ojos. / No puedes volver / a la casa que una vez dejaste / no hay caminos / cuando se rompe la norma. / Debes darte la vuelta / y retroceder / dejando para siempre / el valle donde naciste. / En el seco páramo / nubes en el cielo / te viene a la memoria / que en ese lugar eres un extraño...». El poema sugiere que el ostracismo de Urtain vino de un conflicto relacionado con la cultura de la *gens*. Un rumor que se difundió por la costa afirmaba que cierta vez, cuando Urtain había ido de visita a Ibañarrieta, se encontró con varios hombres que le esperaban con las hachas levantadas: «Alde'intzak Madrilera, ta ez adi bueltatu. Itzako tokik etzeok emen» («Vete a Madrid, y no vuelvas. Aquí no hay sitio para ti»). Para entonces ya eran de dominio público, sobre todo por las revistas del corazón, los poliadulterios de Urtain. Por lo visto, «el brillo del acero» obligó a Urtain a marcharse. No sé si ocurrió de verdad, quizás sí. Jabier Muguruza compuso una canción con el poema, escúchala, la puedes encontrar en la red. También está en la red otra canción sobre Urtain. Es del grupo Zarama: «Euritan desagertu arte» («Hasta desaparecer en la lluvia»). Habla de la decepción de quienes creyeron en él, pero que luego, al acercarse, vieron que se trataba de un sueño que iba desapareciendo.

Un abrazo, Pedro.

Los seres materiales de la casa seguían hablando en la cocina. Un rumor apagado. Estaban cansados; la mayoría, con sueño.

—Con que Art y Rat instalen el taller de vídeo en el garaje, suficiente —dijo Eukene, poniendo fin a la conversación sobre el proyecto Van Gogh.

Por mi parte, yo estaba como siempre: grado de cansancio, cero. Ventaja de ser inmaterial. Seguía en mí, además, la sensación de que todo era distinto de cuando compartía el molino con Pedro, y de que los objetos con los que me cruzaba al bajar del Tina Corner hacia la cocina me llamaban: «¡Aquí estoy!». En el lugar que antes había ocupado la foto grünewaldiana de Urtain y Cooper colgaba ahora un grabado de Andrés Nagel, *El tigre*; en el descansillo de la escalera, suspendido en el aire, un manojo vegetal luminoso, *Constelación*, de María Cueto; más abajo, ya en el portal, dos cuadros frente a frente: *Ispahán*, de José Luis Longarón, y *Jardín de aire*, de Mariano Arsuaga.

Entré en la cocina y me situé en la pared de piedra de la parte izquierda, a la altura de un apunte de Marta Cárdenas en el que se adivinaba el vaivén de una niña en un columpio. Acababan de tomar la palabra Art y Rat, nerviosos, estorbándose al hablar, entristecidos por la transformación de Pedro, pero al mismo tiempo alegres, eufóricos por lo que les había confirmado la lectura del testamento. Podrían contar con el garaje en los próximos veinte años, veinte años prorrogables. Con una sola condición. De marzo a octubre tendrían prohibido trabajar de noche. Las golondrinas debían tener su descanso. Pedro lo subrayaba a su manera: «El descanso tampoco les vendrá mal a Art y a Rat. Los artistas que hacen vídeo o cine deben dormir mucho y tener los ojos frescos. De lo contrario, no distinguen una patata de una manzana».

Art se rio.

—A Rat le costará un poco, pero cumpliremos el deseo de Pedro.

Tras el comentario, Art levantó los ojos hacia el apunte de Marta Cárdenas, es decir, hacia mí.

—Por lo que cuentan, hubo un tiempo en que las autoridades de la costa dejaban unos espacios a los jóvenes artistas, pero desde que se metieron los yanqui-yuppies no hay nada. El garaje nos vendrá fenomenal —dijo Rat, y también él miró hacia el apunte de Marta Cárdenas.

Tuve la misma impresión que en el cementerio. Aquellos dos seres materiales jóvenes sentían mi presencia. Podían tomar el lugar de Pedro y ser mis amigos.

—¿Seguro que dejaréis dormir a las golondrinas? —dijo Alejandra con una sonrisa casi completa: pureza, 95 %.

—¡Seguro! —dijeron Art y Rat a la vez.

—Nosotros también. Ensayaremos de día —dijo Luam.

Ella y su hermano acababan de regresar a la cocina.

Les habló Isidora:

—Podéis tocar de noche, siempre que sean nanas.

Esta vez sonrieron todos: pureza, 100 %.

Me cambié de sitio, del apunte de Marta Cárdenas a un dibujo satírico de Mikel Valverde colocado en la pared derecha de la cocina, *Cónsul de Ruritania en Bilbao*.

Art y Rat desviaron la mirada hacia allí. No había duda. Me sentían. Les envié un mensaje:

«¿Por qué no hacéis algo con las varas talladas del viejo Guillermo? Recordad que los pastores vascos hacían lo mismo en las solitarias montañas de Nevada y California. Parece un buen tema».

—En cuanto nos instalemos en el garaje empezaremos a hacer algo con las varas. A Pedro le gustaban mucho —dijo Art.

«¡Kra!», escuché en mi interior. Esta vez fue una exclamación de alegría. Recordé el diálogo que había tenido con Semiyazza el día de la despedida: «¿Cuánto tiempo tendré que estar de guardia en el molino? ¿Cuarenta años?»; «Más»; «¿Ochenta?»; «Más»; «¿Cien?»; «Más»; «¿Cuántos, entonces?»; «Ciento veinte, pongamos».

—Habrá que retirarse —dijo Ander—. A los octogenarios nos conviene el descanso, igual que a las golondrinas y a los artistas.

Se levantó de la silla. Eukene, Isidora y Saulo también se pusieron de pie.

Eukene sostenía una hoja de papel en la mano.

—Perdonadme. Solo será un minuto —dijo—. Quisiera leeros una carta de Pedro. No es la última que me escribió, pero armoniza con la de Francesco que os he leído en el cementerio. Se titula «La golondrina infante».

Quiso empezar con la carta, pero la voz no le respondió.

—Mejor que la lea Luam. ¿Quieres leerla?

Luam dudó.

—No sé si entenderé la letra.

Al final, cogió la hoja de papel y se puso a leer.

LA GOLONDRINA INFANTE

Me había fijado más de una vez en el colgajo que pendía del nido de una de las golondrinas del garaje, pero no hice caso. Pensé que se trataría de un grumo de porquería que, por moverse a veces con el aire, como un ser vivo, alguna araña había «cazado» envolviéndolo con su tela blancuzca. Pero no era una buena hipótesis, entre otras cosas por la cuestión de la araña: nunca se habría colocado en aquel punto, tan cerca del enemigo.

La novedad, y el descubrimiento, ha llegado hoy. He observado que la tela blancuzca estaba rota, y que por la abertura asomaba algo que parecía un pico. Le he hecho una fotografía con el teléfono y luego he ampliado la imagen en la pantalla. Allí estaba el cuerpecito de la golondrina infante, con su pico y su cola, los ojitos cerrados. Apelmazadas con barro, las hierbas y las pajitas que su familia había empleado para construir el nido le ofrecían un sudario. ¡Pobre de ella! Sus hermanos y hermanas ya habrán sobrepasado Gibraltar, y estarán en África.

Eukene tomó la palabra:

—También Pedro se ha parado, y de ahora en adelante no nos acompañará en el viaje. Pero, al contrario que la golondrina infante, ha tenido una vida completa.

Salí fuera y me elevé en el aire con la intención de ver desde arriba el molino y sus alrededores poliverdes. En el mar, en la zona a la que no llegaban los focos de la costa, las manchas del agua eran de color plata. Las ventanas iluminadas de la las casas de Arroa Goia suavizaban la noche.

Miré hacia la luna. Estaba en vísperas de un eclipse, pero ¿qué importaba? Pasaría aquel momento y seguiría como antes.

Vi a Art y Rat delante del garaje. Abrieron con cuidado la puerta y se metieron dentro sin encender la luz.

Este libro se terminó
de imprimir en
Casarrubuelos, Madrid,
en el mes de
marzo de 2026